日本ペン倶楽部と戦争

戦前期日本ペン倶楽部の研究

目 野 由 希

鼎書房

日本ペン倶楽部と戦争——戦前期日本ペン倶楽部の研究

目次

凡例

凡例

一、本書での年号の扱いは、基本的に西暦で表記し、日本に関連する場合に、適宜、元号を付した。
一、漢字は固有名詞を除き、新字体を使用した。引用文の仮名遣いは原文通りとした。
一、本文中の外国文献の出典は、巻末の参考文献に明記した。

はじめに

「君ねえ、ペンクラブにあまり深入りしない方がよくないかなあ。Yさんの話だと、ヨーロッパでは、ペンクラブの会員はフリーメゾンらしいね。Yさんの親友のAさんがペンの国際大会に出席したあと、しばらくイタリーに滞在していて帰国して、Yさんに打ち明けたそうだけれど……イタリーでは、会員が会長一人で、ペンクラブのことを誰にきいても、ペンクラブなんて、マルネティ会長の頭のなかにしか存在しないと、言っていたそうだよ」

「フリーメゾンって、どういうことだい」

「知らないのか。宗教的信念のようなものをもった秘密結社だ……」

（芹沢光治良『人間の運命』第二部第五巻）

※　　※

「ペンクラブ」とは何だろうか。

それは一九二一年にイギリス・ロンドンにおいて、文芸振興やひとびとの慰撫などを目的に、作家、詩人、劇作家らが創設した団体である。

設立当初の名称のひとつ「ペン（＝P.E.N.）」は、詩人（Poets）、劇作家（Playwriters）のP、エッセイスト（Essayists）のE、小説家（Novelists）のNの頭文字をあわせたものとされる。現在は「国際ペン（PEN International）」

として活動し、会員には前述の詩人・劇作家・作家のほか、編集者なども含まれる。

同団体は、ロンドンに本部があり、世界一〇二ヵ国にペンクラブが開設されている。一カ国内に複数のペンクラブを置く国もあり、亡命ペンクラブなどもあるので、ペンクラブの数は加盟国よりも多い。現在は、時の政治権力から離れた自律的な文筆者団体として、政権の軍事活動などへの批判も行う。また各国での表現の自由の擁護、時の政権から迫害された作家の権利擁護にも尽力している。現在、国際連合やユネスコとは、特別顧問という関係にあり、世界の人権問題や表現の自由の擁護では相互に協力しあっている。

日本ペンクラブは、「国際ペン」の日本支部（「国際ペン」の各国における「センター」と呼ばれる）という位置づけにある団体だ。一九三五（昭10）年に設立された日本ペンクラブは、二〇〇八年の新公益法人制度施行によって、外務省所管の社団法人から、暫定的に外務省所管の特例社団法人となった。二〇一三年までさまざまな審査を受けたのち、現在は一般社団法人となっている。

二〇一〇年には、アジア人として初めて、日本ペンクラブの堀武昭氏が「国際ペン」理事となった。それまでの「国際ペン」では、組織の運営は、イギリスやヨーロッパ出身の会員が理事となって行っていた。

国文学研究では、文壇・結社・同人誌などはこれまでも研究の対象となってきた。が、日本ペンクラブについては、それ単独で研究対象となる機会は少なかった。本件の先行研究の多くは、作家研究に付随する調査である。研究しようにも、戦前期からの日本ペン倶楽部資料は、日本にはほとんど残されていない。また、関係資料の言語と所在国が複数にわたるので、国文学者だけで取り扱うのは難しい。そのため本件について、一次資料の収集から研究を開始する場合は、まず、海外出張調査を含む調査チームの編成から始めることとなる。

これまで、日本ペンクラブの歴史が書かれる際には、そこまでの手配はとられなかった。まず当事者である日本ペンクラブ自身の編纂した『日本ペンクラブ三十年史』（社団法人日本ペンクラブ、一九六七年、以下『三十年史』）、次に、日本ペン倶楽部創設時のメンバーで作家の芹沢光治良の自伝的小説『人間の運命』（新潮社、一九六二〜六八年）、その他創設メンバーの回顧録、島崎藤村の紀行文、同時代人の随筆ほか、日本国内で入手可能な資料に基づいた説明がなされるのが通例である。

現在の日本ペンクラブも、現在の法人の設立根拠を前述の資料群に準拠している。日本文学史や近代日本の作家論でも、『三十年史』『人間の運命』二冊を中心的に活用し、これを史実として説明する場合がほとんどだ。では『三十年史』や『人間の運命』、関係者の回顧は、そのまま事実とみなせるだろうか。

たとえば、冒頭に引用した小説『人間の運命』では、イタリアペンクラブについて、「イタリーでは、会員が会長一人で、ペンクラブのことを誰にきいても、ペンクラブなんて、マルネティ会長の頭のなかにしか存在しないと、言っていたそうだよ」としている。

しかし当時のイタリアペンクラブは、存在しなかったどころか、ローマやフィレンツェなど、四つの支部から構成されていた。つまり、この小説はあきらかにフィクションだ。このように、同時代の一次資料にあたらないまま、この小説を『三十年史』と照合させて戦前期日本ペン倶楽部の活動内容を検証しても、大した意味はない。

しかし、同作品の作者である芹沢光治良は、戦前期から戦後まで、日本ペン倶楽部／クラブ（以下、戦前期の同クラブについては、当時の呼称に従い日本ペン倶楽部と表記）の理事や会長ほかを務めた立場にあった。そのため、この小説を『三十年史』とともに引用し、通史把握に用いるのが、これまでの文学史、とくに日本ペン倶楽部を理解する際の一般的なあり方であった。

もちろん、日本ペン倶楽部創設時の資料が、何も東京に残っていないわけではない。たとえば日本ペン倶楽部は、機関誌『会報』を発行している。この『会報』は東京大学総合図書館など、東京都内に現存する。その第一号の記載内容が、前述資料群とともに、現行の日本文学史記述の根拠のひとつとなっている。

では戦前期日本ペン倶楽部の一次資料である『会報』、その第一号をひらいてみよう。そこには、同倶楽部の設立経緯が、次のように記載されている。

昭和十年三月二十八日附在倫敦帝国大使館一等書記官宮崎勝太郎氏より外務省天羽情報部長宛半公信を以て倫敦P・E・Nより同会に於て講演されたる徳川大使を通し日本に於ても同種友誼連絡団体を持ち度きに付斡旋方依頼ありたる旨申越しありたるに依るもので右趣旨は天羽部長より文化事業部第三課長柳沢健氏に移牒された。（五一頁）

しかし、ここでいう「徳川大使」とは当時、すでにロンドンには駐在していない人物だ。この場合の「徳川大使」に該当する人物は、一九二五年に在ロンドン日本大使館一等書記官、一九三五年にはトルコ大使だった徳川家正くらいしかいない。

徳川家正は後述のように、国際ペンのロンドン本部（以下ロンドン本部）から、日本ペン倶楽部設立を打診された記録が残っている。しかし、それは一九二五年の話だ。その上、当時の彼は倶楽部を立ち上げず、ロンドン本部で講演をしているだけである。また『会報』は、ロンドン本部が「半公信」で在ロンドン日本大使館に連絡してきたという。が、この「半公信」とはそもそも、何を指す言葉なのだろうか。

「半公信」とは、「セミ・オフィシャル」（＝公的組織同士で交わす公文書で、その内容が未決定の段階で通信されているもの）の誤訳かもしれない。が、この場合「半公信」は誤訳としてもおかしいのではないか。なぜなら、ロンドン本部は公文書を発行できない、単なる任意団体にすぎないからだ。一九三五年にロンドン本部から何らかの文書を受け取った日本大使館が、それを本省に通信した場合、それは外務省と大使館のあいだの「半公信」という意味で、セミ・オフィシャルなのだろうか。

この問題については、これまでの国文学研究では、一度も疑義を呈されてこなかった。言及される人物や言い回しだけが、『会報』による日本ペン倶楽部設立説明の不自然な点ではない。日付にも注目してみよう。『会報』では、「一九三五年三月二十八日」が、ロンドンの日本大使館から「半公信」の届いた日とされている。

一九三五年三月二八日とは、何の日だろうか。この日は日本の内田康哉外相が、国際連盟脱退通告文を国際連盟にあてて通達した日の二年後の、その翌日だ。

日本が国際連盟を脱退するといっても、この時の国際連盟全権首席だった松岡洋右が、会議場でその旨を宣言しさえすれば、いきなり成就するのではない。手続き上、日本の国際連盟脱退が公式に発効するのは、当時の内田康哉外相が脱退を表明して二年後の、一九三五年三月二七日になる。

一九三五年三月二八日までに、イギリスのどこかにある機関（任意団体の国際ペン？　それ以外の公的組織？）が、まず、トルコ大使の徳川家正に宛てて文書を発信する。これを受けたトルコ大使が、本省の外務省ではなく、在ロンドン日本大使館宛てにその旨連絡する。日本大使館は改めて日本の外務省に、日本ペン倶楽部設立を慫慂する「半公信」を発した。

かりに、このような戦前期の日本ペン倶楽部の説明をそのまま信じたとする。その場合、日本は一九三三年三月二七日、国際連盟を中心とする世界秩序から締め出されていないように、見えなくもない。なぜなら、孤立した日本を憂慮する何らかの組織が、イギリスに存在しているように、見えなくもないからだ。

以上が、日本ペン倶楽部機関誌第一号による、日本ペン倶楽部設立の説明なのである。

筆者は共同研究者と共に、二〇一〇年春までに、本件調査のために研究費を得て、海外出張調査が可能なプロジェクトチームを組織した。次に、戦前期のロンドン本部資料の大部分を管理しているテキサス大学オースティン校ハリー・ランソンセンター所蔵の、創設期から一九七〇年代までの関係資料を精査した。これに加え、ロンドンの国際ペン、ドイツペンクラブなど国内外の複数資料館を調査した。しかし、前述の日本ペン倶楽部側の主張を裏付ける資料（ロンドン本部側の発信した文書のカーボンコピーや傍証など）は、発見できなかった。

ただし、見方によっては、日本側の主張に近い部分もあると解釈可能な書簡であれば、オースティン出張調査で発見できた。

在ロンドン日本大使館からロンドン本部に宛てて送られた、ペン倶楽部日本支部設立の打診への返答は、テキサス大学ハリー・ランソンセンターにおいて筆者が発見した。しかしそれは一九三五年のものではなく、一九二四年一〇月九日付の書簡である。

JAPANESE EMBASSY
LONDON
9th October 1924.

Dear Madam, /I am directed by the Ambassader to acknowledge the receipt of your letter addressed to him inviting a member of this Embassy to attend an international committee on Thursday, October 16th for the purpose of discussing the possibility of founding a Japanese P.E.N. Centre. /Baron Hayashi appreciates very much your kindness in suggesting the founding of a Japanese P.E.N. Centre. There is, however, one point to which he would like to call your attention. About two and a half months ago, Mr. Douglas Sladen raised this question in the course of a conversation with me, presumably at the suggestion of Mr.

Galsworthy. Accordingly, I wrote to a friend of mine in Tokio who, I thought, might take interest in this kind of work, to find out the possibility of organizing a Japanese Centre, and I am awaiting his reply. In the circumstances the Ambassader is rather afraid that no useful purpose may be served by sending a representative of this Embassy to the forthcoming meeting unless I have received a reply by October 16th.

Miss M.Scott, /125, Alexander Road, N.W.8」

【拙訳】

拝啓　私は大使より、大使に宛てられた、この大使館の館員を一〇月一六日木曜日の国際委員会に、日本ペン倶楽部を創設する可能性について議論するために出席するよう招聘するという、貴殿の書簡の受信を確認するようにとのご指示を承りました。林男爵は、日本ペン倶楽部設立提案という貴殿のご高配に深く感謝しております。しかしながら、一点、ご注意をお願いしたい件がございます。およそ二か月半前、ダグラス・スレイデン氏が、おそらくは（目野注：国際ペンクラブ初代会長である作家の）ゴールズワージー氏のご提案として、このご質問をなさいました。そのため、私は東京にいる私の友人に手紙を書き送りました。その友人は、私見ですが、このような種類の仕事に興味を持ち、日本に（ペンクラブの＊目野注）日本センターを組織する可能性を考慮してくれるのではないかと思われます。私は、彼からの返信を待っているところなのです。この状況のなか、大使はむしろ、拙大使館の代表を次回会議にお伺いさせても、一〇月一六日までに私が（東京にいる友人からの＊目野注）返信を受け取れなかった場合には、何の有益な目的も果たせないのではないのかと案じておられます。

この書簡には、記名もサインもない。大使館において、大使の代理で任意団体に書簡の返信を書く役割は、誰が果たすかわからない。だから本書状の執筆者は、徳川家正一等書記官（当時）であるとも、あるいは一九三五年になって改めて本件の実務を切りまわす、当時は三等書記官の宮崎勝太郎であるとも確定できない。

いずれにしろ、これは文責を明記する必要のない、任意団体への大使館からの返信だ。

また、一九二五（大14）年、徳川家正一等書記官がロンドン本部に宛て、ペン設立が調整中であるという趣旨の返答をした記録も、テキサス大学所蔵の前述のコレクションから見つかった。だから、一九二五年当時、在ロンドン日本大使館で一等書記官を務めていた徳川家正が一九二四年から二五年に、本件に関与していた点であれば、現在でも確認可能だ。他にも、一九二〇年代を通じて駒井権之助という在英の詩人・ジャーナリストが、日本ペン倶楽部設立のために関係各所にあたっている書簡も、テキサス大学で何通も発見した。

しかし、ロンドンの官公庁や政府関係者など「公信」を発信できる機関が、一九三五年の日本に、ペンクラブの日本支部設立を打診した記録やそれを示唆する資料、あるいはその傍証、また、その設立を利用しての国際社会復帰を呼びかけたなどの記録やその間接的な記録は、現時点まで、一点も確認されていない。

ところで、戦前期日本ペン倶楽部と海外のつながりは、日本文学史において、イギリス以外のルートも想定されている。それは、日本ペン倶楽部会員の文化人・知識人たちが、亡命ドイツペンクラブやドイツ人民戦線と連帯していたという「伝説」だ。戦前期日本ペン倶楽部とドイツとの関係は、国文学そのほかの領域で先行研究も複数ある。特に国文学の領域では、日本ペン倶楽部とドイツの連携は、ほぼ「定説」といってよい状態にある。

こうした「定説」が発生した理由は、文芸評論家の勝本清一郎という人物と小説『人間の運命』にある。彼はベルリン留学中、日本プロレタリア作家同盟代表として一九三〇年ハリコフ会議に出席し、左派文化人として知られていた。

戦前期日本ペン倶楽部で、実務全般を切りまわす「書記長」（主事ともいう）に最初に就任したのは、共産党員として活動し、逮捕歴のある勝本清一郎だ。

彼は同倶楽部の書記長の身分にある一九三八年に、人民戦線事件に関係したとの容疑で検挙される。先に挙げた芹沢光治良の小説『人間の運命』には、勝本は日本ペン倶楽部書記長として、実名のままで作中人物となって登場している（他の登場人物は、実名をもじった名前やイニシャル表記になっている場合が多い）。主人公は、勝本が逮捕されたとの報を聞き、彼がドイツ人民戦線との連帯をはかって検挙されたのだろう、と推測する場面がある。もちろん、勝本の逮捕容疑は、あくまで「容疑」である。これまで国文学研究において、勝本とドイツの人民戦線の関係を実証した先行研究は見当らない。

『三十年史』には、勝本とドイツ人民戦線についての言及は特にない。

しかし、「勝本清一郎は、一九三八年になっても（戦前期日本ペン倶楽部書記長という、欧州との接点の途切れない立場から？）欧州の人民戦線との連帯をはかろうとしていた」という通説は、彼の検挙の事実と『人間の運命』における意味ありげな示唆が重なったためか、ひろく流布した。現在でも、この通説と重なる「論文」も、国文学の領域で書かれている。

ところが、二〇一〇年にドイツに調査出張した加藤哲郎が新事実を発見した。それは、勝本清一郎と亡命ドイツペンクラブには接点がないという証明だった。

加藤は、二〇一〇年のドイツ調査の結果として、「亡命ドイツペンクラブには、人民戦線を通じた日本との連帯意識や交流どころか、日本にペン倶楽部ができたと認識していると判断可能な記録自体ない。現在のドイツペンクラブ会員も、戦前の日本にペン倶楽部があったとの知識がなかった」と、共同研究会で出張成果報告をした。

戦前期日本ペン倶楽部は、ドイツペンクラブが場所としてのドイツを離れ、亡命状態となった一九三三（昭８）

年より後、一九三五年に設立された。だから、「ドイツ左派知識人とのコネクションを持つ勝本清一郎は、日本ペン倶楽部主事となった後、その立場を生かして亡命ドイツペンクラブと（ロンドン本部経由で？）秘密の接点を持った。そして、欧州の人民戦線とひそかに連携した」という仮説的見解は、もともと現実的ではない。また、勝本の逮捕理由は、あくまで人民戦線に関与したという「容疑」であって、その証拠は確認されていない。

しかし、これが現実であるかのように読者に誤解させる材料は、いくつもそろっていた。

まず、勝本の前述の容疑による逮捕の事実、また彼の共産主義者としての活動歴がある。

次に、戦前期日本ペン倶楽部の設立経緯である。前述のように日本ペン倶楽部は、自身の創設理由を「一九三五年春、国際連盟からの脱退が法的に成立し（て日本のマスコミがそれを報じてい）た翌日、日本外務省に「半公信」が届き、それを受けて日本ペン倶楽部が設立された」と説明した。これによって、日本の国際連盟脱退後、欧州のどこかの誰かが、それまでの日本を高く評価してくれていて、日本の窮状をみかねて手を差し伸べた、というファンタジーが発生しやすくなった。

これに、日本ペン倶楽部創設時からのメンバーだった同クラブ理事、芹沢光治良と彼の小説の内容が加わった。芹沢は一九六二（昭37）年、このファンタジーを増幅させるような内容を含む連載小説を発表し、のち単行本『人間の運命』として刊行した。同作品中には、戦前期日本ペン倶楽部の設立経緯は、次のようにまとめられている。

（ペン倶楽部は＊目野注）世界戦争（第一次＊目野注）後、世界平和と相互理解と親和のために、世界の文学者が、ペン倶楽部という世界的の組織をつくろうという、イギリスのダウソン・スコット夫人の主張から設立したもので、ロンドンに本部をおいて、すべての文明国にその支部がもうけられて、活発に国際的な活動をしている。日本は国際連盟を脱退して、世界に窓を閉ざして、国際的に世界の孤児になっているが、日本にもペン倶楽部を設立して、せめて文化交流の窓を開くように、徳川駐英大使から外務省の情報部長に公信があって、外務省文化部第三課長の、詩人Yの、世話で、一カ月前に、日本ペン倶楽部の創設準備会が開かれたが、次郎にも是非参加せよということであった。B事務官は石田の友人でもあり、パリ時代には同じ下宿で三カ月間、卓子をともにした仲であるから、次郎はむげに拒めなかった。

（『人間の運命　第二部　夫婦の絆』第四巻、新潮社、一九六六年、一八八頁）

作者は、日本ペン倶楽部創設時から会計主任、理事や会長を務めた人物である。そのため、本作は作者の実体験に基づくとみなされるのが通例となった。しかし本作の説明では、徳川家正らしき人物はトルコ大使ではなく、「駐英大使」の立場から、「国際的に世界の孤児になっている」日本への「文化交流」のために、倶楽部創設のあっせんを「公信」でしたとされている。

かりに徳川家正が、一九三五年当時の駐英大使であったとしよう。その場合、文中にある通り、日本の国際連盟脱退の結果の世界的孤立を、「すべての文明国にその支部がもうけられて」いるイギリスのペン倶楽部とともに憂慮したとしてもおかしくはない。そして、「すべての文明国」に包含される、「文明国」たる日本の文化発信を求めたがゆえの、日本ペン倶楽部創設という説明も、筋が通る。

もちろん実際には、当時の徳川家正は駐英大使ではない。

「次郎」とは、『人間の運命』の主人公の森次郎のことである。本書冒頭の引用は、主人公の森次郎（＝作者の芹沢光治良がモデル）が、栄転した「Y」（＝日本ペン倶楽部創設を手配した詩人官僚柳沢健がモデル）の後任として、外務省文化部第三課長に就任した旧友石田と、「A」（＝日本ペン倶楽部副会長だった、有島生馬がモデル）の、外遊絡みの噂話をする場面である。

有島生馬は、確かに島崎藤村会長とともに、日本ペン倶楽部副会長として、アルゼンチンの国際ペンクラブ大会に出席した。その後、しばらくイタリアに滞在したのも事実だ。

また、国際ペンクラブがナチズムによる弾圧から、欧州の文化人を救済するのに善処したのも事実である。

このように、戦前期日本ペン倶楽部の設立とその後については、『会報』のような同時代資料と、当事者の自伝的小説を照合しても、真偽が入り混じっており、不明な点が多い。

こうした事情がいくつも重なった結果、戦前期日本ペン倶楽部創設とその活動休止にいたる過程は、事実の裏付けがないまま、次第に、一九六〇年代の進歩的文化人好みの伝説として構築されていった。その伝説とは、右傾化し言論が抑圧される時代の、進歩的で良心的なリベラル知識人の苦闘の歴史だ。

これらの伝説が本格的に流布し始めたのは、勝本清一郎の死後である。『三十年史』も勝本の死後、一九六七年に刊行された。小説『人間の運命』は一九六二年から発表され始めていた。が、同作品中の勝本に関するくだりは、主人公が勝本と人民戦線の連帯を推測するエピソードで登場するにすぎない。しかもこのエピソードは、主人公が、勝本は人民戦線との連帯を理由として逮捕されたのだと想像している、というだけのことである。

こうして、一九六〇年代半ばから、一九三〇年代進歩的文化人によって日本ペン倶楽部が創設されたという物語が、主に日本文学史の領域で発動し始めた。

では、はたしてこのような日本文学研究における日本ペンクラブ史理解は、現在の歴史学や政治学、地域研究の研究水準では妥当なのだろうか。

この回答は、「よほどの一次資料が発見されるならともかく、二〇一〇年代以降では、事実とは考えにくい」、くらいのものになるのではないだろうか。

二〇一〇年代以降の人文科学研究の進捗を鑑みれば、「一九三五年に、日本の軍事活動による国際的な孤立を憂慮したイギリスの国際組織が、日本の大使館や外務省とともに、日本を支援するための外交的措置を手配した」「一九三〇年代日本ペン倶楽部は、日本の進歩的な知識人と欧州知識人との、文化的連帯の象徴となった」「ドイツ左派知識人とのコネクションを持つ勝本清一郎が、ロンドン本部の国際的ネットワークを通じ、欧州の人民戦線とひそかに連携した、ないししようとした」というような歴史認識は、国内外の歴史学や地域研究においては、多数の研究者と共有するのは難しいだろう。

ただし、ロンドン本部は一九二〇年代以降、大使館や外交官、各国文化人や大学教員を媒介にして社交と外交を展開し、存在感のある国際会議を主催できた非政府系組織である。その点は間違いではない。

いったい、一九三五年春の在ロンドン日本大使館と日本外務省では、何が起きていたのだろうか。戦前期日本ペン倶楽部設立とは何だったのか。それは、現在の「日本ペンクラブ」と、どのような関係にあるのか。またそもそも、「国際ペン」とはいったい何なのだろうか。

筆者らは、海外出張調査を含む資料収集のための共同研究チームを組織して、本件調査を開始した。その際、複数の人文科学研究の進捗状況を踏まえ、「戦前期日本ペン倶楽部設立とは、外務省の何らかの対外文化政策であり、何らかの事情で途絶したものではないか」との仮説に基づいて、研究計画を策定した。

結論を先取りしていえば、この仮説は間違いではなかった。ただし、戦前期日本ペン倶楽部創設史と、ここに関わる日本・中国・イギリス・インド等のかかわりの解きほぐしは、想像以上に難航した。しかも、新発見された資料のクロスチェックだけでも、一年や二年で終わる作業ではなかった。

本書は、テキサス大学オースティン校ハリー・ランソンセンター（以下ＨＲＣ）所蔵の、ロンドン本部がＨＲ

Cに寄贈した一九二一年から一九七一年までの書簡中心の資料群「ペン・コレクション」、ロンドン本部所蔵資料、ブリティッシュ・ライブラリー所蔵資料などを中心としてまとめられた。紙幅の都合上、全ての資料に注がつけられなかったのは痛恨事ではある。が、これは別の機会を俟って対応していきたい。

このプロジェクトは、まず二〇一〇年から二〇一二年まで、研究課題名「戦前期日本ペン倶楽部の研究――日印文化交流と国際文化政策――」で科学研究費補助金（基盤研究（B）、研究課題番号二三三二〇〇四三）を受けた。二〇一六年からは、研究課題名「国際ペンクラブと世界文学史の相関――日中印外交と英連邦史、欧州史」（基盤研究（C）、研究課題番号：一六K〇二六〇七）を受託している（二〇一九年三月終了予定）。また二〇一〇年度、「戦前期日本ペン倶楽部の研究――日印文化交流と国際文化政策――」という同じプロジェクト名で、勤務先内の付設研究所、国士舘大学アジア・日本研究センターより競争的研究資金を受託した。ほか二〇一三年度と二〇一五年度に、それぞれ「国際ペンクラブの研究――日本・中国・インドの文化交流と覇権闘争――」という同じ課題名で国士舘大学アジア・日本センターから研究助成を受けた。

本共同研究会では、二〇一〇年当初、研究会メンバーで成果論文集を刊行する予定だったが、調査と研究会を重ねても未解明の部分が残り、二〇一六年までの論集刊行には至らなかった。そこで、これまでの調査に基づいて、本書で戦前期日本ペン倶楽部について報告することとした。

本書では主に、「国際ペンクラブ・ロンドン本部」と各国ペンクラブ、名誉会員、それ以外の団体との関係の、戦前から戦後にかけての歴史的経緯を扱う。そのため、本書では「国際ペンクラブ・ロンドン本部」を「ロンドン本部」、各国ペンクラブと本部などの組織全体を「ペンクラブ」と呼ぶ。日本ペンクラブについては、戦前は当時の呼称「日本ペン倶楽部」、戦後は現在の呼称「日本ペンクラブ」で表記する。文中の敬称は略した。

第一章　在ロンドン日本大使館

一九二三年冬から一九三五年までの在ロンドン日本大使館とロンドン本部

話は、まだ日本が当時のアジア圏では珍しく、主権国家として国際連盟に参加していた一九二三年から始まる。

一九二三年一二月二三日、ロンドンの社交界で顔を知られたジャーナリストで詩人の駒井権之助が、ロンドン本部の「スコット嬢」に、美しい筆記体で手紙を書き送った。その手紙には、日本にペン倶楽部を設立しないかという一二月二二日付の打診を今朝受け取った、自分はその書簡を日本大使館にすでに転送した等がつづられている。駒井はなぜこの文書を、日本大使館に転送したのだろうか。

ロンドン本部は、ペンクラブ未設立国にペンクラブ設立を呼び掛ける際、「Gt. Brit.」（「グレート・ブリテン王国」の略号）入りの書簡で、しばしば各国大使館宛に、依頼文書を発信していた。設立間もない当時のロンドン本部は、多くの国へのクラブ参加呼びかけに際し、個々の文学者や文学団体に直接あたるのではなく、多く当該国の大使館を支部設立打診の際の連絡先としていたようである（テキサス大学所蔵資料による）。ただし駒井は後述のように、ロンドン本部のH・G・ウエルズと懇意だった。そのため、大使館より先に、駒井がロンドン本部からの連絡を受けたのかもしれない。

また、一九二一年に設立されたロンドン本部は、一九二〇年一一月に第一回総会を開催した国際連盟と、相互に公式な定期連絡をとっていた。この定期連絡の記録が、テキサス大学が所蔵・現存している資料から確認される時期は、一九二八年以降だ。

ロンドン本部の書記長個人や創設メンバーたちが、各人で各国大使館や外交官らと個人的な書簡を交わし、クラブ創設を打診し、ロンドン本部での講演を依頼するなどして交誼を結んだ記録もある。こちらは一九二八年以前の書簡でも実見できる。一九二三年のロンドン本部から日本へのクラブ創設打診も、その例のひとつだ。

任意団体が、大使館宛てに何らかの打診を行うための文書を発送する。その前に、駒井のように文学者、記者、翻訳者、そしてロンドン社交界の立役者でもある人物が、事前の根回しをする。これは社交のさかんな当時のロンドンでは自然である。こうした経緯を経て、ロンドン本部には、各国の外交官とのつながり、またソーシャルネットワークが構築されていっている。

日本の話にもどろう。現存する書簡を確認する限り、駒井は一九二四年から一九二六年の間、日本ペン倶楽部創設会長として坪内逍遙や野口米次郎らを想定し、当人たちに倶楽部創設と会長就任を打診している。

当時の坪内逍遙は、日本ではシェークスピアの翻訳に取り組んでいた。一九二〇年には、吉江喬松が彼の『役の行者』をフランス語訳し、フランスの詩人らに称賛されるなどの評価を得ていた。だから、駒井も逍遙の名前を、ロンドンの社交界で挙げやすかったのだろう。

また、一時は美術研究者の矢代幸雄も、日本ペン倶楽部創設と創設会長就任を持ちかけられる含みがある状況で、ロンドン本部の晩餐会に招聘されている（ただし矢代は当時、すでに日本に帰国していたので晩餐会には欠席）。

一九二五年には、在ロンドン日本大使館はロンドン本部から、改めて、日本でのペンクラブ設立を慫慂する書簡を受け取っている。だから、一九二三年末から一九二四年にかけての駒井の下準備、尽力や斡旋は、ある程度までは成功したのだろう。

日本大使館が一九二五年に受け取った書簡にも、「Gt Brit.」というタイプライターでの印字は確認できる。とはいえ、もちろん本状は、英当局からの公文書ではない。本状は、任意団体から大使館への、日本支部設立打診にすぎない。この時は、日本大使館の徳川家正一等書記官が本状に前向きに返信し、（外務省などの）日本側との交渉をするとしてはいる。しかしながら、実際にはこの手続きは、同一等書記官がロンドン本部で講演をしただけで終わってしまい、日本ペン倶楽部設立話は頓挫している。

以上の経緯が、さきにとりあげた「倫敦P・E・Nより同会に於て講演されたる徳川大使」のロンドン本部との関係のうち、一九三五年以前の日付の書簡を中心とした資料の裏付けをもって、説明可能な事項である。

これらの経緯は、HRC所蔵の「ペン・コレクション」内の書簡群から確認できる。このコレクションは、ロンドン本部が受領した書簡だけではなく、ロンドン本部が発信した書簡のカーボンコピーも含む。そこでHRC訪問者は、ロンドン本部の書簡や電報については、ロンドン本部の受信記録だけではなく、ロンドン本部からの発信を含めた往復状況をたどることができる。

徳川家正書簡は、HRCの「MS. PEN. Recip. 2TLS. Japan Embassy. Gt Brit.. 1924 Oct 9」「MS. PEN. Recip. 2TL. Japan Embassy. Gt Brit.. 1925 Feb 22, 1927 Nov 19」というフォルダーに保管してあった。それらで確認した範囲では、ロンドン本部が日本大使館宛てにペン倶楽部設立打診や、その話し合いを行う会食などの打診を書簡で行った時期は、一九二一年に設立されたロンドン本部が加盟国を増やそうとしていた一九二〇年代前半である。

HRCのペンクラブ・コレクションには、ロンドン本部がポーランドやラトビア・ギリシャなどの大使館に宛てた、ペンクラブ設立打診の書簡カーボンコピーが含まれていた。ロンドン本部は、日本の大使館だけに支部設立の打診をしたのではなく、他の国へのクラブ設立打診でも、大使館へ連絡している。日本は、ことさらロンドン本部から特別扱いされたがゆえに、大使館に連絡が届いたわけではない。

やがて一九三〇年代が来る。一九三一（昭6）年には、満州事変が勃発する。一九三二年、リットン調査団は、満州事変における日本の正当防衛を認めない旨の報告を国際連盟に提出した。日本から出席した松岡洋右・国際連盟全権首席は、これに反論する。が、彼の主張は認められなかった。その結果、松岡は一九三三（昭8）年三月、国際連盟脱退を宣言して会議場を退出する。当時の外相、内田康哉が国際連盟に脱退の通告文を通達したのは、一九三三年三月二七日だ。

当時の日本のメディアは、松岡の行動に喝采した。しかしこの時の日本は、特に一九三三年二月の熱河省侵攻作戦が決定打となって、国際連盟から除名処分を受けるのが確実であった。

国際連盟側は、それまでは日本に対する勧告案の作成をするなど、満州問題の解決に努めていた。また斎藤実首相は、熱河作戦が国際連盟規約に抵触する可能性に気づき、これを決定した閣議決定を取り消そうと努力した。しかし、熱河侵攻作戦は開始され、満州国の存在を認めないとする勧告は国際連盟総会において、圧倒的多数で採択された。

満州事変に加え、熱河侵攻まで決行してしまった以上、この時の国際連盟における日本は、自ら脱退して国際社会から孤立するか、除名されて国際社会から孤立するかの二つしか選択肢がなくなった。除名処分では、日本は処分後、何の手も打てない。松岡は、除名前に自分から脱退した。

一九三三年三月二七日から二年経つと、手続き上、この脱退通告が発効する。在ロンドン日本大使館には、脱退通告発効以後は、国際連盟からの連絡が途絶えることになる。ところで彼らには、国際連盟につながる非公式なルートはなかったのだろうか。大使館と外交官のコネクションを生かせ、国際連盟に近く、社会的に影響力を発揮できる人々とは、私的な交流はなかったのだろうか。

また、そのための「手づる」を提供できる人物が、当時、どこかにいなかったのか。国際連盟とのパイプがあり、定期的に各国情勢の報告・連絡をしている、政府組織そのものではないが各国外交官たちのネットワークをもっている、ロンドン中心の欧州の国際組織。そういうものが、どこかにないだろうか。

ある。

欧州の文化人が中心となって構成された国際ペンクラブ、そして、その中核たるロンドン本部だ。かつて在ロンドン日本大使館は、ロンドン本部からの招聘を受けて、徳川家正一等書記官が講演するなど、ロンドン本部と交流があった。また、日本ペン倶楽部設立も、日本と相談しますとロンドン本部に回答したままになっていた。

ここで彼らは、のどかな一九二〇年代に放置したままになっていた、「Gt. Brit.」印字入りのロンドン本部からの書簡を、最大限に活用する手に出る。

一九三五年春から秋の在ロンドン日本大使館とロンドン本部

『天羽英二日記・資料集』（同刊行会、一九八四年）には、前述の「昭和十年三月二十八日附在倫敦帝国大使館一等書記官宮崎勝太郎氏より外務省天羽情報部長宛半公信」という「半公信」の存在を裏付ける記載はない。また、日本ペン倶楽部への言及も確認できない。この「半公信」なるものも、外務省アジア歴史資料センターのデータベースと外交史料館の、いずれにも存在しない。

そのような資料が、本当に存在するのか。あるいは、かつて存在していたのか。

『三十年史』には、本件については「一九三五（昭和一〇）年、外務省の天羽英二情報部長は、ロンドンの帝国大使館から郵送されてきた三月二十八日付の半公信を受け取った。発信者は、一等書記官の宮崎勝太郎であった。」という記述がある。この『三十年史』五六頁の一文は、現時点で確認がとれておらず、事実であるとも、虚構であるとも判断できない。それ以前に、この一文は、『会報』創刊号の内容を、そのまま引き写しただけのように読めなくもない。

では、いったい外務省と在ロンドン日本大使館は、日本の国際連盟からの脱退が発効する一九三五年三月前、ロンドン本部に対して、いかなる行動をとっていたのだろうか。ＨＲＣに残されている当時の書簡資料から、時間軸に沿って彼らの活動を追ってみよう。

一九三五年二月二二日に、ロンドン本部の書記長、ヘルマン・オールドが宮崎勝太郎在ロンドン日本大使館一等書記官に宛てて書いた手紙のカーボンコピーが、ＨＲＣに残っていた。そこには、「徳川家正閣下が私宛てに、日本にペンセンターを設立する可能性について、あなた（宮崎一等書記官）と話したと伝えてきている」と記載されている。その文面を紹介しよう。

I am informed by H. E. I. M.Tokugawa that he has spoken to you about the possibility of establishing a P.E.N. Centre in Japan. I should be very pleased to come and see you to discouse this matter if you would be good enough to (name?) an hour when you could see me. I hope that some morning next week would be convenient. Yours very truly, Hermon Ould

【拙訳】

徳川家正閣下から、私に、日本にペンセンターを設立する可能性についてあなたと話しているとのご連絡を頂きました。もしあなたが私と面談して下さる際に、一時間程度のお時間を頂けるのであれば、私はぜひとも、来週の午前中のどこかであなたにお会いして、この問題について話し合いたいものです。敬具　ヘルマン・オールド

徳川家正は、宮崎が一等書記官に任命された後の一九三五年頃、改めてトルコから本件の手配を、自らおこなったようだ。つまり一九三五年二月、ロンドン本部は徳川家正に連絡をしたのではない。この時は、徳川家正側から、在ロンドン日本大使館とロンドン本部の両方にあてて、日本でのペン倶楽部設立の可能性を話し合おうと、再度の働きかけがなされたのである。

さらに同じ一九三五年二月、宮崎勝太郎第一書記官は、ロンドン本部のヘルマン・オールド書記長宛に「三月五日にお会いしたい」と連絡している。その書簡も、HRCで現物を確認できる。

一九三五年二月のオールド書記長は、徳川家正トルコ大使と宮崎一等書記官の働きかけに前向きに応じ、返信する。次に一九三五年五月、宮崎一等書記官がオールド書記長に宛てて「あなたからのお手紙に、外務省からの回答を待ってお返事をしたい」と、再び文書を郵送する。

だから、在ロンドン日本大使館は一九三五年五月以降であれば、本省に対して、日本にペン倶楽部支部を設立する手配について、相談する文書を発信していてもおかしくない。

ただし前述の『会報』および『三十年史』では、日本外務省宛ての在ロンドン日本大使館からの三月二八日付半公信が、日本ペン倶楽部設立の根拠であるかのような説明がなされていた。『人間の運命』でも、日本の国際

連盟脱退（一九三五年三月）が、「徳川駐英大使」をして、日本ペン倶楽部設立を本省と相談させるに至った理由であるとしている。もし、その外務省宛て書簡の日付が、一九三五年五月以降であったなら、ＨＲＣに現存する宮崎勝太郎一等書記官書簡の示す内容と符合する。しかし、そうではなかった。

しかも『三十年史』と『会報』の説明では、一九三五年三月二八日以前、徳川家正トルコ大使が、以前中断した日本ペン倶楽部設立を、この時になって改めてロンドン本部に働きかけた件を、説明せず省いてしまっている。当時の外務省の動向について、『三十年史』はどのように説明しているだろうか。

この柳沢の文章にしろ、のちに述べるように、全的には信じ得ないものがあるが、国際文化振興会は無論のこと、外務省にしても、日本ペンクラブの運営その他に関しては、戦時に入ってからあとも干渉らしいことはしていない。すくなくとも、そういう具体的な事実はない。（五三頁）

確かに外務省は、「戦時に入ってからあと」は、日本ペン倶楽部には干渉した記録はない。文中でいう「戦時に入ってからあと」とは、いつのことだろうか。第二次世界大戦が始まったあと、という意味だろうか。

しかし、これは少し変である。なぜなら第二次世界大戦開始後は、外務省は翼賛体制を築いて、各種文学団体を統合してしまうからだ。具体的には、一九四二年五月、外務省情報局は、翼賛体制により組織された社団法人日本文学報国会を、自らの外郭団体とする。こうなってしまうと、外務省が日本ペン倶楽部に、わざわざ個別に干渉する根拠すら存在しない。

『三十年史』は、日本ペン倶楽部創設時の外務省や在ロンドン日本大使館の関与については、一切ふれない。そして、日本ペン倶楽部が実際に外務省ともに活動していた時期の説明を、すべて飛ばしてしまう。そして「戦時に入ってからあと」、つまり翼賛体制成立後の日本ペン倶楽部の運営には、外務省も国際文化振興会も「干渉らしいことはしていない」と言っているのだ。

つまり、『三十年史』も『会報』も、日本ペン倶楽部創設について、あからさまな嘘はついていない。同時に、事実の正確な説明も回避している。

外務省は、「戦時に入」るまでは、日本の文学者を集めた外郭団体のひとつとして、日本ペン倶楽部創設を指揮し、運営方針の指示を国際文化振興会とともに行った。本書では、テキサス大学他の一次資料を活用し、その過程をみてゆくこととなる。

一九二五年、在ロンドン日本大使館がロンドン本部から受領した「Gt˙ Brit.」の記載入り書簡のカーボンコピーは、テキサス大学に保管されている。それは公信ではない。

もちろん、国際連盟脱退翌日の一九三五年三月二八日、在ロンドン日本大使館から天羽宛てに、本当に「半公信」が届いたが、その書簡はすでに現存していないというケースもありえる。しかし繰り返すが、外務省アジア歴史資料センターのデータベースと外交史料館では、それらの存在は確認できないのである。

『三十年史』には、このような、事実とも虚構とも言いがたい説明がしばしば現れる。また、本来ならば必要な説明（＝徳川家正がトルコ大使としてロンドン本部に接触した事実やその日時の説明）を除きつつも、同時にそれらしい数字や人名を挙げ、読者を誤読に誘導してしまう箇所が散見される。

『三十年史』は、史料の裏付けがある場合もあり、ない場合もある。が、それなりの数字や固有名詞がちりばめられているために、信憑性のある資料のように読めてしまう。また、これまではそのように読まれてきた。

一九三五年三月以降も、東京の外務省とロンドン本部のあいだで、在ロンドン日本大使館を仲介した書簡のラリーは続く。同年六月には、宮崎勝太郎は「岡本かの子」が「外務省職員の柳沢健」と相談し、日本ペン設立に協力するに至ったと、オールドに書簡を送っている。

一九三五年六月、岡本かの子も、ロンドン本部のオールド書記長に書簡を送る。かつて自分がロンドン本部のテンポラリー会員だった時から今までご無沙汰していたという挨拶から、近況、柳沢健との話し合いについて説いている。

翌七月、さらに宮崎は「岡本かの子が、あなたに日本ペン倶楽部設立の打診をしたでしょう」という内容の文書をロンドン本部へと郵送。これに加えて、七月一七日には「ロンドン本部からの、日本への日本ペンクラブ設立打診と、松平駐英大使の対応の話が、外務省の返答より先に朝日新聞に公表されてしまった」という文書が、大使館からロンドン本部宛てに送られる。この郵便には「朝日新聞」の切り抜き記事も同封されていたのが、HRCで確認できた。

一九三五年二月から秋にかけ、宮崎第一書記官によって、日本における日本ペン倶楽部設立経過が、次々とロンドン本部に郵便で送られ、ロンドン本部には日本大使館からの文書が積み上げられていく。一九三五年一〇月の宮崎は、「書記長のお力で、H・G・ウエルズ国際ペンクラブ会長に、日本向けの、日本ペン倶楽部設立歓迎文書をお書き頂くようお願いできませんか」との、書記長宛て依頼文書までロンドン本部宛に郵送している。

以上の手配は、見事に成功する。ついに日本は、ウエルズの手によって草された、日本ペン倶楽部宛設立歓待書簡まで入手する。ウエルズが日本に書簡を送った旨は、日本の新聞で報道された。

このウエルズ書簡は、二〇一〇年、東京で三度目の国際ペンクラブ大会が開催された際の展示品となり、早稲田大学で公開された。

これで日本ペン倶楽部は、というより日本の外務省は、間接的に国際連盟とつながる、ロンドン本部主催の国際会議行きの切符をつかんだ。

ロンドンにおける日本ペンクラブ創設会長、岡本かの子

なぜ、この在ロンドン日本大使館とロンドン本部との往復書簡群では、岡本かの子の名が挙がっているのだろう。

岡本かの子は、一九三〇年時点で、ロンドン本部のテンポラリー会員となっていた文学者である。ただし彼女は一九三二年に外遊から帰国するまで、小説家ではなかった。歌人として著書の刊行はあったものの、小説家として川端康成の指導を受け始めるのは、一九三三年頃からだ。

テキサス大学所蔵の岡本かの子書簡では、彼女はロンドン本部のテンポラリー会員、および日本にペン支部を設立する希望をもつ日本人として発言している。ただし彼女自身は、日本ペン倶楽部会長にはならなかった。

HRC所蔵資料の岡本かの子書簡の点数は多い。内容は、ロンドン本部書記長からの返信、イタリアやインドとの交流、紹介状などだ。テキサス大学所蔵書簡を見る限り、ロンドン本部における彼女の存在感は、日本ペン倶楽部書記長として実務的な書簡発信を担当した勝本清一郎や、現地でロンドン本部創設時から信頼されていた駒井源之助とならんでいる。さらにいえば、初代会長の島崎藤村、副会長だった有島生馬、野上豊一郎・弥生子夫妻、横光利一や高浜虚子をはるかにしのいでいる。

日本ペン倶楽部の創設会長は、作家で詩人の島崎藤村である。しかし藤村の書簡は、HRCにも現在のペン・インターナショナルにもない。ペン運営についての諸事取り回しは、会長ではなく書記長（主事）の担当だ。だから、日本ペン倶楽部創設会長の書簡がロンドン本部のコレクションに一点も保管されていないのは、仕方のない面もある。駒井権之助が一九二〇年代に日本ペン倶楽部創設会長候補と目して手配していた、坪内逍遙や矢代

幸雄の書簡も、テキサス大学には残されていなかった。

一九四〇年になると、はじめて矢代幸雄の名の含まれた文書が、国際文化振興会や日本ペン倶楽部から、ロンドン本部に郵送される。この件は後述する。

一九三〇年から一九三二年のあいだ、岡本かの子は、タイプライターを駆使し、英文でこまめに手紙を書いた。HRCの岡本かの子資料は、彼女が自分でタイプ・筆記した書簡が二一点ある。彼女に言及する第三者の書簡も多数ある。これだけの書簡が確認可能な戦前の日本ペン倶楽部会員は、ペンクラブ書記長同士の事務連絡を除くと、岡本ただ一人である。

先に挙げた、一九三五年春の、宮崎勝太郎一等書記官とロンドン本部書記長ヘルマン・オールドとの往復書簡の交換時期には、岡本も、宮崎と同じ趣旨の書簡を、直接ヘルマン・オールドに送っている。このことも、ロンドン本部の日本に対する心証をよくした可能性はある。なぜなら、一九二〇年代から一九三五年頃まで、オールドと岡本は、ソーシャルクラブの執事と会員のような関係にあったからだ。

岡本かの子は駒井権之助同様、主に社交面、ロンドンのソーシャルクラブ文化圏内で華やかな交際生活を送っていたと書簡からわかる。彼女は日本ペン倶楽部会員としてのロンドン本部との交流では、特に日本人会員についての紹介状の発行で、駒井ともども日本ペン倶楽部のために尽力している。また在ロンドン日本大使館と外務省の柳沢健は、テンポラリー会員としての岡本の人脈も活用して、ロンドン本部との接触を活性化し、日本ペン倶楽部創設に成功していた。

ロンドン社交界では、同じ水準の社交界で活躍する人物の紹介、口利きが各種手配に有効であるのは、論を俟たない。在ロンドン日本大使館にとって、岡本の存在はロンドン本部と交渉しながら日本ペン倶楽部を創設するための「切り札」として機能している。

するとロンドン本部は、一九世紀以来の英国式ソーシャルクラブ文化圏にある団体としての特色も、示しているのだろうか。実際に、彼らはもともと、そのような団体であったと解釈可能な記録も多数残っている。一九三〇年代は、イギリスにおける最盛期をすぎたソーシャルクラブ文化の、最後の「日の名残り」の時代でもあった。ロンドン社交界における岡本かの子と駒井権之助を理解する際には、彼らの日本における文学者としての社会的地位は、あまり解釈の助けにはならない。ロンドン本部側からしても、日本の文壇内での序列、そのなかでの岡本の位置など知りようもない。

日本側の資料である『三十年史』では、岡本や駒井の名前は挙っているものの、彼らは大した評価をされていない。岡本かの子については、あえて彼女を軽侮するかのように読める書かれ方までされている。

また、柳沢が右の文中でとくに岡本かの子の名を挙げているのには、ひとつの理由がある。／彼女は一九三〇（昭和五）年から三二年にかけて渡欧した折、ロンドンのセンターにまねかれて、日本人としてはただ一人のイギリス・ペンクラブ会員になっていた。しかも、イギリスのセンターは、いうまでもなく国際ペンの本部である。天衣無縫ともいうべき無邪気な性格の持ち主であった彼女には、これが自慢のたねで、折あるごとに手ばなしで誇っていた。そして、ロンドンのセンターにそれを送るのだと称して、日本ペンクラブ発会式の折には専属のカメラマンをともなって来て自身を撮影させるなど、その後も他の会員たちを苦笑させるような言行をくりかえしていたほどであったから、第一回打合せ会の席でも周囲への気兼ねなどせずに、率先して日本ペンクラブの創設を主張した。／その結果、他の出席者も「まあやって見よう」という方向へかたむくことになったのだが、岡本ほど無邪気ではあり得なかった賛成者の心裡には複雑なものがあった。
（五八～五九頁）

この引用は、「柳沢が右の文中でとくに岡本かの子の名を挙げているのには、ひとつの理由がある」とは指摘している。では肝心の、柳沢健が、ロンドンでテンポラリー会員であった岡本かの子と語らった上で、在ロンドン大使館と打ち合わせたことは、どう書かれているだろうか。

実は一九三五年春にロンドン本部に彼女自身が書簡を郵送し、日本ペン倶楽部創設に協力していたというもっとも重要な事実を、『三十年史』はきれいに黙殺してしまっているのだ。

『三十年史』刊行当時、すでに岡本は逝去している。故人は抗議できないし、遺族も本件詳細を知悉していたとは考えにくい以上、抗議も難しい。さらに『三十年史』では、岡本かの子は「苦笑され」た、賛成者は「岡本ほど無邪気ではあり得なかった」と、岡本への冷笑めいた文言は繰り返される。これでは『三十年史』は、岡本による日本ペン倶楽部創設への最大の尽力を隠蔽した上で、彼女を貶めているようではないか。

なぜ『三十年史』は、岡本をここまで貶めるのか。

この理由として挙げられる背景事情は、ひとつやふたつではない。

そもそも岡本は、世界の著名な作家、外交官などの本会員たちに立ちまじり、知名度のある日本人作家然として、ロンドン本部のような華やかなクラブのテンポラリー会員となっていたものの、渡欧前は歌人で、作家ではなかった。それにもかかわらず、彼女はロンドン本部とのコネクションを、実際に日本で作家として活動している人々に吹聴した。駒井権之助も、その点では岡本にかなり近い立場にある。駒井は小説の創作をしていないにもかかわらず、ロンドン本部創設記念晩餐会にまで出席している。

東京における日本ペン倶楽部創設についての第一回打合せ会に出席していた人々は、作家にしても官僚にしても、東京では、岡本かの子より、はるかに社会的な地位が高い面々であった。彼らにとり、岡本のような歌人が海外の社交生活でつかんだコネは、嫉妬と侮蔑の対象だったのかもしれない。

ただし、岡本かの子と駒井権之助が、ロンドンの社交クラブで、作家でもないのに著名作家たちと交際生活を送れた理由は、彼らの社交のセンスだけの問題ではない。これは、ロンドン本部固有の特殊事情と関係していた。後述するが、岡本かの子と駒井権之助は、ロンドン本部会員たちが本部創設前から漂わせた、独特のスピリチュアリズムにとけ込めた日本人だったのだ。彼らはそれによって、ロンドン本部の奥の院、インナーサークルに進む資格を得た。イギリスは階級社会であり、ソーシャルクラブ文化においても階層化は明確だ。ところがイギリスでも、降霊会などスピリチュアルなサークルでは、出自や階級を超えた会員間の交流が可能だった。岡本らにはその点で、他の日本人作家と異なる、大きなアドバンテージがあった。

当時のロンドン本部を囲繞した社交文化圏は、英国の階級社会を強く反映しているため、日本の民間人には、参加が難しい。英連邦の社交界とは縁のない、日本語で書き、話す作家や詩人には、スピリチュアルなサークルを経ない限り、ロンドンのクラブは敷居が高すぎる。

一九三〇年代ロンドン交際社会でのアジア人の立場は、いかなるものだったのか。当時のアジア圏出身者のペンクラブ入会希望者・関係者は、テキサス大学所蔵資料の内容からいえば、岡本や在ロンドン日本人以外では、富裕なインド人上流階級（＝大学教授やゾロアスター教徒など）がクラブ創設当初から出入りしていて、圧倒的な存在感を示した。当時、ロンドン郊外に邸宅をもっていたインド人上流階級のひとびとは、英連邦の社交界には慣れている。このような英連邦の上流階級に所属するインド人であれば、小説も詩も書かずとも、日本語だけで執筆する日本人作家より、はるかに自然にロンドン社交界に溶け込めたのだろう。ロンドン本部の交際圏内のアジア人は、彼らのほかには、わずかに中国知識人がいるにすぎなかった。それを思えば、岡本かの子が小説も詩も書かないまま、ロンドンの作家中心の社交クラブに参加できていたのは、東京の男性たちから冷笑されるどころか、むしろ称賛されてしかるべきなのではないだろうか。

ロンドンの交際社会における岡本かの子を理解するには、同じアジア人であるインド上流階級グループ、特に女性作家と対比するとわかりやすくなる。ＨＲＣのペン・コレクションに残された岡本関係書簡、また岡本かの子のロンドン生活をモデルにした小説を読むと、実際に、岡本は上流階級のインド人女性たちを、かなり意識して行動していたのではないかと考えさせられる。

富裕なインド人上流階級の女性たちは、ロンドン社交界での地歩を固めると同時に、ロンドン本部に対し、実に積極的に、多面的に働きかけた。たとえばインドペンクラブ・マドラス本部創設会長であるゾロアスター教徒のソフィア・ワディアは、自己アピールに際して写真、絵葉書を活用した。各国代表が入り混じるペンクラブでは、写真は有益だ。特にクラブを創設する際、他国に対し、ペンクラブ発会式で撮影した記念写真を配布すればよい。そうすれば、言葉の異なる海外でも、一目でそのクラブの主要メンバー等の概況がわかるではないか。

岡本が、「ロンドンのセンターにそれを送るのだと称して、日本ペンクラブ発会式の折には専属のカメラマンをともなって来て自身を撮影させ」た件は、日本の会員たちを「苦笑」させたという。しかし、その「苦笑」した日本ペン倶楽部創設会員たちを紹介し、彼らの作家としての魅力を伝える資料は、ロンドン本部資料からは、ほとんど発見されなかった。

ところで、創設期のロンドン本部がその本領とした英国式クラブ文化は、日本の昭和戦前期の作家文化圏から、どこまで理解されていたのだろうか。ロンドン本部創設者たちは、創設前から草創期、頻繁に晩餐会やソーシャルクラブ活動を繰り広げた。『三十年史』はこれを、「創立の当初」の彼らの活動は「食事の会くらいの規模にすぎなかった」（七頁）と表現してしまう。これではクラブ文化圏の文学という、イギリスの伝統理解が抜け落ちてしまう。

たとえば以下のくだりは、ロンドン社交界の伝統を理解せずに書いたか、ロンドン本部の社交面を自覚的に看過して書かれたかの、いずれかではないか。

一九六五年十月五日に、ドウスン・スコット女史の生誕百周年記念の晩餐会がザ・カフェ・ロウヤルで催されたとき、最初の集会のメニュウが復原《ママ》されて、レストランの写真入りの表紙とともにくばられたので人はこういう記念の仕方のあることを知ったが、当夜の晩餐はやはりこんだものであったことがわかる。（七頁）

また、岡本の「天衣無縫」が、当時の日本の常識と、どこまで合致していたかも考慮されるべきだろう。岡本が愛を語り、『新神秘主義に就て』（一九二八年）などオカルトを語る姿は、果たして東京の同時代男性エリートたちから、どこまで尊敬を勝ち取れたものか。

ただ、彼女を理解できた例外的な日本人男性作家も、わずかにいた。それが、岡本の創作相談にのっていた川端康成だ。当時の岡本かの子の特殊性を理解できた川端は、やがて国際ペンクラブの英連邦のネットワークにつらなる文化人の特性を理解し、川端自身も、彼らに受容され、大きく顕彰されることとなる。そのことによって、川端は自身の作家としてのキャリアを、世界的な成果に結実させるに至る。

さらに、岡本のこの時期の生活態度は、控えめにいっても芳しくなかった。当時の岡本の私生活を知る人は、彼女の話を真摯にとりあうのに、ためらわざるをえなかったのではないか。

一九二九年から三二年当時、岡本は夫と息子、愛人二名と渡欧し、生活した。それにも関わらず、彼女は孤閨に悩む名流女性歌人、九条武子を意識した趣旨の短歌やエッセイを発表した。帰国後は、夫に加筆・添削させた小説を発表し、九条武子のエピゴーネンたる名流仏教夫人としてラジオに出演し、宗教について語るという矛盾に満ちた生活を送る。こんな女性の言動を真面目にとりあうのは、現代人でもためらわれよう。

しかし、それでも『三十年史』の記述は、岡本に冷ややかすぎる。なぜなら戦前期日本ペン倶楽部は、会員の渡欧とロンドン本部訪問に際し、岡本の紹介状を活用していたからだ。いくら外務省が交渉に尽力しても、相手はソーシャルクラブだ。日本人がロンドン本部を訪問するのに、コネクションのある人物の紹介状抜きでは、どうしようもなかった。

現に、岡本の紹介状なしには、高浜虚子も横光利一も身動きがとれなかった。岡本の紹介状を紛失した結果、身動きとれなくなったのが高浜虚子だ。ＨＲＣには、高浜虚子の資料が保管されたフォルダー「MS PEN Recip. PEN ITLS, Takahama K. 1936 May 13」がある。これは高浜虚子が、岡本かの子からの紹介状を紛失して困っている、としたためた書簡一通だけを保管したフォルダーだ。それ以外に、高浜虚子本人の記録は、テキサス大学にも現在のロンドン本部にも残されていなかった。おそらく、ロンドン本部から見た高浜は、岡本に比して印象が薄かったのだろう。

ところが『三十年史』では、高浜がロンドン本部へ招聘された件は、あたかも岡本かの子には何の関わりのない、まったく独立したエピソードであるかのように説明されている。

　ロンドンのペン・センタから送られてきた資料のなかに、駒井権之助とロンドンのペン・センタとの間にかわされた書簡がある。その一つは一九三六年の端午の節句に、折からヨオロッパ旅行中の高浜虚子を招待することについてのものである。西一区大ポオトランド街四二／四八番地のペイガニ・レストランでおこなわれたペンの例会に、虚子はゲスト・オヴ・アナアとして出席し、俳句についての講演を行った。パリから横光利一がきてゲストとして加わったことは、高浜虚子の『渡仏日記』、横光利一の『欧州紀行』によっても知られる。（二一一〜二一二頁）

『三十年史』のこの箇所は、日本で入手した岡本かの子の招聘状を紛失した高浜が、ロンドン在住の駒井に次善策を対処してもらうほかなくなった、その善後策のための往復書簡の存在を説明しているのだろうか。しかし『三十年史』では、そもそも高浜虚子は、岡本かの子からの紹介状を得てロンドン本部に向かったという肝心の説明がないまま、駒井の書簡だけについてふれている。これでは一九三六年の欧州旅行中の高浜虚子の、ロンドン本部への招聘手配を行ったのは、ロンドン在住の駒井権之助のように読めてしまう。

『三十年史』では、虚子のペン倶楽部会員としての渡欧は複数個所で言及がある。が、彼のロンドン本部招聘について協力した日本人については、この引用箇所の駒井ただ一人しか触れられていないのだ。

このように『三十年史』は、岡本の戦前期日本ペン倶楽部とロンドン本部への、様々な尽力、善処を黙殺した。そして、あたかも彼女が僥倖でロンドン本部に混ざりこめただけの、単なる浮かれた女性であるかのように記録した。

岡本はロンドン本部書記長のヘルマン・オールドとの面談を取り付け、一対一で交流し、各国ペンクラブ会員とも積極的な交流に努め、会合によく足を運んだ。

オールド書記長は、岡本の社交を高く評価している。現存する彼の書簡のカーボンコピーからは、書記長は彼女を、戦前期日本ペン倶楽部設立・運営の立役者とみなしていた可能性がある。

その証左のひとつが、ロンドン本部書記長が、同じアジア圏のペンクラブ会長に、岡本かの子の自宅を、日本の公式なペンクラブ連絡先として紹介した記録である。

彼は、インドペンクラブ会長ソフィア・ワディアとも、頻繁に書簡を交わした。この中には、彼がソフィアに、日本のペン倶楽部創設を報告する内容の書簡がある。ここで彼が話題にする「日本」とは、国際連盟脱退後の、国際社会復帰を切望する日本ではない。在ロンドン日本大使館についても、彼らの話題にはならない。島崎藤村なる日本人作家の動静でもない。

オールドがソフィアに連絡したのは、ソフィアが配慮していた、社交の場で遭遇して話を聞いていた「岡本かの子」による日本ペン倶楽部創設の成就なのだ。

一九三六年四月九日付書簡では、彼はソフィアに、日本ペン倶楽部の公式な連絡先を、「3, Takagicyo, Aoyama, Tokyo, Japan」だと教えている。これは岡本かの子の自宅住所だ。彼はソフィアに、公式な日本ペンクラブ連絡先は、岡本かの子個人宅だからここに連絡するといい、と説明しているのである。

一九三二年の帰国後、岡本とオールド書記長の文通は途絶える。その後一九三五年、岡本は外務省の柳沢健と相談し、日本ペン倶楽部設立に協力する次第になったとロンドンに伝える。高浜虚子や清沢洌、横光利一の紹介状を書いて書記長に送ったのも岡本だ。メールもファックスもなく、紹介状の威光が強かった時代に、岡本は日本ペン倶楽部の対外交渉担当として、獅子奮迅の働きをみせた。

岡本自身も、ソーシャルクラブとしてのロンドン本部の性質を、大いに活用した。一九三二年、欧州滞在中の岡本は、オーストリアやスイスやイタリアに足をのばした。この時の彼女の移動には、彼女がロンドン本部に書いてもらった紹介状が生かされている。

一九三〇年代の欧州のペンクラブ作家の一部は、国家間移動の便宜、特にナチズムからの逃亡時に便宜をはかるため、フリーメーソンリーでもあったとする先行研究もある。ただロンドン本部の紹介状は、各国間移動に有効だった。そのため、欧州での移動の便宜のためだけであれば、ペンクラブ会員は、わざわざフリーメーソンに入会する必要はなかった。

実は、ロンドン本部とフリーメーソンとの関係は、ナチズムからの逃亡の便宜とは異なる位相で存在していた可能性がある。そのことは後述する。

ロンドンで一度脳溢血を起こし、帰国後は執筆・講演・ラジオ出演に忙殺された岡本は、一九三九年二月に死去する。日本ペン倶楽部創設記録を当事者として記録する時間は、彼女にはもう残されていなかった。

岡本逝去の報は、当時の日本ペン倶楽部書記長をしていた中島健蔵が、ロンドンに報告する。ロンドン本部も日本ペン倶楽部に、哀悼の意を返した。

一九三九年六月発行のロンドン本部の機関誌『ペン・ニュース』（四頁）には、ページ全体の三分の一を割いて、戦前期日本ペン倶楽部創設メンバーとしての岡本かの子の追悼記事を掲載している（二〇一〇年の加藤哲郎のロンドン本部調査により発見された資料）。記事全文を引用しよう。

KANOKO　OKAMOTO

It is with great regret that we announce the death of Madame Kanoko Okamoto, one of the most respected members of the Japanese Centre. Madame Okamoto lived for some years in London and was a member of our Centre during that time; she often attended our dinners and was well known to many of our members. It was always her ambition to link up Japan in the P.E.N., and on her return to Tokio it was she who was largely responsible for the foundation of a centre which has since become very active, and in spite of the war carries on its work, like its sister-Centre in China. Madame Okamoto was regarded by competent judges as one of the most significant poets of her generation and her death is a considerable loss to Japanese literature.

【拙訳】

岡本かの子

我々は深い哀悼の意をもって、日本センター会員のうちでも、最も尊敬されている岡本かの子夫人の死をお知らせ申し上げます。岡本かの子夫人は、ロンドンに数年間在住され、その当時はわれわれのセンターの会員でおられました。彼女はよく我々の晩餐会に参加されたので、会員の皆様にはよく知られておりました。日本にペンクラブのつながりを築きたいというのが、彼女の変わらぬ熱望であり、そのため東京へ戻ってから、ペン設立に多大な職務を負いました。日本ペン倶楽部は設立以後、とても活動的で、戦争にも関わらず姉妹センターの中国ペンのように業務が継続しました。岡本夫人は有能な批評者たちによって、同世代のなかでは最も重要な詩人だと評価されており、彼女の死は、日本文学にとっての大きな喪失なのです。

これこそが、ロンドン本部側の岡本かの子に対する認識だ。このような記事は、戦前期日本ペン倶楽部初代会長である島崎藤村の死去に際しては、『ペン・ニュース』に書かれていない。そして、日本ペン倶楽部書記長中島健蔵は、岡本のロンドン本部での存在感を、本当は知っていた。

しかし、そのことは日本側では、記録されなかった。

戦前期日本ペン倶楽部書記長

テキサス大学の調査では、戦前期日本ペン倶楽部の会長であった島崎藤村や正宗白鳥については、資料は見つからなかった（藤村の略歴を記載した英文資料はあったが、作成者と作成年月日未詳）。会長の資料が見つからない理由は、倶楽部を代表する「会長」と、実務担当の「書記長／主事」役割分担の違いが大きいと思われる。文書作成・書簡の発信や受信は書記長の業務なので、記録に残るのは、書記長名義の文書や書簡が大半となる。また島崎藤村や正宗白鳥の小説や詩歌の英訳は、当時のロンドンのソーシャルクラブで話題になっていたとは考えにくく、会長はロンドン本部とはほとんど没交渉の状況であったらしい。

いずれにせよ、戦前期日本ペン倶楽部の渉外において、書記長の果たした役割は大きかった。初代書記長の勝本清一郎の就任期間は一九三五年から一九三八年、二代目書記長の中島健蔵の就任期間は一九三八年から一九四一年まで。一九四一年の中島の召集後は、夏目三郎が後任となった。

同時期のロンドン本部では、初代会長のジョン・ゴールズワージーではなく、書記長のヘルマン・オールドが、ロンドン本部の窓口かつ総支配人、クラブのバトラーとして諸事全般を切り回している。だから日本支部の書記長の役割は、ロンドン本部の書記長とは異なる。日本の場合、前述した外務省による設立事情のため、勝本らは外務省の外郭団体の実務担当者として、対外交渉の窓口としての役割を担っている。

ところで、中島健蔵が、盧溝橋事件以降終戦までを振り返った、『回想の文学』（全五巻、平凡社、一九七七年）の一節には、上記の彼の書記長時代が含まれる一九三七年から一九四五年の期間について、次のような記述がある。

軍国主義に塗りつぶされた「大日本帝国」の出現と崩壊は、一九三七（昭和十二）年七月七日の盧溝橋事件にはじまり、一九四五（昭和二十）年九月二日の降伏にいたる。わたくしとしては、三十四歳から四十二歳におよぶ働きざかりの八年間である。この八年間を、ただ単に悲惨の連続と見るわけにはいかない。それならば、「栄光」と呼ぶに値するものが、一つでも存在したか。こういう反問が、この時期を体験しなかった人間の口から発せられたとすれば、わたくしは冷然と答えるであろう。大多数の日本人が、「栄光」の自覚に胸を張った時期があったのだと。結果としてその自覚は錯覚であったが、その「栄光」の亡霊は、いまだに日本のあちこちにさまよいつづけているのだ、と。

（『回想の文学』）

中島健蔵が二代目書記長となった一九三八年以降、日本ペン倶楽部は、より組織的で合目的性の強い、時局に応じた対外文化政策組織へと強化されている。中島が指揮をとった時期の日本ペン倶楽部は、勝本書記長当時より、外務省による対外文化政策としての目標が明確化された印象だ。

中島は海外における日本文化交流のための定期刊行物の発行、海外在住日本語学習者向けエッセイコンテストの主催などを、勝本以上の実務性を持って的確に行った。彼は、現在では当然の日本文化発信方法を、初めて本格的に近代化して開始した文化政策担当官なのである。ジャパンファウンデーション（当時は国際文化振興会ないしKBS、以下当時の同組織をKBSと表記）と外務省は、中島書記長の日本ペン倶楽部と提携し、時局に応じた対外文化政策で国益をはかった。この対外文化発信方法は、今日の日本でも踏襲されている。また、一九二〇年代前半のロンドンで行われていた、文学者同士のクラシックな親睦団体の運営より、一九三〇年代後半の中島のような、明確な目的意識をもった組織運営の方が、現代のペンクラブや文化交流組織に連続している。

ただ、中島と戦前期日本ペン倶楽部にとって不幸なことに、当時の日本の国益（とKBSや外務省が想定した事項）と対外文化政策の目的は、後世に誇れる内容とはいい難かった。さらに国益の主張自体が、ロンドン本部の社交性と齟齬をきたした。ロンドン本部書記長が、岡本かの子の自宅を日本ペン倶楽部の代表連絡先としてインド代表に伝えたのも、こうした行き違いのひとつといえよう。ロンドン本部の書記長からすれば、ロンドン社交界におけるホスピタリティを存分に発揮した岡本の方が、日本ペン倶楽部の顔だ。中島の手配し続けた日本の対外文化発信は、ロンドン社交界にそぐわない内容と形式であった。

では、いったい当時の日本の文化外交では、中島健蔵と戦前期日本ペン倶楽部をして、対外的にどんな事項を発信させようとしたのだろうか。

勝本と中島がロンドンに発信していた主張のうち、特に中島が明確化し、ロンドン本部と決定的に相いれなかった部分は、「当時の日本の中国侵略・占領の正当化」「皇紀二六〇〇年記念事業の企画とその遂行」だった。

こう書くと、中島健蔵とは典型的な戦争犯罪者と想像する読者もあるかもしれない。が、中島が書記長だった時代の日本ペン倶楽部運営方法は、現代の日本人には、むしろ理解しやすい。なぜなら彼の運営した組織と業務とは、一九三〇年代以降に世界各地で展開する、外務省ないしそれに類する中央省庁とその外郭団体が執り行う、近代的な対外文化政策組織とその業務のプロトタイプとして、高い完成度を示しているからだ。

では、そのことは『三十年史』や『人間の運命』には、どう説明してあるのか。『人間の運命』は創作であるから、矛盾や虚構があるのは批判の理由にはならないかもしれない。『三十年史』は、存命中の人物への聞き取り調査や回想などを自主的にまとめた、日本ペンクラブ公式の団体史だ。各人の記憶違いや誤解もあるかもしれない。

『三十年史』では、戦前期日本ペン倶楽部と外務省、国際文化振興会の関係は、矛盾したまま記述されている。その矛盾する主張のいずれも、「外務省は、どういう目的で戦前期日本ペン倶楽部と接点を持ったのか」については触れていない。

そのため、これまで勝本と中島が、書記長として外務省とどのような連携をはかって事務を采配していたのか、具体的には明らかにはなっていなかった。この点も、国文学研究の領域では、問題視されずにいた。

『三十年史』は、五八ページから五九ページでは、おもに外務省文化事業部第三課長柳沢健の立場と見解に添うかたちで、地の文で「外務省もＫＢＳも、日本ペン倶楽部の運営には干渉していない。岡本かの子は、ただロンドン本部のテンポラリー会員であったのが自慢のたねで、周囲から苦笑されていただけの人物」という趣旨の説明をしている。

六四ページから六五ページでは、外務省嘱託だった井上勇の文章を引用するかたちで、柳沢の意見とは異なる回想が、引用文として紹介されている。

ところで、第一回打合せ会の折りから外務省側の世話役として出席していた井上勇は、のちに同盟通信、時事通信の記者を経て、戦後は多くの訳業をのこしているが、彼の執筆した『ペン三十周年』（昭和四一年二月「会報」）という文章には、当時の彼自身の身分や他の会員の動向の一端をうかがうに足りるものがあるので、それを見ておくことにする。

「私は当時、柳沢健課長のもとで働いていた、外務省嘱託で、ペン創立の事務担当者だった。（中略）そして、第一次日本ペンはロンドン・ペンの示唆によって作られたもので、文筆家の自発的な組織というよりも、むしろ外務省文化事業部の出店の色彩が濃厚だった。（略）それまで（発会式までの意）岡本女史は、ほとんど毎日のように（は、ちとオーバーだが）外務省第三課に姿を見せられ、クラブの創設のために奔走されていた。（略）また、創設に当たって、とくに尽力された人々には、有島生馬、阿部知二、芹沢光治良、米川正夫、勝本清一郎、豊島与志雄、清沢洌の諸氏があった。これらの人々は、度々、外務省に足を運ばれて、柳沢課長と打ち合わせをされていた。以上のほか、国際文化振興会の理事だった黒田清伯爵の名も忘れてはなるまい。国際文化振興会も柳沢健氏の遺産である。」

ここでは、柳沢の「外務省や国際文化振興会はすこしも関係はしていない。否それらも関係のないものにしようとしたために、僕は余計な苦労までしたのだ。」という文章に対して、「むしろ外務省文化事業部の出店の色彩が濃厚だった。」という、まさに正反対の見解が示されている。（六四〜六五頁）

ＨＲＣに残された当時の記録をみる限り、戦前期日本ペン倶楽部は外務省と一心同体で、岡本かの子は倶楽部のために奔走している。「ロンドン・ペンの示唆」で日本ペン倶楽部が創設されたという箇所は措くとして、柳沢の説明より、井上勇の回想の方がテキサス大学所蔵資料の示す同時代事情に即した内容になっている。

しかし、前述の井上勇の引用の後、『三十年史』の地の文では、なぜか井上の回想内容を、次のようにまとめてしまっている。このまとめ方では、井上が日本ペン倶楽部と外務省の関係を説いた発言が、無効化されてしまう。

> 日本ペンクラブが他からのはたらきかけによって発足したことは否定し得ないにしろ、この事実は、クラブを育てたものがやはり会員自身であったことを側面から立証している。（六五頁）

実際に、その後刊行された『日本ペンクラブ五十年史』（日本ペンクラブ、一九八七年、以下『五十年史』と表記）は、外務省は戦前期日本ペン倶楽部とは関係ないという、柳沢健の主張を認めた記述にまとまっている。

『三十年史』や『人間の運命』の二冊は、これまで戦前期日本ペン倶楽部についての信頼できる基礎資料と考えられてきた。しかし二〇一〇年以降の筆者らの共同研究で、ＨＲＣ所蔵のペンクラブの一次資料とこの二冊を照合し、他の同時代資料とのクロスチェックを重ねた結果、この二冊には虚構、意図的に読者の誤読を誘導する記述、因果関係を逆転させた記述等が登場するとわかってきた。

南米の島崎藤村――初代日本ペン倶楽部会長と国家主義／超国家主義／国際協調主義

戦前期日本ペン倶楽部の初代会長は、作家で詩人の島崎藤村だ。彼は日本ペン倶楽部創設年の一九三五（昭10）年から、没する一九四三年まで会長の任にあった。

島崎藤村は、日本ペン倶楽部会長として、外務省やKBSの後援を受けて海外渡航した。また晩年の七年間は、彼はいくつもの国策に協力している。特に、一九四一年に陸軍大臣・東条英機の示達した『戦陣訓』の文案作成に参画したのは周知の事実だ。昭和期の小説家としての作品では、大作『夜明け前』（新潮社、一九三二、三五年）、未完の『東方の門』などがある。これらにみられるように、晩年の島崎藤村は、アジア圏における近代国家としての日本を強く意識した作品を書いている。

最晩年の藤村を、国策、ことに超国家主義に加担した作家と批判することもできる。だが実際には、晩年の藤村の行動様式こそ、戦後の文化人による対外文化政策への関与の原型となっている。彼のように、官公庁とともに日本文化を発信し、日本ペン倶楽部で発言した作家が、近代的で知的な日本の作家の現在の姿を準備した点は否定できない。これも、中島健蔵の官僚的優秀さ同様、まさにリアルタイムのわれわれの話題だ。晩年の藤村を、功罪併せて冷静に再評価するのは、現在のわれわれに不可避の課題だろう。

実際、戦前期日本ペン倶楽部会長としての藤村の言動は、現代の文化人や学者らが、国際交流の際にとる／とらされる行動の原型だ。

藤村は一九三六（昭11）年、日本ペン倶楽部会長として、アルゼンチン・ブエノスアイレスでの第一四回国際ペンクラブ大会に出席する。副会長の有島生馬を含む一行は、神戸を振り出しにシンガポール、コロンボ、ダーバン、ケープタウンを経て南米に至る。大会の前後にはブラジルを訪問し、帰途は北米とフランスを経て、一九三七年に日本へと戻る。これら植民地都市を見て歩いた経験から、藤村は『巡礼』に欧米嫌悪の感情をにじませる。

シンガポールでもアルゼンチンでもブラジルでも、藤村は日本人学校や日本人会を訪れる。各国の日本人会で、藤村が日本語・日本の童話、芸術について語る愛は真剣だが、この真剣さが勇み足となる場面もあった。ブラジルでは当局の移民同化政策に言及した上で「移民の間に於ける教育の普及も容易でなく、第二世第三世の末にかけて日本人の素質の退化を深く憂ふる人々すらある」（『巡礼』）と、ナイーブに日本語と日本文化教育を求める。また「所謂国際的なる物の考へ方も欧羅巴中心でありすぎる」（『巡礼』）と国際ペン大会の席上で、いきなり立ち上がって語ろうとし、有島生馬に止められる。

日本文化の対外発信や海外における日本語教育がデリケートな状態である時期に、藤村はいくつか軽率な言動を示した。その報いは、彼の帰国後にやってくる。一九三七年、藤村の言動に関して、ブラジル大使からの通告が、外務省アメリカ局長経由でもたらされ、日本ペン倶楽部会長としての藤村に通達される。ブラジル大使が日本当局に直接指摘したトラブルに限れば、藤村の軽率さは、特に彼の諸事の帰国時の談話に出ている。

藤村は前年十二月二日、パリのラスパイユの宿舎から朝日新聞へ通信を送ったのを最後に、十二月十三日パリ出発、新年を紅海海上に迎え、神戸に上陸、その際の談話が一月二十四日付の『ジャパン・タイムス』紙上に掲載され、之を閲読したブラジル国大使から「誤解を惹起する虞あり」との一文を、日本外務省あてに通告があり、外務省アメリカ局長より、その旨（一月三十日付）藤村にあて通達があった」

（『藤村全集　第一七巻』筑摩書房、一九六七年～）

一九三七年時点では、『ジャパン・タイムス』という名の新聞はない。『藤村全集』一七巻所収の新聞記事は、「ザ・ジャパン・タイムス・アンド・メイル」一九三七年一月二五日の英文記事だ。該当記事の大意は、次のようになる。

日本ペン倶楽部会長の島崎藤村が、ブラジルからヨーロッパを経て帰国した。藤村夫妻はブエノスアイレスでの会議の後、欧米旅行を経て帰国。ボストンでは日本美術展を見て、のちマルセーユに渡った。神戸で、次のように旅行の印象を語った。「ペンクラブ大会では、様々な国から来た代表派遣団による議論があり、マリネッティのイタリア表現主義とその他が特に素晴らしい議論だった。東京での一九四〇年の国際ペンクラブ開催が皆に承認され、インドの代表派遣団は、我々の申し出を喜んで受け入れた。文学作品の翻訳の問題について、代表団たちは次の段階に解決を求めると決めた。ブラジルでは、私は移民について調べ、サンパウロに「やまとことば」といわれる古典文学の碑を建てるための準備をおこなった。大理石製のこの碑には、万葉集の詩歌が彫られるだろう。日本移民については、日本政府による保護の必要を感じた。アメリカではニューイングランドにあるエマーソンの住居跡を訪ね、アメリカの偉大な詩人に敬意を表した。石造のビルディング群から、あまたの著名なアメリカの詩人たちがあらわれてくるなんて、本当に驚きだ。フランスではアンドレ・ジイドとアランが一番読まれている。しかし政治問題が文学の進歩を妨げている。一九三六年のゴンクール・アカデミーには、こうした状況であまり熱意が感じられず刊行物がみられない。」【拙訳】

この内容は「国際ペン・クラブ大会より帰国の際の談話」（『大阪朝日新聞』（一九三七年一月二四日）、「南米その他の旅より帰りて」（『東京朝日新聞』一九三七年五月二日〜八日）に記載されたままの帰国談話にすぎない。この記事の、何が問題なのだろうか。

ブラジル大使からの日本当局への通達。これは、ブラジルの日系移民に、日本政府の保護が必要なのだとする、藤村の見解に対する抗議だったと考えられる。

一九二〇年代から台頭し始めたブラジル・ナショナリズムは、一九二三年の第一次排日運動を生む。一九三〇年にはゼツリオ・ヴァルガス革命、さらに一九三四年の「移民二分制限法」可決。これが日系移民に甚大な影響を与えた。特に一九三七年「十一月のクーデターを経て独裁政権を樹立したヴァルガス大統領による、ブラジル精神（Brasilidade）と国家主義の高揚、国民の形成と統合を目的とする、中央集権的なエスタード・ノーボ体制」（森幸一「ブラジルの日本人と日本語（教育）」）が、一九三八年に完成した。

この後、ブラジル国内の外国人学校閉鎖、外国語新聞を含む外国語印刷物の発行禁止などが施行され、政府による海外居留民の保護をしのぐ同化政策が浸潤してゆく。

島崎藤村は、ブラジルのこの時局に際し、日本語の歌碑を残し、日系コミュニティで日本語教育の必然性を説き、日本語で童話を語り、さらに、彼らを日本政府によって保護しろと現地で主張したのだ。彼の姿勢は、ブラジル当局からみれば、ほとんど挑発的といってよい。一九三七年、日伯の言語政策のナショナリズムが、日本政府による島崎藤村の南米派遣により、激しく衝突したのだ。

ブラジルの日本移民側には、どういう要望があったのだろうか。

戦前の移民は、ブラジル、またペルーなどと国を問わず、「北米でも南米でも日系移民の最大の特徴は、彼らが子供たちの教育をもっとも重視した」（千野境子『ペルー遥かな道　フジモリ大統領の母』中央公論新社、一九九五年）という指摘がある。また子供のためにペルーに見切りをつけ、続々と日系移民が帰国した（伊藤力・呉屋勇『在ペルー邦人七五年の歩み（一八九九年—一九七四年）』ペルー新報社、一九七四年）との報告もある。

ブラジルではどうだったか。一九三〇年代前半には二万人以上に増加していた日系ブラジル移民の数は、一九三五年から減少し始め、一九四〇年には一五六四名まで落ちる。この理由は「ブラジルと日本両国におけるナショナリズムの急激な台頭」（日本移民八〇年史編纂委員会編『ブラジル日本移民八十年史』一九九一年）と説明されるが、前述のペルー移民の報告をふまえていえば、日本語教育の制約も減少要因であろう。

しかし、藤村が南米渡航以降、強く主張したブラジル移民向け日本語教育強化の提言は、さすがに日本当局は採用しなかった。

ブラジルは、藤村の意見を容れられる状況ではなかった。一九三七年末時点で、日本外務省アメリカ局の方針は、「伯国移民ニ対スル政府補助金及在外子弟ノ教育ニ政府カ介入シ居ルコト等ニ関シテハ成ル可ク明言ヲ避ルル様留保アリ度旨当省ヨリ社会局ヲ通シ在寿府国際労働機関帝国事務所宛注意ヲ喚起シ置ケリ」（外務省亜米利加局長吉澤清次郎「昭和十二年度亜米利加局第二課関係執務報告」一九三七年一二月一日『外務省執務報告／亜米利加局／第二巻』）だ。

作家・島崎藤村は外務省からみれば、日伯関係悪化につながる「不用意ノ現説」を披露する人物だろう。外務省アメリカ局は、新聞に転載された日系移民論文の議論が発端となり、ブラジルで対日感情が悪化した顚末を憂慮する。「従来移植民問題ニ関スル我方不用意ノ現説カ動モスレハ移民収受国側ノ輿論ヲ刺戟シ　又本件ノ如ク排日論者ニ依リ歪曲悪用セラルル惧多キ」。外務省は、排日論者に利用されないよう、余計な言動を控えるようにという。

しかし、外務省は日本の国策輸出に消極的だったのか。そんなことはなかった。藤村のブエノスアイレス渡航に際し、外務省やＫＢＳが彼に助成金を出したのは、皇紀二六〇〇年関連事業としての、一九四〇年東京国際ペン大会開催のためだった。

藤村の南米旅行にまつわる紀行文は、一九三七（昭12）年から四一（昭16）年まで長く書き続けられた。最晩年の一九四三（昭18）年に開始されて途絶した小説、『東方の門』にも世界旅行の記憶が生かされた。海外における日本語教育と、その実践としての児童文学への情熱は、藤村の没年まで続く。南米の日本移民たちから藤村が受けた印象は、よほど強かったのだろう。

その結果、明治時代の詩人としての藤村は、昭和期に不思議な再生を経験する。坪井秀人によると、大東亜戦争中に放送された詩の朗読では、作品で選ぶと、藤村の「常盤樹」が最多という。特に国家主義的でもない「かの常葉樹の落ちず枯れざる／常盤樹の枯れざるは／百千の草の落つるより／傷ましきかな」という詩であるが、「ラジオの放送はどのようにこれを〈愛国詩〉に仕立てていったのであろうか」「四十年も前の藤村の「常盤樹」が採用された理由はわからない」（坪井秀人『声の祝祭　日本近代詩と戦争』名古屋大学出版会、一九九七年）と、疑問を投げかける。

一九〇〇年『新小説』初出の、同じ藤村の「椰子の実」が、一九三六年に大中寅二作曲で国民歌謡となって流行する。こちらも、合理的な説明は難しい。「椰子の実」の特徴上、放送の背後に詩人官僚による国策的配慮があったとも考えにくい。

「常盤樹」と「椰子の実」のどちらも、遠方に想像される、いずこともしれぬ南国が背景にある。当時でいえば南方進出を髣髴させる戦時下のファンタジーといえなくもない。が、藤村の場合は初出年代が四〇年も前と、古すぎる。藤村の南米紀行文、帰国談話の新聞掲載などの藤村と南米の関係と、同時代の南洋幻想が入り混じった流行だったのだろうか。改めて昭和の国民詩人となった藤村が、ラジオを通じて国中に響かせた「メロディアスな声」（兵藤裕己『〝声〟の国民国家・日本』ＮＨＫブックス、二〇〇〇年）が現出させたのは、地球の裏側で日本を夢見る同胞達の共同体、日系ブラジル人コミュニティである。

同じ頃、地球の裏側では、日系移民たちは藤村の歌碑を、日系人のための初の「日本病院」記念碑として活用していた。

日本病院設立は、日系人たちの年来の希望であった。一九二四年に在ブラジル日本人同仁会が組織され、一九二六年にはサンパウロ市郊外に土地が購入される。が、日系人は富裕層が薄く計画は進捗しない。一九三四年、皇室から病院設立資金に五万円、同仁会に一万五千円が下賜され、翌年以降は三年間にわたり政府から毎年五万円の助成金が支給される。その結果、記念事業年の前年、一九三九年には病院が完成した。

この病院のモニュメントとして、藤村の詩碑が新たな光を浴びるのだ。皇紀二六〇〇年記念事業刊行物『ブラジルにおける日本人発展史　上巻』。発行所の住所は、東京都麹町区霞ヶ関外務省亜米利加局（ラテンアメリカ中央会内）だ。同書の巻頭写真ページには、日本病院を象徴する写真として、日本病院設立記念碑が輝かしく登場する。

写真には、「第一回移民渡航三十周年記念碑（昭和十四年サンパウロ日本人病院前庭に建つ、裏に同十一年ブラジルに遊びたる島崎藤村、古人の歌四首を誌す。）」というキャプションがついている。つまり藤村の思惑を裏切り、彼の詩句はあくまで「裏」だ。写真には一二三名の移民の名が刻まれた「表」面だけが写る。「裏」の写真は掲載されない。

皇紀二六〇〇年事業としての東京国際ペンクラブ大会は流れるが、『ブラジルにおける日本人発展史』は刊行された。巻頭写真では、藤村の詩碑は「裏」で、読者には読めない。

しかし日系人たちにとって、あるいは日本人にとって、果たしてこの碑の、どちらが「表」なのだろうか。実際にはこの記念碑は表裏一体だ。この二重性こそ、海外におけるナショナリズムとインターナショナリズムの特性の、誠実な反映といえよう。

さらに、日本語教育の実践としての児童文学への想いが、藤村を駆り立てる。その結果、児童文学者としての藤村作品が流行し始めるのだ。晩年の、ベストセラー児童文学者としての藤村。彼の児童文学への意識の高まりは、一九四〇年刊行開始の「藤村童話叢書」中の『力餅』、『幼きものに』、『ふるさと』等の記述から確認できる。この叢書の好評ぶりについては、青木正美『知られざる晩年の島崎藤村』が詳しい。同書によると、昭和一五年から昭和二六年にかけ、『力餅』が四七版、『ふるさと』が四十版、『をさなものがたり』が二七版、『幼きものに』が二三版を重ねている。「「藤村文庫」と言い、この叢書と言い、何故この時代、そして昭和三〇年代位まで、この国にあって藤村本はかくも売れたのか、国民文学足り得たのか、そして逆に今読まれなくなったと言われるのか、この答はしかし私が単純に言える問題ではない」と、青木はあえて結論を出さない。

一九三〇年代後半以降の藤村の児童文学志向は、南米行から示唆を受けたと、前述『力餅』、『幼きものに』等の児童叢書や選者となった叢書のはしがきに書かれる。南米から北米に旅した藤村について、「先生は本を見つめ乍ら、わたくしはこれから童話を書きたいと思っています。と低い声でお仰《ママ》った時の先生の目は、生涯私は忘れられません。」（島崎静子『落穂―藤村の思い出』明治書院、一九七二年）と島崎静子は書く。

> 日本人倶楽部を置く建物の方でA君と私とが旅の土産話をすることになつた。（中略）私もそれらの第二世を前に置いてお伽話を試みた時ほど、自分ながらよく話せたと思つたこともない。（中略）やがて一人の選ばれた少女が聴衆の中から立つて、特に私たちのために日本の唱歌を歌つた。見知らぬ故国の言葉も

めづらしげに歌ひ出づるその少女こそ、第二世そのものであつた。旅に来て、わたしもその時ほど涙の迫つたこともない。

（『巡礼』）

山本有三より藤村が引き継いだ、『少国民文庫』の大ヒットも忘れてはならない。予約出版刊行の本叢書（一九三五〜一九三七年）は、一九四二（昭17）年に藤村編集による改訂版が出る。一九四八（昭23）年、一九五六（昭31）年に再刊と戦後も売れ続け、さらに一九九八（平10）年、インド・ニューデリーで美智子妃がこの叢書の『世界名作選』に触れ、再びブームが起こり復刻刊行される。

世界の名作として選ばれているのは、ラッディアード・キップリング、カレル・チャペック、マーク・トウェイン、オスカー・ワイルドらの童話、ポール・クローデル、エーリッヒ・ケストナー、タゴール、ウィリアム・ブレイク、フランシス・ジャムの詩などだ。

帰国後の藤村は、児童叢書の前書き等に、南米旅行の話を必ず織り込んでいる。一九四〇年の『新作少年文学選』でも同じだ。彼の南米旅行話は、彼の執筆動機であると同時に、読者や保護者への魅力ともなっていたのだろう。これら叢書は大いに売れ、版を重ねた。

このように生産的な晩年の藤村を、国策協力者として批判するだけでは、彼の不思議な、ナショナリズム、ウルトラナショナリズム、そしてインターナショナリズムのもつれと活力を理解できないだろう。

児童文学者としての藤村の読者のうち、長じて聖心女子大学で英文学を学んだ女性がいる。のちに彼女はインドに向け、疎開先に父が持ってきてくれた『世界名作選』収録作品のタゴールを語る。彼女が美智子妃だ。九〇年代末の美智子妃こそ、晩年の藤村と外務省の理想をともに実現した存在である。

皇后の講演は、一九九八年のインドでの核実験によって、国際児童図書評議会（ＩＢＢＹ）ニューデリー大会参加が不可能になったためにビデオで行われた。この講演ののち、山本有三ブームがふたたび巻き起こる。ただし美智子妃発言により、実際に彼女が手に取ったのは山本有三による初版ではなく、島崎藤村による改訂版と判明する（美智子『橋をかける』）。同年に国内でもビデオがテレビ放送され、この講演が『橋をかける』として刊行された。史上初の、テレビからの皇后の語りかけであった。

宮原安春『祈り』には、「九五年にIBBY会長のカルメン・デアルデン夫人から九八年のインドで行われる世界大会への招待を受け、また、IBBYインド支部会長ジャファ夫人からは基調講演のお願いが出されていた。皇后はIBBY世界大会への出席の可否を宮内庁に問い、宮内庁は政府の見解にゆだねた。インド駐在の大使、内閣官房、外務省トップの意見が交わされた。その結果、世界に対する日本の文化の発信の少なさが囁かれている現状や、永年にわたる皇后の仕事に対する信頼感があったせいか、驚くほど肯定的な答えが返されてきた」とある。

皇后のビデオ講演は、一九九〇年代末から開始された、外務省の新インド外交戦略の開始と連動している。それは外務省の日本ペン倶楽部創設、藤村の南米派遣と相似だ。一度は文化政策から離れた藤村の仕事が、ひと巡りして同じ場所に回帰したのである。

一九四〇年の東京国際ペンクラブ大会開催計画は流れ、国際文化振興会所轄官庁が情報局に移管される。その後は、東亜共通語としての日本語普及が目指され、「日本語普及編纂事業七年計画」がスタートする。

日本ペン倶楽部副会長有島生馬、フランス人民戦線内閣の崩壊に立ち会う

島崎藤村の海外での業務を支えたのが、日本ペン倶楽部副会長に就任した有島生馬だ。藤村は日本ペン倶楽部

会長就任にあたり、語学のできる生馬が支えてくれるのなら、と有島の副会長としての助力を、最初から所望した。生馬は戦前期の昭和を代表する親イタリア知識人で、外交能力の高い貴族画家だ。

『人間の運命』のAのモデル有島生馬は、日本人離れした語学力と洒脱な人柄で知られ、国内外でのコミュニケーション能力も高かった。二三歳で国立ローマ美術学校に留学した経験を有する彼は、南米での国際ペンクラブ大会出席後は渡欧し、新たな対外文化政策事業に従事する。

彼の渡欧と文化活動は、日本ペン倶楽部副会長の業務としても卓抜だ。一九三六年ロンドン本部の『ペン・ニュース』は、一九四〇年国際ペン大会開催地について、（生馬ほどは外国語を話せない、日本ペン倶楽部会長島崎藤村ではなく、実際に弁論を行った副会長の）有島生馬とインドペンとの間で合意ができて、東京を開催地としてインドがこれに協力すると決まった、と報告している。また、時代はさかのぼるが、一九二八年のフランス滞在中に生馬は、フランス政府からレジオン・ドヌール勲章を叙勲されている。

しかし生馬の略歴や伝記には、日本ペン倶楽部時代の業績の詳細は書かれていない。それ以前に、生馬には、本格的な評伝は出ていない。彼の来歴を知るには、『有島生馬選集』『明治文学全集』、図録『近代洋画の先駆者の全貌　有島生馬展』『有島生馬と一水会』などの略年譜をたどるのが現状だ。一九三七年のパリやミラノにおける生馬の活動については、ほとんど資料がない。

彼は「イタリア中亜極東協会」（以下「IsMEO」）から招聘され、ミラノで日本美術や日本文化について講演活動を行い、ソルボンヌ大学でも見事な日本文化についての講演をこなした。だが、彼の活動は、現在ではほぼ忘れられている。井内梨絵「イタリアにおける日本文化、文学の受容について」（『日本近代文学』二〇〇八年一一月号）にも、生馬の名はみられない。

一九三九年に最初の文化協定が締結されると、ローマでは日本朋友会が設立された。機関誌 Yamato『やまと』の刊行、日本語のコースや展覧会、講演会や演劇公演などが開かれ、日本文化の普及を推進した。また、交換教授として日本に滞在したジュセッペ・トゥッチにより、一九三三年に同じくローマに創設されたイタリア中亜極東協会（IsMEO、現アフリカ・東洋研究所 IsIAO）は、一九三七年にはミラノ支部設立をはじめとし、イタリア各地にその拠点を広げ、戦後も広くその活動を続けることになる。

（「イタリアにおける日本文化、文学の受容について」）

前掲記事はイタリアでの日本文化受容の説明だが、この事業に関与した生馬ら日本人への言及はない。一九三九（昭14）年、「最初の」文化協定設立の時期、日伊は枢軸国同士として協定を結ぶ。一九五五（昭30）年、戦前の記憶を消すように、新たに協定が結び直された。そのためか、枢軸国ファシズム政権下の文化交流資料は多くは残っていない。前掲記事以外にも、当時の事象は往々にして説明不足だ。日伊協会編『大正――昭和二五年期における日伊交流――文献目録』や、日伊協会編『日伊文化交渉史』を見ても、資料不足の感が深まる。

実際には、インドペンクラブ代表ソフィア・ワディアと、生馬ほど上手に交渉できた日本人はなかなかいなかった（他に後述の川端康成がいた）。生馬は、はやる藤村をなだめ、インド代表と親睦し、晩餐会も国際会議も自然にこなす、頭脳明晰な外交の達人だった。

『読売新聞』一九三七（昭12）年二月二七日朝刊五頁をみてみよう。ここに掲載された「てんぼうだい」欄には、「有島生馬のモテ方」という記事がある。

日本美術に就いてと云ふ少しイタにつかぬ題目を提げて講演のため伊太利に渡つた有島生馬、政府から勲章を頂戴したりして大いに気をよくし、曾遊の羅馬からナポリ辺りまでノシて南欧情趣を味はつてゐたが、政府の口添えで官憲の警衛がついたりして、ちよいと仰々しく、人の良いイタ公など「ありやア日本の大臣だらう」なぞと評判するので鼻眼鏡をとつたりはづしたり、日本から来合せたお弟子を随員格に引具して納まつてゐるとは土地は変れど、何処までも茶気満は相変らずか。

生馬は日本ペン倶楽部、それ以前にKBSと外務省が尽力する企画が、今ひとつ海外で人気を博さず、宣伝がうまくないと耳にはしていた。同じ『読売新聞』一九三八年六月一二日第二夕刊一頁の、有島生馬「宣伝とは何ぞ」は、次のように書き出される。

近頃うるさいことの一つに数へたいもの、「日本は宣伝下手」「日本人は宣伝を知らない」といふ小言である。どうしてこんなに猫も杓子も同じことをいふのかと不審でならぬ。それほど「宣伝下手」といふ宣伝は行渡つてゐる。

「日本は宣伝下手」とは、七〇年以上にわたって流通し続ける、伝統ある表現のようだ。

生馬は、決して野暮な官僚的人物ではない。彼の才気、見識、語学力、センス、外交能力は、当時の日本で並ぶものもなかった。

しかしその生馬ですら、フランス人民戦線内閣時代の、左派文化人の意気軒昂たるパリで苦戦する。そもそも生馬存命中は、渡仏当時の生馬の記録を残すこと自体、困難だった可能性がある。『三十年史』と『五十年史』記載内容の矛盾が、その証左だ。

『三十年史』は生馬存命中に当人にインタビューし、このインタビューでの生馬の証言内容を、生馬がパリの第十五回国際ペン大会欠席の根拠としている。同書によると、同書編集以前に日本ペンクラブが作っていた略年譜では、一九三七年パリの第十五回国際ペン大会には、「正宗白鳥他二名」が参加したとの記載があるそうだ。しかし、正宗白鳥はすでに当時帰国していたので参加は不可能である。

が、それならば、この時のパリ大会には、誰が日本代表として出席したのだろうか。滞欧中の有島生馬ということも考えられぬではないので、同家訪問時のノートを繰ってみると、彼はこちらの質問に対して「久米君とパリのアンテレクチュエルに出席しました」と回答している。筆者はその直話を聴取したときにも、知的協力会議ないし知識人大会というようなものに有島は出席したのだなという感じでノートをして来た。が、筆記には書き誤るということもあり得るので、念のためにわざわざクラブの事務局まで出向いて行って、その折の録音テープから該当個所をさがし出して、おなじ部分を三回ほど繰り返し聞き直したのにもかかわらず、結果はやはり「アンテレクチュエル」であって「アンテルナシオナル」ではなかった。すくなくとも、有島はやはりパリの国際大会には出席していない。

（『三十年史』）

ところが、生馬没後に刊行された日本ペンクラブ『五十年史』では、この記述の出席者名は、とくに断りなくすり替えられている。「一九三七年六月二一日からパリで第十五回国際ペン大会が開かれ、この大会に有島生馬、久米正雄、井上勇が代表として出席した」のだそうだ。すると『三十年史』の生馬のインタビューは、意図的な錯誤の記録ではないか。しかも前述のように、当時の井上勇の身分は外務省嘱託で、外務省文化事業部第三課の柳沢健の部下だ。これでは、生馬も日本ペンクラブ側も、最初から生馬出席を知りつつ、生馬の出席を曖昧にしたこととなる。

つまり、外務省が戦前期日本ペン倶楽部の運営に「干渉」しなかったという柳沢の見解や、井上勇や生馬のパリ出張をなかったことにする説明などは、『三十年史』の主張の根幹だが、これは事実ではないのである。

引用の生馬発言では、彼自身ではパリのペンクラブ大会には、出席とも欠席とも明言していない。これは、彼自身は積極的には嘘を吐かぬまま、インタビュアーに自主的に「生馬はパリ大会に欠席」と書かせるための誘導にみえなくもない。

もうひとつ、欧州渡航中の生馬のエピソードに、読者に首をかしげさせる話がある。もし日本ペンクラブの公式史が事実ならば、一九三七年とは、戦前期日本ペン倶楽部が藤村や生馬の尽力により、国際ペンクラブの常任理事国に選ばれた年であったはずだ。この年に日本が国際ペンクラブの常任理事国に選ばれたらしいというエピソードは、清沢冽の文章にも登場する。

ここで読者は、本書が「はじめに」で記した、「二〇一〇年には、アジア人として初めて、日本ペンクラブの堀武昭氏が国際理事となった」という文言を思い出されるかもしれない。いったい、日本（日本人？）がアジア圏の国（アジア人？）として初めて、国際ペンクラブから理事に選ばれたのは、一九三七年なのか。あるいは二〇一〇年の堀武昭氏が、最初のアジア人国際理事なのか。

先に挙げた年譜を確認していこう。そうすると生前の生馬はパリ大会出席記録を自身の年譜に組み込ませず、彼の没後、初めてパリ大会の件が彼の年譜に掲載されるようになったとわかる。

事実を確認していこう。

一九三七年九月に日本ペン倶楽部が発行した、有島生馬・久米正雄・井上勇『第十五回国際ペン大会報告』（＝日本ペン倶楽部『ペン・ニュース』第五号）は、現在でも確認可能だ。なぜなら同報告書は、国会図書館に所蔵され、誰でも閲覧できるからだ。同報告書は、『三十年史』『五十年史』の矛盾を読み解くカギとなっている。同報告書は、有島・久米・井上（外務省嘱託）の三人が、一九三七年六月二〇日日曜から二四日木曜まで、パリ市で「万国博覧会を機会として」開催された国際大会の大略を報告するものだ。一九三六年の時点では、パリではなくローマがこの年の大会開催予定地だった。

もともとこの年の大会は、ローマで開かれるはずであったが、ブエノスアイレス大会でH・G・ウエルズに代わってフランスのジュール・ロマンが第三代国際ペン会長に選ばれたので、会長を出したフランス・ペンがパリで開いた。そのかげにはイタリアがエチオピアを攻めて併合し、ドイツとともにスペインの内乱にも介入していたので、国際ペン大会を開ける状態にないという判断も働いたようだ。（『五十年史』）

各国各センターの参加数は四六人、代表や同伴者ら出席者数は二五二人、賓客一三人。「賓客」とは、ジェイムス・ジョイスやカレル・チャペックなどの「名士」だそうだ。この六月二〇日、イタリア代表のマリネッティに対し動議が出される。生馬もここに同席したと、同報告書にはっきり記録されている。

この日は日曜なりしが、午後八時よりペン倶楽部大会実行委員会は学芸協力会館（ラ・コメディ・フランセーズに隣るパレー・ロワイヤールの二階にあり　2　Rue de Montpensier）に於て開始され、委員定数十名、有島代表も出席。経過、日定、議事等の報告あつて後、伊太利代表マリネツテイに関する過去数年間に於ける大会席上紛議の責任を問ふ動議があり、やがて同代表出席。ジユウル・ロメン、クレミユウ、ピエラール等攻撃甚し。マリネツテイ代表憤然抗議し遂に脱退を言明す。ハンベルト・ワルフ（英代表）、有島等調停

に尽力す。マリネッティ明午後三時までに改めて回答するを条件とし、委員会閉会。（三頁）

この後、懇親会となる。翌二一日の発会総会は「テアトル・アテネ」で全員出席だ。当時の記録をみる限り、会長は、ともかく各国間の相違を尊重して会議をまとめようと努力している。

ジャン・ゼー文部大臣出席司会す。劈頭国際ペン倶楽部会長ジユウル・ロメンは下の如き開会の辞をその壮重なる雄弁をもつて述べ、喝采を浴びた。

「ペン倶楽部創設者達は過般惹起した各国文士間の論争を除いて、先づ尋常な関係に引戻すことに躊躇なく努力した。少くも権威ある人々は之を諒として約束し、また互に斯る論争を避けることに尽力することになつた。然し創設者達は一様に次のやうな点を考慮に入れた。即ちお互に各自のエスプリを特質と考へること、風俗や習慣にも各自の特性が許さる可きこと、之等は如何なる国境も歴史的事件も取除くことが出来なかつたものである。故にこれらを分析した結果、いづれも、それぞれに価値があると認めるに至つた。これは皆の同意あつて始めて認められるものである。皆の寛容あつて始めて存続するものである。」

その後、前会長H・G・ウエルズ及びステフアン・ツヴアイクのメッセージ代読あり、次で英代表ワルフの式辞あり、最後に文部大臣の大要下の如き祝辞をもつて閉会。

「フランスが第一五回国際ペン・クラブ大会の開催地となつたことは誠に光栄であります。この光栄はまた我が会長であるジユウル・ロメンが議長として席につくことによつて、一層強調されました。この強力さをどう考へたらよろしいでせう？私共は人類の最高なエスプリを代表してゐるのではないでせうか？諸君は世界の芸術と思想の完全な独立を自信を以て宣言なさらずゐられますか？そこから各国間の競争や、犯す可らざる範囲の拮抗を起さうとしてはいけませぬ。（中略）教養のある学説を紹介なさるがよい。強制する理屈は排す可きです。然し教養のある諸君ならば、何が非であり、何が是であるかを見分けることは、容易でありませう。大に礼讃す可きものには力を藉し、排す可きものには、例を示して諭す可きです。と同時に誤は誤として失敗させてみせることも大切であり、可能性を取戻してやることも必要でせう。云々」（四～六頁）

午後一時からの午餐会を終えてから、午後三時には執行委員会が開催される。イタリアは、首席代表をマリネッティからゴボーニとし、ペンクラブ脱退は留保。その後、四時からの総会ではゴボーニが新任の挨拶を行うなどする。が、

ルイ・ピエラール（白）尚ほマリネツテイの辞任はペン倶楽部連盟規約解釈の相違によるものながら、委員会争論の内容は本席上に言明し難しと、やや激越の調子にて述ぶ。かくして翌日の部会まで、マリネツテイ、ゴボーニ両代表は出席したれども、その後遂に出席せず、事実上伊太利は脱退せる形となり、伊独二国は遂にペン倶楽部に参加せざることとなれり。（七頁）

引用には「事実上伊太利は脱退」とある。ただＨＲＣ資料や二次資料によると、実際にはイタリアペンクラブはロンドン本部を脱退していない。イタリア国内に四か所にあったイタリアペンクラブはそのままで、マリネッティ一人が、個人で退会となったようだ。

会議は続く。六月二三日は、ルーアンを中心とした観光日になっている。二四日になされた部会と委員会のう

ち、委員会では、大会開催予定の調整が議題だ。三九年度は当初予定のストックホルム大会とするかニューヨーク大会とするかで議論になり、結局、時期をずらして秋にニューヨークでも特別大会を開催すると決定。

ここで、生馬は他の委員から、皇紀二六〇〇年記念事業について、何らかの難しい指摘を受ける。「四〇年度日本大会の件も話題に上る。有島代表曰く「余はブエノス大会以来帰国せざるも、四〇年東京大会変更等の通知に接せざるのみならず、島崎会長は大会準備委員を指名し、着々準備を進めつゝある様子なり」と答ふ」（一三頁）。生馬は、自分がいったい何を質問され、なぜ、その回答として「一九四〇年東京国際ペン大会は中止ではありません、準備を継続して行っております」と答えたのか、記録しなかった。とはいえ、この回答から質疑の内容は想定できるだろう。生馬は、「日本ペン倶楽部は、東京での国際ペン大会を返上・中止するのか」と質されたのだ。

一九三〇年代から一九四〇年までの期間、特に皇紀二六〇〇年記念事業として、東京ではオリンピックその他、一九四〇年開催予定のアジア圏初の国際大会がいくつも企画された。しかし当時の国際情勢上、イギリスなど複数国で、それらの東京大会をボイコットしようとの機運が高まっていた。日本側では、イタリアのムッソリーニなどとの対外交渉が対外文化事業関係者の手によってすすめられた。同時に、日本国内からの大会招致反対運動も、盛んに行われた。総合的に情勢を鑑みれば、日本は自主的に東京大会招致を返上すべきだとの意見もあった。橋本一夫『幻の東京オリンピック』（日本放送協会出版、一九九四年。のち講談社学術文庫、二〇一四年）他により、こうした当時の事情は、すでに詳らかにされている。

オリンピック招致では、ムッソリーニのイタリアはローマ大会開催を辞退した。ペンクラブでも、一九三七年六月にローマで行われるはずだった大会は、パリへと変更された。またイタリア代表・マリネッティは、会議で弾劾されている。ドイツペンクラブは、すでに亡命ペンクラブ化した。そして国際輿論は、日本の中国占領を許そうとしない。

この状況下で、パリ国際大会に出席した日本代表の有島生馬に、「日本は本当に一九四〇年に、東京で国際ペンクラブ大会を開催するつもりなのか。オリンピックも国際ペンクラブ大会も、ともに招致を返上するのではないのか。多数の国代表からのボイコット運動を、日本はどう思っているのか」との質問が出ないなら、その方がむしろ不思議だ。

午後四時からは、エリゼ宮でアルベール・ルブラン大統領を囲む会があり、その後、午後五時から最後の総会が開催される。ここで数々の承認事項が確認され、最後に日本代表として、生馬が登壇。「日本翻訳家協会の要求に基き、日本に於ける翻訳家の地位につき簡単に説明し、同協会の小冊子を配布し各国作家の好意的諒解を求め、大会は午後六時に閉会。」（一六頁）。この後、市長の歓迎や晩餐会があった。

その後、二五日から二七日の三日間、「仏国ペン倶楽部はロワル河沿岸の諸市諸名城巡りの接待をなす。日本代表は何れも各自の都合にてこの遠足に参加することを得ざりしは遺憾とするところなり」（一七頁）と記され、同報告書の主要説明が終わる。「各自の都合」が何かは不詳のままだが、この国際会議の経緯をふまえれば、日本代表は、とても国際会議終了後のエクスカーションに参加できるような状態ではなかっただろう。

以上、『第十五回国際ペン大会報告』で、日本関係箇所をみた。同報告書には、マリネッティ発言や彼への質疑者らの具体的答弁の記載はない。生馬がムッソリーニと日本の国策の擁護をしたかしなかったか、それはこの資料を見ただけではわからない。しかし親イタリア派知識人の領袖、有島生馬が会議の席上でとるべき選択肢は、この時、そう多くなかったはずだ。

一九三〇年代後半、オリンピック開催候補地として東京のライバルだったローマとの交渉上、多くの日本人がムッソリーニのもとを訪れた。日本ペン倶楽部に最大のメセナを貢献した大倉財閥には、一九三〇年代にはムッソリーニと友好関係を保ちつつ、イタリア企業と交渉したい事情があった。

美術研究者の草薙奈津子は、大倉財閥の「大倉喜七郎は、当時戦闘機を造っていたイタリーのフィアット社の日本代理店を望んでおり、事実、一九三七年には大倉組は代理店になっている」(『大倉集古館の名宝』、八七ページ)と指摘する。

大倉喜七郎は、一九三〇年には、イタリアで日本美術展をスポンサードしている。一九二八年にムッソリーニの日本趣味を知った大倉は、横山大観の作品をムッソリーニに献呈した。彼は、一九三〇年の美術展に、ムッソリーニの協賛を得るため、一九二〇年代、つまり戦前期日本ペン倶楽部の創設前から大倉組の単位で活動を重ねていた(前掲書八四~八七ページ)。一九三七年も、大倉喜七郎は生馬とややずれた時期にイタリアに滞在した。

この時期に、大倉から多額の寄付金を得て活動している日本ペン倶楽部の副会長の生馬が、イタリアでムッソリーニを批判することなど、果して可能なのだろうか。

ところで、一九三七年六月のパリとローマは、当時の世界史理解の要のような場所だ。特に、パリでの国際ペンクラブ大会が開催された日付には、決定的な意味がある。この日は、まさに欧州におけるファシズムとアンチ・ファシズムのパワー・バランスが崩れた歴史的な日なのだ。

国際ペンクラブのパリ大会は、一九三七年六月二〇日から二三日に開催された。この六月二二日こそ、レオン・ブルム内閣が、急進党右派のジョゼフ・カイヨガ率いる上院に、財政全権引き渡しを拒絶され退陣した日である。一九三六年六月四日に生まれたこの内閣は、反ファシズムで連合した人民戦線が、同年春の総選挙で勝利して生じた。ただ一九三六年七月スペイン内戦勃発に際し、国際的反ファシズム運動にコミットするかしないかで、不協和音が生じる。国内での反ファシズム運動はともかく、国際的反ファシズム活動は、戦争に帰着する危険がある。ブルム内閣は、当初スペインへの援助を表明したため、平和の綱領に違反してしまう。これが当時のフランスで議論となっていた。

パリ大会開催と同時に、激しく巻き起こった反ファシズム議論。これがブルム内閣の解散直前に噴出した、フランスの国内政治状況の反映だ。国際ペンクラブ大会で、誰が何をいくら語っても、現実のファシズムを抑止できない。フランスは「文化の擁護」国だ。このジレンマと論争も燃料となり、それまで政治を語らなかった国際ペンクラブ大会は、初めてファシズム批判で沸き返る。

人民戦線内閣敗退後、ジャン・ゼー文部大臣とイヴォン・デルボス外務大臣は留任した。そこで、マリネッティらイタリア代表がパリ大会から撤退した後の二一日も、彼らが各国ペンクラブ代表を歓待した。親イタリア派ラヴァルは、イヴォン・デルボスのあとで外務大臣になる。当初予定なら、大会主催国ホストとして会議をリードするはずだったマリネッティは、フランス代表のジュール・ロマンほか各国代表から、ファシズム的戦争賛美やエチオピア侵攻などを批判され、動議まで出される。

もし国際ペンクラブ大会の主催地がローマなら、ムッソリーニのつとめたはずの役割を、よりにもよってユダヤ系フランス人の文部大臣ジャン・ゼーが執り行う。ムッソリーニは挫折した文学青年だった。もし一九三七年六月の会場がパリではなくローマなら、ペンクラブ国際大会開催国の総統として、ムッソリーニから何か一言あったのだろう。現実にはマリネッティはペンクラブを辞め、その翌日にパリ民戦線内閣が退陣する。翌月には盧溝橋事件が発生し、日本は本格的に中国との戦闘を開始。まさに、政治的激震のさなかのパリ国際ペンクラブ大会であった。

生馬は一九三七年、フランスからイタリアに移動、滞在する。

ローマの雑誌『L'Urbe』一九三七年Ⅱ号には、生馬のインタビュー記事が掲載されている。編集者は、生馬と次のやり取りをした。

"Come mai pensate a Roma per una simile scuola e non a Parigi?" -- "Perché, mi risponde, ritengo che Parigi non sia oggi piùun centro vitale dell, arte. Làsi fa troppa politica, e l'atmosfera ne ècome avvelenata:（以下略）"

【拙訳】（カッコ内は目野が補足した）

「なぜあなたは、パリでなくてローマを、それに似た（留学生のための美術）学校のために（よい）と考えているのですか?」「その理由をお応えしますが、今日ではパリはもう活力ある芸術の中心ではないと考えられるからです。あまりにも政治的活動がなされていて、いかにも台無しにされた雰囲気なのです」

生馬はレジオン・ドヌール勲章叙勲者であるにも関わらず、パリが政治的に過ぎて、芸術の都としては「台無し」と公言した。のち、一水会の機関誌『丹青』で生馬は、パリ人民戦線内閣の依頼で「ゲルニカ」を書いたピカソを、共産主義的に過ぎると批判する。

ローマを持ち上げ、パリを下げる。生馬のインタビューのセリフは、もちろん社交人たる生馬流の、ローマっ子である編集者にむけての、リップサービスであったかもしれない。ところが生馬のイタリアでの文化活動は、その後、思わぬかたちで彼の足をすくいにくる。

ローマでの有島生馬、ジュゼッペ・トゥッチのインド

一九三七年滞欧当時の生馬資料として、現在閲覧可能なものの大半は、二次資料だ。そのひとつに、彼のインタビューをイタリア人編集者がまとめた雑誌記事「Antonio, MUNOZ. "S.E. IKUMA ARISHIMA PARLA DI ROMA E DI ARTE GIAPPONESE"（有島生馬、ローマと日本の芸術について語る）L'Urbe.2（1937）, 31-40.」がある。これが、先の引用文を掲載した雑誌である。

記事掲載誌の『L'Urbe』は、一九三七年創刊のローマ地方誌だ。生馬はこの雑誌を、こう説明している。

> 戦争からどうなったか知らないが羅馬を凡ゆる面、古今百般に亘り研究するＵＲＢＡという、寧ろ学究的な月刊雑誌があった。その主幹がカピトリノ丘の上にある数軒に過ぎない民家の一つに住んでいて、そこが編集所になっていた。一九三七年講演のため羅馬に私が招かれて行った時、そこへも立寄った。当時の談話がイン《ママ》タービ《ママ》ュの形で同誌に発表されている。その前月号には丁度これも遊覧に来ていたコルヴィジェの談話が載っていたが、屋根のない装飾のない古来のイタリヤ風な民家が現代建築に及ぼした影響などを注意していた。
>
> （有島生馬「ローマ」『美術手帖』一九五〇年一月）

文中の「ＵＲＢＡ」は『L'Urbe』（ラテン語で「都市」「大都会」）をさしている。イタリア・ファシズムとムッソリーニは、建築や記念式典では、古代ローマの再建イメージを志向している。藤澤房俊は『第三のローマ　イタリア統一からファシズムまで』で、この古代ローマ志向を「ウルベ」（＝大都市ローマ）という語で表現した。

一九二四年四月、「ムッソリーニは、「すべてが巨大で、すべてが美しいファシズムの新しいウルベ（大都市ローマ）」を創るプログラムを、カンピドーリオの丘に集まったローマ市民に告げた。（中略）ムッソリーニにおいて、ウルベはファシズム体制の「ショーウィンドウ」であり、「新しいイタリアの偉大なローマ、中心、首都であらねばならない」ものであった」そうだ。

翌一九二五年には、ファシズム政策に従ってローマ学研究所が設立され、研究機関誌『ローマ』が発刊。当代一流の学者たちを招いての講演会、展覧会、ラジオ放送、遺跡見学ツアーなどが開催され、「ローマ学」が隆盛したと藤澤は指摘する。ファシズム政権下で行われた考古学発掘調査場所は、「パラティーノの丘、フォーリ・インペリアーリ、カンピドーリオの丘の周辺、テアトロ・ディ・マルチェルロ、トッレ・アルジェンティーナなどである。テーヴェレ川、コロッセオ、アヴェンティーノの丘に囲まれる地域では、古い家屋の取り壊し、考古学の発掘、道路の拡張・解説という一連の工事がおこなわれた」。

一九三八年に夫エンリーコ・フェルミとともにアメリカに亡命したローラ・フェルミは、『ムッソリーニ〈二十世紀の大政治家・4〉』で、当時のローマについて、次のようにつづる。

また、あるときはムッソリーニは、その（ヴェネツィア宮の＊目野注）バルコニーの上からヴェネツィア広場付近で行われていた工事に監視の眼を光らしていた。（中略）このように彼の注視のもとで行われた工事をはじめとして、各所で行われた工事によって、ローマは面目を一新してウルブス（古代ローマの都）、ムッソリーニのローマとなった。中世紀の名残りをとどめたもので姿を消したものもいくらかあったが、古代の記念物は新たな生命をもってよみがえった。

ここでは、ムッソリーニのローマは「ウルブス」とされる。生馬のインタビュー掲載誌『L'Urbe』（ルルベ）も、この時創刊された。生馬の回想の、「羅馬を凡ゆる面、古今百般に亘り研究する」雑誌とは、ローマ学のさかんなローマの雰囲気からなるものであった。

『L'Urbe』インタビュー記事では、生馬が「IsMEO」ミラノ支部で行ったとされる講演「如何に西洋美術が日本に紹介されたか」は、軽く触れられる程度だ。現在、その詳細は不明である。記事は、生馬のローマへの愛、日本人のイタリア理解に焦点をあてている。内容はおよそ生馬の人物紹介、イタリア来訪理由、生馬の談話や彼の執筆の様子、読者への「IsMEO」紹介の四項からなる。各頁の半分は、生馬の手になる挿画だ。生馬は、ローマ留学経験のある、イタリア語が得意なローマっ子で、日本ペン倶楽部副会長・帝国芸術院会員・画家・教養ある評論家だと紹介されている。

ローマでは、生馬の知性や技芸は存分に躍動した。話題は尽きず、多岐にわたる。ローマに芸術学校を設立し、日本人がそこに通うというアイデア。天正遣欧少年使節や、支倉常長によるローマ法王への謁見など日本とローマ（日本とイタリアではない）の歴史。近代イタリア美術、ファシズム、日本に影響を与えたイタリア人キヨッソーネ、フォンタネージ、ラグーザ。矢代幸雄の英文書籍『サンドロ・ボッティチェルリ』。編集者の前で、日本の書を書くパフォーマンス。生馬の一九三一年第十八回二科展出品作品「大震記念」。

イタリア美術研究として、英語で刊行された画期的な書籍、矢代幸雄『サンドロ・ボッティチェルリ』。これはロンドンから刊行され、欧米で評判になった。この本は、ロンドンのクラブでも、教養ある貴顕淑女たちの上品な話題とされていたのではないか、とＨＲＣ資料から推察される。イタリア人編集者も、矢代のこの書籍を知っていた。同書は初めて国際的に、日本のイタリア美術研究の水準の高さを示した。矢代の英文著書刊行、そしてローマでの一九三〇年日本美術展があって、はじめて一九三七年ローマでの生馬の講演が評価される準備が整った、との解釈もできる。一九二四年頃には、矢代や野口米次郎はロンドン本部から晩餐会への招待を受けている。矢代は作家でも詩人でもないが、ロンドン本部では、日本ペン倶楽部創設者の候補者の一人とされていたのだった。

では、この親イタリア派日本知識人としての生馬を招聘し、講演を依頼した「IsMEO」は、どれほど日本に関心を示してくれたのだろうか。さきに井内梨絵の記事から、「交換教授として日本に滞在したジュセッペ・トゥッチにより、一九三三年に同じくローマに創設されたイタリア中亜極東協会（IsMEO、現アフリカ・東洋研究所 IsIAO）は、一九三七年にはミラノ支部設立をはじめとし、イタリア各地にその拠点を広げ」たと「IsMEO」を説明した。すると「IsMEO」は、さぞかし親日的だったに違いない。

しかし、日本についての記述を期待して生馬記事の続きを読む読者は、拍子抜けさせられる。記事後半部分では、「IsMEO」の東洋博物館展示のチベット仏教絵画、ガンダーラ彫刻、じゅうたん、中国絵画などの様子や隔月刊行物が語られる。しかし日本の話題はない。それもそのはずだ。「IsMEO」はインド、ネパール、チベットの専門家のジュゼッペ・トゥッチを中心にアジア研究をしていた。が、彼は元来、日本は専門でも、関心領域でもなかった。

ジュゼッペ・トゥッチ邦訳文献は、『ネパールの秘境ムスタンへの旅』、『マンダラの理論と実践』、『チベット仏教探検誌』などが知られる。大学卒業後の彼の学者としてのキャリアは、インドで開始されたものだ。

ローマ大学を卒業した後、一九二五年から一九三〇年までインドのカルカッタ大学などでイタリア語、中国語、チベット語を教えるかたわら、サンスクリット文献の研究に取り組んだ。帰国後、ローマ大学の宗

> 教・哲学の教授となり、以後インド哲学を初め、東洋文化の紹介に勤めた（名誉教授、一九六九年）。／現在ではインド・チベットに関する著者の業績が最もよく知られているが、当初はむしろ中国関係のものが多く、（中略）その後、インド・チベットへの実地調査を重ねるにつれて、研究分野の中心がインドとチベットの、主として宗教思想と歴史に移っていったといえよう。（中略）また、一九三三年にローマにある「イタリア中亜極東研究所」（Istituto Italiano per il Medio ed Estremo Oriente）の創立に参加し、戦後一九七八年まで三十年間にわたり所長をつとめた後、名誉所長となった。この研究所は設立以来、学界に裨益するところが大で、昨年（一九八三年）その五十周年を迎えた。（中略）日本には、交換教授や文化使節として数回訪れており、瑞宝章（二等―一九三七年、四月）、旭日章（二等―一九五五年、十月）、瑞宝章（一等―一九六〇年、七月）の叙勲者でもある。
>
> （ロルフ・ギーブル「訳者あとがき」『マンダラの理論と実践』）

「IsMEO」では、日本よりは、ベンガル知識人たちとの交流が重視されていた。日伊関係史の資料では、「IsMEO」設立時の、イタリア側の対アジア交流意識――イタリアに強い関心を向け、「IsMEO」も最初に関心を持っていたアジア圏の国、インド、特にベンガル地方――とムッソリーニの関与が捨象されたまま、日本と「IsMEO」との関係が説明されている（Mario PRAYER: In search of an Entente: India and Italy from the XIX to XX Century. A Survey, Italian Embassy Cultural Centre, New Delhi, 1994）。ジュゼッペ・トゥッチの関心は、中国やインド、特にベンガル知識人に向かっており、日本はほとんど興味を持たれていなかった。

一九二五年から三〇年まで、カルカッタ大学などでサンスクリットやチベットの研究を行い、自著に『バガヴァッド・ギーター』を引用するジュゼッペ・トゥッチ。当時のカルカッタに滞在した、彼のようなヨーロッパ人学者が、『ギーター』を愛読してサンスクリット研究に没頭していたとする。その場合、その学者が、マドラス神智学協会やベンガル知識人に無関心でいるのは、むしろ難しい。理由は、当時のマドラス神智学協会を核として連なるインド知識人らの出版物の膨大な量と、強い影響力だ。

一九二〇年代以降、インドに限らず、世界各地で安価な対英梵訳『バガヴァッド・ギーター』を探すと、しばしば多くの人がそれを無料ないし廉価で入手できた。それはマドラス神智学協会が、彼らの神智学的解釈を附した同書の小型本を、世界各地で、無料ないし無料同然で、おびただしく頒布したからだ。ただ一九二三年からは、ギーター・プレスという会社も『バガヴァッド・ギーター』の大量無料頒布を開始している。だから、ジュゼッペ・トゥッチの入手していたであろう同書を、神智学協会版と確定はできない。

同じ頃、日本では大川周明も、マドラス神智学協会版の対英梵訳『ギーター』小型本を所有していた。「IsMEO」には、インドペンクラブ・ベンガル支部創設会長のカーリダース・ナーグが活躍した形跡がある。ナーグの「インド」代表としての国際文化交流評価の際、「IsMEO」との交渉も忘れてはいけない。こうしてベンガル知識人の、欧州での存在感は高まりつつあった。

生馬はローマ滞在中の大活躍により、イタリア政府から叙勲された。しかしこの叙勲は、思わぬ結果をもたらす。生馬は、時のイタリア元首ムッソリーニからの叙勲を理由として、なんと一九二八年に授与されたレジオン・ドヌール勲章の方を剥奪されてしまうのだ。

筆者は二〇〇八年から翌年にかけ、信州新町の有島生馬記念館を訪ね、新井澄館長（当時）に質疑する機会を得た。館長とともに展示を確認したところ、生馬の「レジオン・ドヌール勲章」とされてきたメダルは、生馬のものではなかったとわかる。それは一九七一年に生馬の娘・有島暁子が、昭和天皇と皇后に随行した際に、イギリスで授与されたメダルであった。

ここまでの経過を鑑みると、昭和戦前期の日本ペン倶楽部は、パリ人民戦線支持者たちと相性が良かったとはとても考えられない。パリの人民戦線支持者と、ムッソリーニびいきだった生馬は、一九三〇年代であれば、相性が悪い方が自然なのである。

さらに戦前期日本ペン倶楽部は、ドイツペンクラブが亡命状態となった一九三三年以後、一九三五年に設立されたため、主事の勝本清一郎もドイツ左派文化人とのつながりを維持してはいなかった。

つまり、ペンクラブ活動を通じた日本の昭和戦前期の対外文化政策は、ドイツともフランスともイタリアとも、友好な関係を構築できていなかったのである。

日本ペンクラブのホームページでは、一九三七年を、まず五月に日本が常任理事の候補として推され、六月には、日本が実際に常任理事に選出された年とする（二〇一六年頃まで。現在は同クラブホームページにはその説明なし）。しかしそんな話は、当時の日本外交の実情とかけ離れている。ブラジルの藤村は、やりすぎて「通告」を受ける。フランスでは、生馬は東京国際ペン大会返上を質される。生馬にイタリアでの講演を依頼・招聘した「IsMEO」も、さほど親日ではない。亡命ドイツペンクラブからは、日本は存在すら認識されていなかった。生馬は、レジオン・ドヌール勲章すら剝奪されてしまう。そもそも当時の欧州中心の会員から構成されるロンドン本部に、常任理事国を極東アジアから選ぶという選択肢など、ほとんどありえない。さらに、彼らは「国」の単位で「常任理事国」を選んで組織を運営していたわけではない。一九三〇年代当時のロンドン本部の人々は、「日本」という国が、ロンドン本部の「常任理事国」に選ばれたという日本側の主張を聞いていたら、驚き、呆れたのではないか。

ここまで世界各国から嫌われたにも関わらず、それでも戦前期日本ペン倶楽部とその所轄官庁たる外務省は、あくまでも対外宣伝をやめなかった。いや、やめるわけにはいかなかった。

生馬の出席したパリ大会の翌月、盧溝橋事件が発生する。それでも、中島健蔵は日中関係が友好に継続していると、日本からロンドン本部に報告を書き送る。さらに清沢洌がロンドンの国際会議に出席した時に、彼に似合わない、奇妙な国際情勢分析を披露する。実は清沢は、この時、奇妙な発言をせざるをえない立場に追い込まれていた。それはなぜか。その謎を、戦前期日本ペン倶楽部の政治学から解こう。

日本ペン倶楽部代表・清沢洌のロンドンでの苦衷

国際連盟脱退後の日本は、国内外で、しばしば「世界の孤児」と表現される。北岡伸一や上品和馬ら多くの論者が、このような過酷な状況で、粘り強く対外交渉に取り組んだ知識人として、ジャーナリストで評論家の清沢洌や、作家で政治家の鶴見祐輔を論じてきた。

満州事変以後、一九三七年七月の盧溝橋事件までは、日中間には全面戦争は開始されていなかった。しかし一九三七年七月に日中が戦闘状態に陥り、八月には第二次上海事変も起き、一二月には南京占領となる。

この年一〇月以降、「インド国民会議派運営委員会、日本の中国侵略を非難、日本製品ボイコット」「韓国国民党、南京から抗日放送開始」「日中和平仲介のための九カ国条約会議が招聘され、日中和平を複数国が仲介しようとするが、日本はまず一一月三日の会議参加を拒否。次に一一月六日、再び日本の代表派遣を要請、また日本拒否。その結果、九カ国条約は無効化してしまい、ワシントン体制が終焉」と、日本の文化外交は、継続がおぼつかなくなるほどの八方ふさがりの局面を迎える。トラウトマン和平工作も、同じ時期だ。

まさに九カ国条約の会議日と数日違いの時期、一九三七年一一月一日に、日本ペン倶楽部代表としてロンドン出張するようにと指示されたのが、清沢洌である。

ロンドン本部、特に理事会は、日本軍の中国への爆撃による民間人・民間施設への被害批判とその審議のため、日本から日本代表のロンドンにおける理事会出席を求めた。清沢は、その批判審議対応のために派遣されている。ただし、ロンドン本部はこの時期までは、本質的にはソーシャルクラブのような団体であった。現在のペン・インターナショナルのように、各国ペンクラブが、文化人団体として軍事的行動への批難声明を発表するのは、この時期以降のことである。

一九三七年の中国ペンクラブからの日本に対する批判決議の要請、欧州の作家や文化人たちをナチスから擁護するための手配などが重なった結果、ロンドン本部は次第に、政治に関与しないソーシャルクラブから現在のものへと、変容していったと思われる。

テキサス大学所蔵資料を確認してみると、一九三七年の場合、中国ペンクラブ会員がロンドン本部に送った書簡の入っているフォルダー「MS.PEN.Recip. Yao, Hsin-nung, TLS to PEN, directed to Hermon Ould 1937」（テキサス大学所蔵のペンクラブ・コレクションの資料のうち、Yao, Hsin-nung がロンドン本部書記長のヘルマン・オールドに直接送った、サイン入りのタイプされた書簡、一九三七年）、そしてロンドン本部側がこれに返答した書簡のカーボンコピーの入っているフォルダー、「MS.PEN.Letters.PEN.3TccL to Yao, Hsin-nung, 1937, Oct.27, Nov.9, Dec.1」（テキサス大学所蔵のペンクラブ・コレクションの資料のうち、ロンドン本部側から Yao, Hsin-nung に送った手紙のカーボンコピー、一九三七年一〇月一日、一一月九日、一二月一日）の内容が、清沢洌の外交交渉記録、『現代世界通信』中の「国際ペン倶楽部苦戦記」に見られる会議開催の過程と符合している。

「国際ペン倶楽部苦戦記」では、一九三七年にロンドン本部の理事会出席のためロンドン出張した清沢が、駒井権之助に迎えられ、会議で苦闘する様が描かれる。

清沢は自分の渡英理由を、「国際ペン倶楽部から鄭重な手紙があつて、昭和十二年十一月一日から理事会を開催するから、日本からも代表を出して貰へまいかと云つて来た」とだけ言われていた、と述べる。

中国代表は、最初はロンドン本部に対し、日本の空爆そのものへの批判決議を求めている。これに対し、ロンドン本部の書記長ヘルマン・オールドは「ペンクラブでは政治的な行動はしない決まりになっている」と回答して、書簡で中国代表の要求を却下した。

このように、書記長は当初、中国代表が日本代表への政治的批判を行うのは、望ましくないと考えていた。それは、そのような行為はソーシャルクラブの伝統および規定から逸脱するからであって、ロンドン本部に日本を擁護するつもりがあったわけではない。すると中国代表は、今度は日本が大学など、中国の「文化施設」を破壊している点を指摘しだした。日本による中国の「文化施設」破壊に対し、文化を擁護するペンクラブの文化人として、ロンドン本部の国際会議は抗議せよと、抗議の論点が変更されたのである。この変更を受け、ロンドン本部書記長も、中国代表の要望に応じざるをえなくなった。

ここまでは、テキサス大学所蔵資料と清沢の前掲書の内容は一致している。

本書では紙幅の関係で、残念ながら戦前期中国ペン倶楽部の驚くべき活動内容の全容を紹介するのは難しい。ただ、この場合に日本への批難決議を求めたのが、どのような「中国」の代表であったかという点だけは説明しておかないと、読者から当時の「中国」に関して、誤解を招くかもしれない。

そこで、前述の「Yao, Hsin-nung」がロンドン本部書記長のヘルマン・オールドに直接送った書簡の、一九三七年一〇月二六日付の分を少し紹介したい。

これは組織専用の書簡用紙にタイプされた書簡で、レターヘッドに
「SUN YAT-SEN INSTITUTE FOR THE ADVANCEMENT OF CULTURE & EDUCATION
ALL CHINA LEAGUE OF CULTURAL GROUPS FOR NATIONAL SALVATION

THE SINO-SOVIET CULTURAL ASSOCIATION
THE CHINESE P.E.N.」と、四つの団体名が印字されている。

また、便箋左側にも、二一もの団体名が印字されている。

「YAO HSIN-NUNG DELEGATE ALL-CHINA LEAGUE MEMBERS:」

という箇所の下に、

「LEAGUE OF DRAMATIC GROUPS
CHINESE AUTHORS' ASSOCIATION
THE CHINESE P.E.N.
CHINESE PLAYWRIGHTS' ASSOCIATION
CHINESE POETS' ASSOCIATION
CHINESE ARTISTS' ASSOCIATION
NATIONAL ASSOCIATION OF WOODCUT ARTISTS
CHINESE COMPOSERS' ASSOCIATION
CHINESE PUBLISHERS' UNION
CHINESE CINEMA PRODUCERS' UNION
UNION OF CHINESE CINEMA WORKERS AND ARTISTS
THE ART SOCIETY
CHINESE AUTHORS' ASSOCIATION
NATIONAL ASSOCIATION OF CINEMA AND EDUCATION

YOUNG WOMEN'S CULTURAL ASSOCIATION
CHINESE NEWSPAPERS' UNION
CHINESE PRESSMEN'S UNION
THE NEW PUBLISHERS' UNION
NATIONAL STUDENTS' UNION
CHINESE PROFESSORS' UNION
CHINESE EDITORS' ASSOCIATION
THE "ANT" SOCIETY」

と印刷されている。

書簡の差出人の住所は、ロンドンだ。書簡右上に「Eyrie Mansion, 22 Jermyn Street, London, Oct. 26, 1937」と記載がある。

中国ペンクラブは、会員の多くが世界各地に移動しつつ点在した。クラブの本拠地も、日中関係の悪化に伴い、しばしば転居した。彼らは、それぞれがロンドンやニューヨークから、英語でロンドン本部に書簡をバラバラに発信した。その書簡群が、現在はまとまってテキサス大学に所蔵されている。また、彼らの多くは、留学経験のある大学教員など知識人であった。そのため、必ずしも中国大陸に留まり続ける理由もなかった。インドペンクラブの場合も、ロンドン郊外に邸宅を持つ富豪や、ロンドンの大学に縁のある学者が初期からの会員では珍しくなかった。が、中国ペンクラブ各会員の置かれていた、移動を続けざるを得ない危機的状況と、インドペンクラブ会員が、富裕で住居や事務所を世界各地に所有していた状況とは、似て非なるものである。

こうした事情のため、中国ペンクラブからロンドン本部へ送った書簡の発信元が、ロンドンにある場合があるのは、特に不自然ではない。

書簡の本文は長いので、最後のパラグラフのみ引用し、拙訳を付すことにする。

A few years ago when Japan invaded Manchuria and Shanghai, the Japanese forces showed the most shocking and undisguised lust of slaughtering civilian population and destroying cultural institutions. As a result, thousands of non-combatant Chinese men, women and children were brutally butchered; many of China's finest universities and libraries, including the famous Eastern Library at Shanghai, were razed to the ground.

【拙訳】

数年前、日本が満州と上海に侵攻した際、日本軍はもっとも衝撃的であからさまな、一般市民集団の屠殺と文化施設の破壊への強い欲望を示した。その結果、数千もの非戦闘員の中国人男性、女性、そして子供たちが残忍に虐殺された。数多くの中国の最高の大学と図書館が、上海にあった有名な東洋図書館も含めて、徹底的に破壊された。

ところで、なぜこの対中国・英連邦外交交渉役に、ジャーナリストの清沢洌が選ばれたのだろうか。先に名を挙げた鶴見祐輔は、なぜ清沢のかわりにロンドン本部に対応しなかったのか。条件を比較する限り、鶴見の方が、あきらかに清沢よりこの交渉に適した人物なのである。

鶴見は一九二〇年に、H・G・ウエルズとバーナード・ショーという、ロンドン本部の大立者、会長経験者二名と面談している。彼は一九二〇年のロンドン本部創設時に、ウエルズやショーに、自分を政治家と大学教員を兼任する作家と自己紹介した。当時のイギリスでは、そういう人物こそ、格式あるソーシャルクラブの会員にふさわしかったし、ロンドン本部もそういう人物を好んだ。しかも当時の鶴見は渡英している。だから清沢冽ではなく、鶴見が日本ペン倶楽部代表として会議に出席していても、おかしくはなかった。代表でなくとも、もし鶴見がロンドンで清沢を引き立ててくれれば、効果は大いに期待できた。

しかし鶴見は、この仕事を受けなかった。清沢の世話もしなかった。世話どころか、書けるはずのウエルズ宛の紹介状すら書かなかった。清沢にロンドン本部向けの紹介状を書いた人物は、残された記録をみる限り、『三十年史』が冷笑していた岡本かの子だ。また清沢を埠頭に送迎し、ロンドン本部との交渉に協力し、会議後のヤケ酒にまでつきあってくれたのは、現存する資料をみる限り、駒井権之助である。

清沢冽は、当時の日本の外務省の外交政策には反対していた。にもかかわらず、国際会議前後の準備・打合せの会合をロンドン本部書記長ヘルマン・オールドと行い、事前の書簡交換などを行った。会議で実際に演説し、論戦に応じたのも、針の筵に座らされたのも清沢だ。会議の後、外務省と日本ペン倶楽部の意に添うメディア対応をやらされたのも、それを最も嫌忌していたはずの清沢だ。

そもそも清沢は、在野のジャーナリストだったはずだ。本来なら清沢ではなく、鶴見こそ、こういう任にあたるべき立場ではないのか。

「国際ペン倶楽部苦戦記」には、次のような文章がある。

渡英前の清沢は、「国際ペン倶楽部からの招待状の中には、その末尾に『日支の不幸なる衝突にもかゝはらず、両国の知識人の協力が失はれないやうに』といふ文字があつた」と、確認させられている。つまり日本ペン倶楽部関係者は、このロンドン本部からの会議招聘に関しては、出張前の時点で、上海事変や盧溝橋事件についての弁明が求められていると知っていた。もちろん清沢は、渡航前に弁明の準備もしている。

さらに、「島崎藤村氏と有島生馬氏といふ文壇の大立物が、アルゼンチン国の招請に応じて、その地の国際P・E・N倶楽部大会に列席し、会の満足を買つてから、日本もいつの間にか理事国の一つになつたと見える」とある。

日本ペン倶楽部の成立事情、日本代表が世界中で疎んじられ孤独であった同時代状況は、これまで確認した通りだ。その日本ペン倶楽部が、驚くべきことに、欧州中心の国際会議で「理事国」に就任しているのだそうだ、と清沢は伝聞として記している。

一九三〇年代の日本がロンドン本部で「理事国」だったというのは、事実ではない。そもそも、ロンドン本部は国際連盟のように「理事国」「常任理事国」が設定されているわけでもない。

しかし清沢は、あたかも日本が各国ペンクラブのなかで「理事国」であり、彼も、日中関係について外務省の指示に従ってなどいないかのように振る舞い通した。

このように、虚偽を前提として渡英して文化外交を果たし、事後にさらに虚偽の広報をしろというのが、外務省の外郭団体たる日本ペン倶楽部が、清沢に課したミッションだった。清沢は、「日本もいつの間にか理事国の一つとなつたと見える」とは書いた。が、「日本は理事国である」とは書かなかった。これが、何とか外務省の指示に従いつつも真実を書こうとした、ぎりぎりの抵抗なのではないだろうか。

清沢は、日本ペン倶楽部の評議員たちは一致して、文学者ではない清沢をロンドン会議派遣に推したと書く。この時の評議員たちは、きっと善意でそうしたに違いない、自分はそう信じる、と清沢は自分の「推察」を述べている。むろん日本ペン倶楽部評議員たちによる、清沢の海外派遣決定経緯を、善意からなるものか、悪意からなるものかなどを確認するなど、無理な話だ。が、清沢はこの派遣の決定経緯について、「善意」を「信じる」という言い方をせざるをえない状況に追いやられていた。

要するに、国際社会における日本外交の孤立という実態を把握していた評議員たちや鶴見祐輔は、全員で、汚れ役を清沢冽に押し付けたのだ。

北岡伸一は『清沢冽　外交評論の運命』（中公新書、二〇〇四年）で、この時の清沢について「いつもの分析の冴えを欠いていた」「外務省の行動様式によく似ていた」と首をかしげている。この北岡の指摘は問題の根幹をついており、北岡自身が意図した以上の意味をもつ。この時の清沢は、いつもの彼ではない。これは外務省の外郭団体による、日中関係偽装の対外宣伝である。

当時の清沢は、ロンドンで「外務省の行動様式」（＝外務省による対外文化政策上の行動様式）を、外務省の外郭団体から、なかば強制的にとらされていたのだ。そんな目に遭い、弁護したくもない日本の中国侵略を弁護せざるをえず、日本を擁護して嘘までつかされる。清沢の心情は、想像するにあまりある。オールド書記長も清沢を慰撫する書簡を出し、駒井権之助も清沢と酒を酌み交わすしかなかった。

当時の清沢冽が、日本語で草した書簡が、ＨＲＣに残っていた。これを紹介したい。

彼は一九三八年の帰国にあたり、なぜか日本語で印刷されたハガキを、ロンドン本部書記長にまで送っていた。ＨＲＣ保管物として、筆者はこれを目にする機会を得た。以下の文面が、清沢の手になるものだ。

拝復　貴地訪問の際は、御厚情に預かり、まことに有難く御礼申上ます

プラーグの国際学術会議に出席しました後、ギリシヤ、エヂプトを経て、スエズから照国丸に乗つて帰国しました。

十ケ月の留守の間に、故国が、いろ〳〵の点で変化したことは事実です。だがそれは予ねて予想してゐたことであり、その割合には国民は落付てゐます。たゞ時局収拾について的確なる指標が与へられてゐないこと

に、一抹の不安があるやうです。
繰返しあなたのお与へ下すつた御厚情に対しお礼を申上ます。
昭和十三年七月　東京市大森区調布嶺町二の九二一　清沢冽

ハガキは日本語だ。ＨＲＣでは、差出人やその内容が読めなかったらしい。そこでこのハガキは、執筆者不詳の葉書として、雑纂扱いのまま眠りについていた。七六年にわたり、誰にもくみとられずにいた清沢の壮絶な孤独と苦闘が、このハガキの雑纂扱いに凝縮されているようにも見える。

外交の困難――昭和戦前期日本ペン倶楽部のミッション、その不可能性

このように、昭和戦前期における日本ペン倶楽部は、その始まりも果たすべき役割も、矛盾と困難にみちた存在であった。

対外文化政策方面では、彼らのミッションは、「日本からの文化発信・文化外交、翻訳・出版事業や講演活動」「日中の友好的な文化交流についての広報（中国と連合国側が行う対外文化政策事業全般への対抗措置含む）」「皇紀二六〇〇年事業の国際的展開」であった。

このうち、もっとも重要かつ代表的なのが「皇紀二六〇〇年事業の国際的展開」である。

ＨＲＣ所蔵のペンクラブ・コレクションのうち、日本ペン倶楽部関係書簡が収められたフォルダーには、「付録」扱いで、冊子資料が含まれていた。この銀色の表紙の、小さな美しい冊子こそ、ＫＢＳが主催し、日本ペン倶楽部と外務省が企画・発信した、一九四〇年の皇紀二六〇〇年記念国際エッセイ募集冊子だ。この冊子に付い

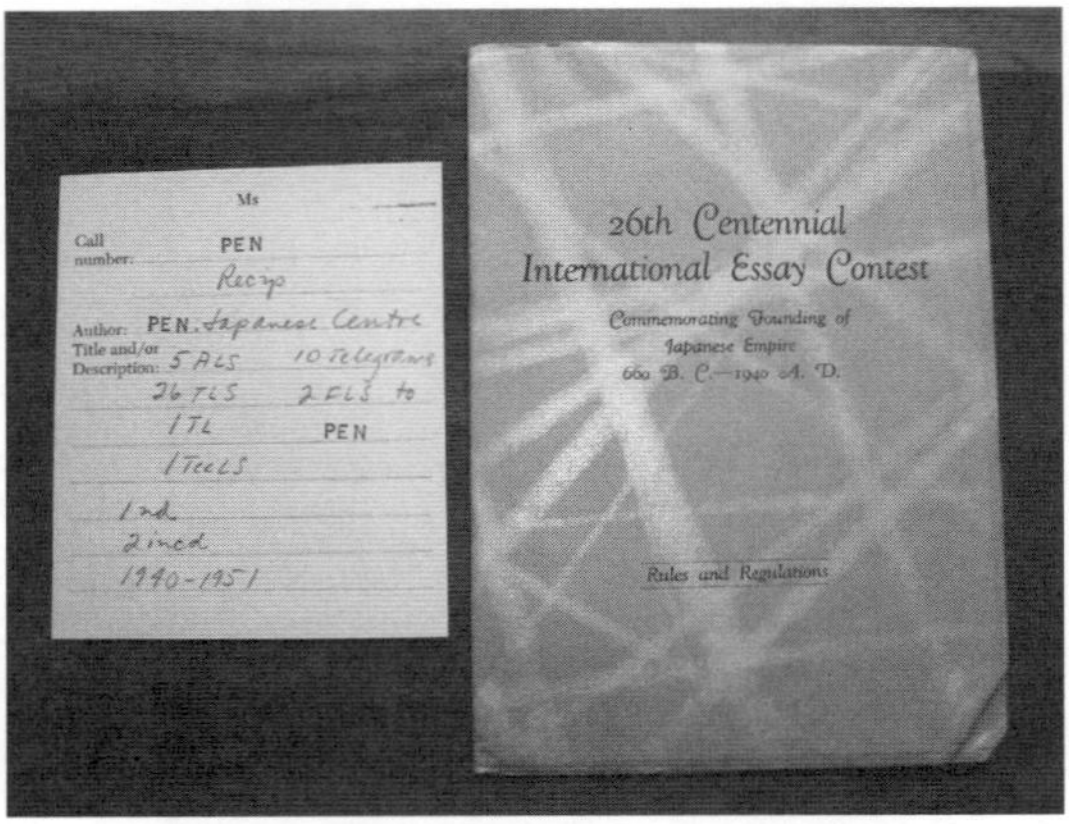

皇紀二六〇〇年記念事業外務省冊子

ている、KBSからの添書等もHRCで閲覧できる。

昭和戦前期の日本ペン倶楽部が、ロンドン本部宛て郵便を送った最後の日付は、一九四〇年三月一三日だ。この日付で、外務省、KBS、そして日本ペン倶楽部は、皇紀二六〇〇年記念エッセイ事業への協力を、ロンドン本部に依頼している。もう日本ペン倶楽部だけではなく、外務省、さらにはKBSまで顔を出し、皆で揃ってロンドン本部に頭を下げ、超国家主義的国策的文化事業への協力を頼みこんだのだ。

KBSからロンドン本部に送付されたタイプライター打ちの書簡に、直筆のサインを書き入れた人物の名前に着目したい。それは、永井松三だ。

永井松三は外務省出身で、大使や外務次官を歴任。国際連盟総会代表やロンドン海軍軍縮会議全権委員も経験している。ロンドンとの交渉で切り札になるレベルの、当時の日本きっての国際人だった。

しかし、一九四〇年にKBSからロンドン本部に書簡を出した永井松三にとって、対外文化外交当事者としての自身のキャリアのピークは、ここではないかもしれない。彼は一九四〇年国際オリンピック招致の、組織委員会事務総長だったのだ。

一九三七年八月、日中戦争開始によって、すでに日本の東京オリンピック招致が国内外から反対されるようになってから、彼は事務総長に着任した。軍部からの反対、イギリス中心に各国で巻き起こった東京大会ボイコット運動などの逆境のなか、彼は嘉納治五郎と手を取り合い、めげることなく、前向きに招致に尽力する。一九三八年という日本の国際的評価の悪化した年、彼は嘉納治五郎とともにＩＯＣカイロ総会に出席し、驚くべき外交手腕をふるって、東京大会開催を認めさせる。ところが嘉納は、アメリカを経由した帰国の氷川丸船上で急逝してしまう。そして最終的に、東京市や組織委員会との相談なしに、ほとんど独断的な政府命令で東京オリンピック招致返上が決まった。

このように、東京での国際大会開催につとめた嘉納の死をうけた永井が、今度はＫＢＳの代表としてロンドン本部と、一九四〇年の皇紀二六〇〇年記念事業としての東京国際ペン大会開催の交渉のテーブルにつく。彼の使命感もわかるというものだ。

永井の一九四〇年東京国際ペンクラブ大会にかける思いは、こうした経緯を鑑みれば理解できる。しかし戦前期の日本ペン倶楽部／日本外務省／ＫＢＳ／在ロンドン日本大使館の連携による対外文化政策は、いかにロンドン本部の現実から乖離していただろうか。

銀色の冊子の上では、矢代幸雄が国際エッセイコンテストの審査員として名を連ねている。彼の一九二五年の『サンドロ・ボッティチェルリ』は好評で、一九二九年に再刊され、一九三七年のイタリアでも、有島生馬がイタリアで話題にできた。一九二〇年代のロンドン本部は、矢代幸雄と胡適を同席させる晩餐会を企画した。この時は、すでに帰国していた矢代が欠席し、惜しまれている。日本ペン倶楽部には、矢代の名があれば、日本はそれなりの待遇を受けるとの自信があったのかもしれない。

しかし、すでに全ては手遅れだ。この提案が一九二〇年代になされていたとしても、ロンドン本部はソーシャルクラブとして、これを拒否しただろう。日本の提案は、当然ロンドン本部から却下された。その次に、日本からロンドン本部に向けて郵送した文書の日付のうち、一番古いのは一九四七年五月三一日付である。つまり、日本ペン倶楽部は連合国むけの超国家主義的国家事業の海外展開に挫折し、この挫折以降、終戦までロンドン本部との接触を中止してしまったのである。

しかし、そもそもこの事業には、勝算はあったのだろうか。

考えてみてほしい。「国際連盟から放逐された日本が、国際会議に出席して常任理事国となり、世界に自分たちが文化国家であると発信し続け、それを受け入れさせる」「日本が、現に交戦中の中国と友好関係にあると、中国側を支援している欧米にむけて、日本側が発信する」「日本の国家主義の膨張を原因とするロンドン中心の国際連盟放逐後、日本の超国家主義的な公共事業を、ロンドンの国際会議出席者の面々に承認させ、その事業への協力を依頼する」など、ミッションそのものがすでに矛盾ではないか。

しかも、交渉相手はイギリスの公的な国際交流機関たるブリティッシュ・カウンシルでも英国政府でもない。ソーシャルクラブだ。

にもかかわらず、このように事実上不可能な事業の対外文化政策としての執行が、外務省により、昭和戦前期の日本ペン倶楽部に求められた。

その結果、いかなる事態が招来したか。

日本ペン倶楽部とロンドン本部の往復書簡をたどれば、その悲惨さは一目瞭然だ。テキサス大学所蔵の資料から確認可能な、一九三七年二月から一九四〇年五月までの戦前期日本ペン倶楽部に起こった出来事を並べてみよう。

一九三七年二月一四日：日本ペン倶楽部の勝本清一郎書記長が、ロンドン本部のヘルマン・オールド書記長に、六月のパリ大会には、詩人で外交官（当時、外務省文化事業部課長）の柳沢健が出席すると連絡。

一九三七年五月八日：柳沢健が（日本ペン倶楽部書記長を介さずに、自ら直接ロンドン本部の）オールド宛に、パリ大会には出席できないと（フランス語手書き文書で）連絡。

一九三七年五月一〇日：オールドが勝本に、柳沢健から（日本ペン倶楽部のまとめ役の勝本を経由せず、直接ロンドン本部の）自分宛に、パリ大会欠席の連絡をしてきたと対応を求める。

一九三七年五月二六日：勝本がオールドに、日本からはペン倶楽部副会長、作家で画家の有島生馬と、翻訳家でジャーナリストの井上勇（外務省嘱託）がパリ大会に出席すると連絡。

一九三七年六月三日：勝本がオールドに、パリ大会に出席しない外務省の柳沢に憤っている旨連絡。

一九三七年六月二〇日〜二三日：パリ大会に出席した有島生馬、一九四〇年の東京大会は本当に開催するのか、中止するのかと質疑され、東京は準備を進めていると回答（国際ペンクラブからの日本ペン倶楽部撤退も揶揄されたか。イタリアペンクラブ代表マリネッティも批判、弾劾される。イタリアペンクラブはマリネッティのみ退会、クラブは存続）。

一九三七年七月：盧溝橋事件発生。翌月は上海事変発生。日中戦争開始。

一九三七年九月三日：オールドが勝本に、一九三八年のプラハ大会の出席確認。

一九三七年九月二四日：オールドが勝本に、日中間の武力衝突を心配する連絡。

一九三七年九月半ば：東京の日本ペン倶楽部理事会において、日本ペン倶楽部評議員が全会一致で、清沢洌を一一月ロンドンでの理事会に派遣し、中国代表からの日本による中国への軍事侵攻批判要請に対処させると決定。

一九三七年一一月一日：ロンドン大会に出席の清沢洌、日本ペン倶楽部への批判決議を承諾。事後、民間ジャーナリストの体で、マスコミ向けに国際情勢分析を披露。

一九三七年一一月四日：勝本がオールドに、清沢冽の件で連絡。
一九三八年六月二日：（それまでの勝本清一郎ではなく、）夏目三郎がオールドに事務連絡。
一九三八年六月一六日：日本ペン倶楽部、ロンドン本部宛ての電報で、（南京事件の批判審議を行う）プラハ大会には、日本からは代表を出せないと発言の責任者未詳で報告。
一九三八年七月二〇日：オールドが（夏目ではなく）勝本に宛てて、事務連絡。
一九三八年七月二八日：中島健蔵がオールドに、勝本が書記長を辞任して、自分が書記長に就任したと連絡。
一九三八年一一月三日：オールドが中島に、日本ペン倶楽部の活動継続を寿ぐと同時に、日中関係の厳しさを指摘。
一九三九年一月三〇日：中島がオールドに、日本ペン倶楽部が、中国と日本の戦争なるものについて特集した『ペン・ニュース』第一〇〇号を、一九三八年一一月に刊行した旨を連絡。
一九三九年五月五日：中島がオールドに、岡本かの子の死去を連絡。
一九三九年六月二〇日：中島がオールドに、自分たちが『CANTON』という、中国との共同刊行の文化交流雑誌を刊行したと連絡。
一九四〇年三月一三日：中島とKBSの永井、日本外務省の三者がオールドに、皇紀二六〇〇年記念事業の国際日本語エッセイコンテストへの協力を要請する。
一九四〇年五月一六日：オールドが中島に、皇紀二六〇〇年記念事業への協力を「特定国の国策には協力できない」という理由で拒否の連絡をする。以後、日本ペン倶楽部はロンドン本部に、戦後まで連絡しない。
一九三七年以降、誰かが日本代表として、日本批判が行われる国際ペンクラブ大会に出席する。出席した日本代表は会場で世界各国から批判され、その後、虚偽の対外文化宣伝をしなければならない。外務省と日本ペン倶楽部会員のあいだでの、国際会議への出席、日本代表役の押し付け合いの記録が、ＨＲＣに残る昭和戦前期日本ペン倶楽部の書簡群だ。

まず一九三七年だと、最初の紛糾は、パリ大会に誰が日本代表となって出席するかだ。日本側の書記長の勝本が、ロンドン本部のオールド書記長に、日本の外務省の柳沢健は詩人でもあってペン倶楽部会員なので、日本は柳沢をパリに派遣すると連絡した記録が、テキサス大学に所蔵されていた。外務省の柳沢健は、その出張直前になって、ペン倶楽部書記長の勝本を介さず、自分自身がロンドン本部に直接、いきなりフランス語文書を送ってパリ大会に欠席するとの連絡を行う。その後、柳沢にだまし討ちをされたらしき勝本が、ロンドン本部に興奮のおさまらない英語文書を発送。

結局日本は、パリ大会には柳沢健の代わりに、柳沢健の部下の外務省嘱託の井上勇、イタリア語とフランス語の流暢な有島、そして久米正雄を派遣する。が、生馬らはパリではさんざんな目に遭った。有島はその後イタリアに移動し、パリについて、当時、フランス知識人たちが主張するような「文化の擁護」者の土地であるどころか、文化が台無しにされた土地なのだとする否定的な発言を、メディアに発する。

次は、英語が流暢で弁の立つ清沢洌が、ロンドンに強引に派遣させられた件だ。先に述べた通り、彼は強制的に「外務省の行動様式によく似」（北岡伸一）た行動をとらされる。中国代表は、日本軍の上海事変ほかの軍事行動の惨状を国際会議の場で報告し、日本代表は批判される。

最後はプラハ大会だ。日本ペン倶楽部は、プラハには誰も代表を送らなかった。そこでプラハ大会での中国代表による南京事件の批判決議は承認され、日本はこれを事後承諾する。『三十年史』では、南京事件は戦時中、国民に隠されていて、日本ペン倶楽部もこの事件を知らなかったとする。しかし、もし本当に日本ペン倶楽部が、当時の南京の事態を何も知らなかったのならば、有島生馬や清沢冽のように、プラハまで出向いて応戦したはずではないのか。その場合、日本代表の誰かが、そこで弾劾されただろう。

しかし、日本ペン倶楽部会員は誰もプラハに行かず、南京事件批判審議に欠席した。

中国、日本の対外文化政策の抗争、そしてイギリスとインド

日本が、現に交戦中の中国と友好関係にあると主張する。その主張を、当の中国、中国支援国、各種国際組織に発信し続ける。皇紀二六〇〇年記念の超国家主義的事業について、外務省やKBSとともに連合国側組織に協力依頼する。これらを、日中の交戦状況をまさに海外から聞かされ続けながら手配する。

それが、中島健蔵の日本ペン倶楽部二代目書記長としての業務だった。初代書記長の勝本清一郎は、中島ほどは対外文化政策に関与しなかった。しかし勝本の行動は、一九三七年から一九三八年頃の文化政策団体としては、時代遅れになりつつあった。中島の行動こそ、よかれあしかれ、現在の日本ほかの対外文化政策のプロトタイプである。

文化外交当事者として、時代遅れになりかかった勝本は、不思議なほど頃合のよいタイミングで、人民戦線への関与の疑いで検挙されて、書記長をやめる。勝本の後任として、中島健蔵が書記長に着任する。当時の彼は、まさに「三十四歳から四十二歳におよぶ働きざかり」だ。外務省に公務で抜擢されるという「栄光」に輝く中島健蔵は、有能さを十全に発揮して活躍しはじめる。

日本近代文学研究の領域では、これまで、当時の中島健蔵の行動の不自然さはほぼ指摘されずにいた。そこで筆者らの研究会は、日本近代文学研究者ではない加藤哲郎に調査出張依頼を行った。加藤はまず、調査出張前の

予備調査の報告で、「中島健蔵『回想の文学』第四巻では、一九四一年一月から一二月は「日記の欠落」のため叙述なしとあり、戦後の中島の日中友好熱からするとやや不自然」と指摘。その後、プロジェクトチームで行ったHRC資料調査の結果、加藤の事前調査に基づく予測通りの「不自然」さが、中島関係資料から浮上する。昭和戦前期の日本ペン倶楽部資料と『三十年史』、同時代資料や『人間の運命』他を照合すると、一九三七年以降の中島の言動は、「やや不自然」どころでは済まないことがあきらかとなる。

世界各国での対外文化政策の近代化・組織化は一九三〇年代から本格化する。同時代の日本が、外務省中心に対外文化政策を策定・実施し、中島を活用した理由が、ここにあると考えられる。イギリス・ロシア・ドイツなど、各国で対外文化政策組織が設立・近代化されていく経緯については、すでに各方面での調査が進展している。文学者の国際会議については、日本では一九二〇年代に、日本ペン倶楽部の設立あっせん者たる外務省の天羽英二が、本件をよく調査していた。その結果、天羽はソビエトやドイツの共産主義者による国際会議の文化発信力に着目するに至る。一九三〇年ハリコフ会議出席者の勝本清一郎が、日本ペン倶楽部設立時に初代書記長に任じられたのは、こうした天羽の調査結果によるのだろう。

ところで、同時期の中国ペンクラブは、どのように活動を展開していたのだろうか。

中国ペンクラブは発足最初から、自国官庁の支援を受けず、複数拠点で運営されている。もちろん日中戦争下の中国では、知識人・文学者が一か所だけで大掛かりな対外文化発信をするのは困難だ。そのため、中国知識人にとっては、移動・分散しながらのペンクラブ活動が基本となったようである。戦後もそうした傾向は継続している。

このように、最初から活動拠点を自国の首都にせず、世界各国にメンバーが散り、移動しながら国際的に表現活動に取り組むのが、設立当時からの中国ペンクラブの特徴である。

二〇一〇年の劉暁波のノーベル平和賞受賞は、一九三〇年からの、中国ペンクラブ八〇年の「移動しながらの抵抗」の伝統が、欧州の文化の文脈上で結実したとの評価もできよう。なぜなら、当時、劉はスウェーデンにあった中国亡命ペンクラブの会長だったのだ。劉のノーベル平和賞受賞は、現実の中国政府の行動指針を変更させるだけのインパクトがあった。

戦前期の中国ペンクラブにおいては、マドラス神智学協会シンパの国民党系中国知識人がプレイヤーとなり、ロンドン本部を主戦場として、対日本の対外文化政策がなされた。彼らは、アメリカやイギリスなどを転々としつつ、日本への批判決議がロンドン本部主催の国際会議で執り行えるよう、書簡と文化サークル・新聞社「天下」を活用する他、知的な高等戦術を展開した。

知識人たちが世界各地を移動し、点と点を線で結び、ロンドン宛て書簡や電報を送る。その頭脳と情報発信だけが、予算も頼るべき政府もない彼ら国民党系知識人の、民主的で非暴力的な抗日レジスタンス活動であった。彼らは一九三七年以降、日本の軍事行動を冷静にロンドン本部に訴え、国際的ネットワークを活用し、総会で、日本に対する批判決議を採択させるのに成功した。当時の状況を考慮すれば、これは、知識人の勝利と表現したい快挙である。

新聞社「天下」と中国ペンクラブ会員の活動については、ＳＯＡＳ（ロンドン大学東洋アフリカ学院）研究者らが一九三七年分までの調査は行っている。それ以降の年次分は、今後の課題である。

こうなると、日本側、特に日本外務省は、いかにその主張が矛盾に満ちていたとしても、ロンドン本部に代表を送り、中国代表からの発議に応戦し続けるしか道がない。

先の一九三七年二月から一九四〇年五月までの年譜は、この期間に中国と日本の文化外交合戦が、否応なしに進展した結果として発生した出来事の記録でもある。外務省が日本ペン倶楽部を設立し、「日本からの対外文化発信」「日中友好文化交流の広報」「皇紀二六〇〇年事業」を展開したのは、ただ単に中国のみを意識した行為ではない。中国と、中国を支持して日本を批判する世界各国に、日本の正当性を説くという目的があったのだろう。中国と、中国を支持する各国という構図だけではなく、英米のジャーナリストや知識人による、中国支援活動や抗日文化事業もあった。ロンドン本部が直接接触した記録が残っている組織が、「チャイナ・キャンペーン・コミッティー」だ。

ＨＲＣ資料によると、一九三七年以降、ロンドン本部のオールド書記長に「チャイナ・キャンペーン・コミッティー」が資料を送り続けている。彼らはイギリスの文化人を核として組織された、中国文化愛好・研究団体だ。同組織の便箋には、日本の古典学者および中国古典学者として著名なアーサー・ウェイリーなど、錚々たる知識人たちが二一人も「副会長」として名を連ねている。この大勢の副会長らは、ほとんどイギリス人だ。中国人はあまり含まれず、文書はすべて英語表記である。彼らがロンドン本部に送る文書は、中国のベルの説明やクリスマス、帰朝者講演会など、上品で文化的な催しの案内である。

「チャイナ・キャンペーン・コミッティー」の存在感も、外務省が日本ペン倶楽部に、積極的な対外文化活動を命じざるをえなくなった理由の一部だろう。一九三九年、中島書記長はロンドン本部に「日本ペン倶楽部は、日中関係についての『ペン・ニュース』第百号を発行した」「われわれは日中共同で、『CANTON』という雑誌を刊行した」と報告している。この報告は、中国ペンクラブと「チャイナ・キャンペーン・コミッティー」への対抗措置でもあったのだ。

このように昭和戦前期の日本ペン倶楽部の対外文化政策は、多国間関係のはざまでの考察が求められるテーマである。日本の外務省、日本ペン倶楽部、そしてＫＢＳは、国際連盟・対中国文化政策・イギリス中心の世界秩序への宣伝戦に、何とか対抗しようとあがき続けた。

ここで改めて、日印中関係という問題系が浮上する。

一九三一年は、満州事変のみならず、ウエストミンスター憲章が発表された年でもあった。欧州中心の国際連盟は、ドイツや日本他の脱退によって影響力を失い始める。新興アジア各国は、英帝国から英連邦への転換を受け、次第に国際会議に代表を送り始める。ここで初めて、インド代表の発言力が伸びてくる。

急速に国際的な存在感を増したインドペンクラブ代表は、この時、どのような行動をとったのか。日中間のコンフリクトを深く憂慮した彼らは、日中問題を改善しようと、積極的な調停活動に乗り出したのだ。

一九三七年から一九三八年、暫定的ながら、仮に「インド」という単位でまとまっている南アジア人エリートが、日中戦争を憂慮し、東アジアに手を差し伸べた例は、ペンクラブ活動以外にも確認できる。そのうち、反植民地主義や中国共産党への共感を下敷きにした有名な例が、インド医療使節団の中国派遣だ。アメリカ人ジャーナリストのアグネス・スメドレーの進言をうけ、一九三七年にインド国民会議派指導者のジャワーハルラール・ネルーやスバース・チャンドラ・ボースが、中国に医師団を派遣すると決定。インド政府に働きかけ、インド人医師五名が中国に向かったのが一九三八年である（大杉孝平『日中戦争とインド医療使節団』三省堂、一九八二年）。このインド医療使節団派遣に際しては、イギリスは国民会議派との関係を破綻させまいと、意図的に曖昧で宥和的な態度を取った。そのために、通常なら許されないインド人医師たちへのパスポートの発行も、可能となったという。

アグネス・スメドレーの名前が、ここで挙がっている。通常であれば、彼女の名が挙がる以上、ここでは中国共産党に心を寄せる、進歩的な左派インド・エリートの反軍国主義・国際協調主義という構図で、この話がまとまるだろう。

ところがインド・エリートによる文化外交とは、それほど単純ではない。

アグネス・スメドレーに着目し、彼女の中国共産党レポートを先駆的に雑誌に掲載し、経済的な援助もしていたインド人とは、後述の国際派インド出版人・ラーマーナンダ・チャタルジーだ。スメドレーのレポートを掲載したのが、彼の発行していた雑誌『モダン・レビュー』である。彼自身は、どちらかというと右派寄りの知識人ではある。が、広い視野をもつ彼のコネクションには、左右両翼の国際派エリートや知識人が連なっていた。

ラーマーナンダ・チャタルジーの擁した出版人コネクションのうちには、汎アジア主義右派エリートも含まれた。彼らは、スメドレーのような左派とは別に、かつスメドレーと同時期に、日本の外交的窮地を救おうと考え、行動に移した。その結果、ロンドン本部主催の国際会議で、インド代表として出席したインド出版人人脈から、汎アジア主義右派の特徴があらわれ始める。

こうして、国際社会におけるアジア圏のプレゼンスの高まりという、新たな世界情勢が出現した。ロンドン本部で、日本・中国・インドが国際会議に代表を出して討議を行い、それぞれの思惑を複雑に絡ませあう現代的な文化政策の力学が、ここで構築され始めていた。

インド出版人の影響圏と国際的な文学賞

インドの出版人コネクションの雑誌刊行、また、インド古典文学刊行事業ほか啓蒙活動全般と、その知的なインパクトは、一九二〇年代には、すでにインドの外にまで影響を及ぼしていた。重鎮、ラーマーナンダ・チャタルジーによる『モダン・レビュー』のゆるぎない評価だけではない。一九三〇年、新規に創設された定期刊行雑誌『アーリヤン・パス』（現在のインド現地での読み方は「アーリヤン・パト」）も、ロンドンの文化人たちに強い印象を与えたようだ。同誌創刊が、どれほど印象的な出来事だったか。それこそ編集長ソフィア・ワディアが、いきなりインドペンクラブ・マドラス本部創設会長に抜擢されるほどの話だったのである。同誌の国際的で甚大な影響力は、当時からインド独立後までも継続する。

一例を挙げよう。二〇一二年までの中国が、喉から手が出るほどほしかったノーベル賞だ。中国人としてノーベル文学賞の候補者になった知識人は、中国共産党の見解では莫言以前に、「魯迅」がいたとされる。現実には、中国共産党系の知識人・魯迅は候補ではない。ただし一九四〇年までに、中国人候補者は、本当は二名いた。二人はいずれも中国国民党系の知識人で、英文著作も多い国際派知識人である。

特筆すべきは、彼ら中国知識人二名は、インドペンクラブ会長であるソフィアの編集していた雑誌、『アーリヤン・パス』の、最盛期の寄稿者であった点だ。当時の各国ペンクラブには、ノーベル文学賞のノミネートの権限があった。とはいえ現在でも、欧州の国際会議でアジア代表が欧州各国から、何かしらの主張をして得票するのは容易ではない。そうした状況証拠からいえば、彼ら中国知識人は、インドペンクラブに推され、ノーベル文学賞候補者となった可能性が、かなり高いのだ。

実際、『アーリヤン・パス』のような、英連邦にあまねく流布した汎アジア主義的英文批評雑誌抜きで、この頃の中国知識人が、どんな媒体を通じて欧米世界に自分の業績を知らしめ、ハイレベルな執筆物だと承認させられるというのだろうか。

それを実際に行えたのが、中国ペンクラブ会員であった胡適と林語堂である。

一九三九年、『アーリヤン・パス』寄稿者で、中国ペンクラブ会員の胡適が、翌一九四〇年にも中国ペンクラブ会員の林語堂が、ノーベル文学賞にノミネートされた。その直前、一九三八年の林語堂の英語の著書『ウィズダム・オブ・コンフューシャス』は、神智学協会による英語圏向け「東洋の智慧」シリーズとして、広く刊行されている。

ラーマーナンダ・チャタルジーと『モダン・レビュー』の国際派エリート人脈は、左派にも右派にも連なる。一九三〇年代、国民党系中国人たる胡適や林語堂と、中国共産党シンパの両方に、同時に好意的にふるまうのは矛盾しているかのようだ。しかしインド出版人・知識人らにとっては、いずれも汎アジア主義的行動の一環だったのではないか。

本書ではじめに、当時の国際会議におけるアジア・アフリカ諸国の不在、発言力不足を述べた。アジア圏作家の作品の頒布、評価、重要な国際会議での顕彰、そしてノーベル賞候補への推薦を考慮してくれる欧米知識人など、一九五〇年代まで、何人が挙げられることか。

インドには、すでに自国出身ノーベル文学賞受賞者、ラビンドラナート・タゴールがいた。タゴールも、いきなり作品が英国で承認されたのではない。まず、ロンドンのソーシャルクラブ内で、彼の作品の朗読がなされ、そこから次第に、英連邦文化人たちに評価されていったのである。

一九二〇年頃から一九四〇年頃までの、ロンドン文化人の社交の意義がどれほど高かったか。それを間接的に示す証拠が、ロンドン本部資料に残っていた。それが、国際連盟との往復書簡中にみられる、権威ある国際的文学賞の設立計画だ。

一九三三年頃の国際連盟とロンドン本部は、ペンクラブ大会で提案された、国際連盟と合同での国際的文学賞設置を検討する往復書簡を交わしている。国際連盟でも公式に討議されたが、結局、資金源と審査委員会など組織面に難があるとして沙汰やみとなる。彼らの往復書簡をみると、ロンドンのクラブ仲間たる国際連盟とロンドン本部は、自分たちが創設する賞が、ノーベル文学賞に匹敵する権威となる自信があったようだ。

東京にいた日本ペン倶楽部創設メンバーたちは、ロンドンの知識人たちの社交の場を、「食事の会くらい」と軽くみていた。しかし彼らは会食の席で、ノーベル文学賞候補者を策定し、国際連盟を背景とする権威ある文学賞創設まで検討できていた。ロンドン本部の社交のインナーサークルでは、交際や文化政策だけではなく、名誉をかけた争いも、隠然と繰り広げられていたのだ。

当時のアジア圏のペンクラブは、日本と中国、インドにしかなかった。一九三〇年代以前にノーベル文学賞をとったアジア人は、ロンドンのクラブ社会で承認された、インドのタゴールしかいない。当時の人々が、ロンドン本部のようなクラブで認められ、国際的な文学者になりたいと考えてもおかしくはない。

島崎藤村にいわせれば、この時代、「所謂国際的なる物の考へ方も欧羅巴中心でありすぎる」(『巡礼』)。国際連盟脱退後の一九三五年以降であれば、日本にとって、「国際的なる」会議は、なおさら敷居は高い。今でも日本など東アジアの国の主張を国際会議で通すのであれば、事前に、十分なアジア・アフリカ各国との協調関係の構築は必須だ。アジア人からの主張を、欧州会員が推してくれる可能性は、当時は、今とは比較にならないほど低い。それほど、国際会議における欧州とアジアの地位の懸隔は大きかった。しかも当時の日本は、脱退してしまった国際連盟やその加盟国と、いかにして距離を縮めていくのか、考えなければいけない立場に立っている。

日本代表は、ここでインドと手をつながずに、いつつなぐのか。

インドペンクラブ・マドラス本部創設会長ソフィア・ワディア。美貌のソフィアは、欧州の社交界の女王であったという。一九三〇年代になっても、英連邦の世界秩序はソーシャルクラブ文化圏内にあった。メンバー同士の懇親は重要だし、欧州知識人はなかなかアジア人に振り向かない。一九三一年のウエストミンスター憲章発効以降のインドは、同年に満州事変を起こした日本と反比例し、英連邦での存在感を一挙に高めていた。

こうなると、日本代表と中国代表のとるべき行動はひとつだ。日中両方とも、インド代表と連携し、アジア圏からのノーベル文学者候補擁立に際して、自国候補推薦の協力をとりつけるのが望ましい。自動的に、日中はインドとの協力関係をめぐってライバル関係になる。同時に、日本は国際社会に対して、中国との友好関係をひろく示さねばならない。この関係性は、現在の日中印間の外交の特徴のプロトタイプではないか。

島崎藤村文学賞という悪夢

もし、前述の観点から戦前期の日本ペン倶楽部の軌跡を概観すると、惨憺たる状況だ。なにしろ日本ペン倶楽部関係者のほとんど全員が、ソフィア・ワディアやカーリダース・ナーグほかインドペンクラブ会員たちとの親睦に、多かれ少なかれ失敗しているのである。

日本の外務省による、日本ペン倶楽部設立・運営を介した日中関係悪化の外交的解消策の行く末は、どうなっていったのか。この事例も、現在の日中関係のプロトタイプとして検証可能だろう。日中関係改善に失敗した日本外交は、次第に国際情勢を客観的に把握できなくなり、インドからの好意、援助の手も見失って、視野狭窄の状態に陥るのだ。

一九四〇年三月から五月にかけて、日本ペン倶楽部側は、ロンドン本部のヘルマン・オールドに対外文化政策としての皇紀二六〇〇年記念事業協力を打診し、拒否された。

その直前に、胡適と林語堂は、ノーベル文学賞にノミネートされ、『アーリヤン・パス』にも英文記事を寄稿し、マドラス神智学協会から書籍を発行している。

一九四〇年五月以降、日本ペン倶楽部は、どのようにふるまったのだろうか。

一九四〇年五月から一年近く経った、一九四一年四月。この頃東京で、島崎藤村・周作人・柳沢健・銭稲孫・方紀生らが、「東亜文化協議」「中国教化」のために集まった。四月一八日、「日支文人、春の清談、周作人氏を囲むひととき」を、島崎藤村主催、有島生馬・菊池寛・佐藤春夫・志賀直哉・谷川徹三・豊島与志雄・長与善郎・堀口大学・武者小路実篤という、日本ペン倶楽部のメンバーで開催。ここには、外務省所属で日本ペン倶楽部創設者のひとり、柳沢健も同席している。斡旋者は、当時の日本ペン倶楽部書記長の夏目三郎だ。『藤村全集』別巻年譜では、日本ペン倶楽部会長たる島崎藤村が、「一九四一年七〇歳　四月中旬、来日した周作人をペン倶楽部会長として接待、星ヶ丘茶寮で歓談」（傍点目野）したとの記載がある。

一九四一年というと、『三十年史』によれば、日本ペン倶楽部とその会員が、官憲の弾圧で苦しんだ時期ではないのか。その日本ペン倶楽部の会長が日中戦争の最中、交戦国である中国の文化人と、日本ペン倶楽部書記長の斡旋で、東京で歓談している。しかも当局者で日本ペン創設者・会員たる外務省職員が同席する。翌一九四二年五月には、日本文学報国会が設立される。創設者は、一九三五年の日本ペン倶楽部生みの親とされた、当時の外務省情報局の創設者で情報局局長、天羽英二だ。その機関誌『文学報国』創刊号には、天羽も寄稿した。やがて彼らは大東亜文学者会議も手配し、藤村は文壇の重鎮として関与する。

日本文学報国会は、外務省情報局が運営資金を賄った。記事の寄稿者にも情報局職員が多い。創設から資金から執筆と、何から何まで外務省情報局だ。これは、ほぼ外務省の広報誌だろう。もちろん、外務省に広報があって悪いわけはなく、外務省広報そのものは悪ではない。

この『文学報国』中に、あっと驚く記事がある。大東亜文学者大会参列者のうち、中国人文学者が、国際的な文学賞としての「島崎藤村文学賞」を設立するよう、提言する記事が掲載されているのだ。

「藤村賞の設定　慎重審議を期して保留」（第三号七面、一九四三年九月一〇日）。逝去したばかりの「国際的」日本文学者、島崎藤村顕彰のため、一九四三年に中国人が自ら発言したとは、到底考えられない。日本側は、中国側の意見をうけ、「島崎藤村文学賞」創設を今後検討すると表明した。実際には、その後も島崎藤村文学賞は制定されなかった。

一九四一年の春、島崎藤村や夏目三郎や柳沢健らは、日本ペン倶楽部の会長、書記長、外務省の職員として周作人と集会した。この時彼らが、なぜ日本ペン倶楽部として、わざわざ中国文化人を「接待」したか、その目的は説明されなかった。彼らはただ、「歓談」したとしか報告されない。その目的は、何だったか。

近年こそ、あまり読者を得られなくなった藤村だが、一九四〇年代の藤村作品は、大人向けから児童向けまでよく売れ、ラジオで詩歌放送がなされていた。刊行物の発行点数でいえば、藤村は明治期の詩人というより、昭和の国民的作家・詩人といっても差し支えない。

ただし、日本の植民地のひとびとや日系ブラジル移民などの日本語文化圏から、一歩外に出てしまえば、島崎藤村の知名度など、ないも同然だった。それ以前に、日本の現代作家とその文学作品を評価するという価値と感覚自体、戦前の英語圏で、普及していなかった。ドナルド・キーンが『ドナルド・キーン自伝』（中公文庫）で述べたように、キーンが日本文学研究者としてのキャリアを開始する一九五〇年代以前には、英語圏の大学では、日本文学の講座などほとんどなかったようだ。

それにも関わらず、藤村作品が世界で認められるのを希望するひとびとがいた。それどころかノーベル文学賞候補にしたいと、日本の一部が夢見始めたと仮定するのはどうだろうか。単なる仮定としても、行き過ぎだろうか。

必ずしも、そうとはいえない。中国から一九三九年とその翌年、ノーベル文学賞候補者が出たのを、当時の外務省と日本ペン倶楽部が知らないわけがない。また、彼らはロンドン本部から手痛い拒否をうけた。島崎藤村はノーベル文学賞にかすりもしない。日本ペン倶楽部と外務省は、この事態をどう感じたか。彼らは一九四〇年頃、何らかの方法で、このトラウマを乗り越えようとしなかったか。

もしや日本の外務省情報局は、「中国」から、島崎藤村の芸術性の「国際的」な評価、承認、支持を、「接待」と「歓談」によって得ようとしたのではないか。そしてここで得られた「国際的」な高評価に基づく「国際的」

な文学賞「島崎藤村文学賞」を、「中国」側の声なるものを受けて、制定しようとしたのだろうか。

これで日本はあさはかにも、胡適や林語堂がノーベル文学賞候補となった事実に対抗でき、アジア圏でのメンツを保てるとでも考えたのだろうか。これでは「島崎藤村文学賞」は、二〇一〇年の劉暁波のノーベル文学賞に対抗し、急きょ中国で制定された「孔子平和賞」のようではないか。

これは、何も当時の日本の外務省特有の動向ではない。一九三五年、言論の自由を訴えてナチス・ドイツに投獄されていた、カール・フォン・オシエツキーがノーベル平和賞を受賞した。これに怒ったドイツのヒトラー政権は、すぐさま対抗措置としてドイツ芸術科学国家賞を公式に創設した。その上、ドイツ人がノーベル賞を受け取るのを禁止した。一九四九年には、ソビエト連邦がノーベル平和賞に対抗するため、スターリン平和賞を設けて革命家や共産主義者を顕彰した（のちレーニン平和賞と改称）。

戦前期日本ペン倶楽部と日本外務省は、超国家主義的事業たる皇紀二六〇〇年記念の、国際日本語エッセイコンテストの対外発信に挫折し、ノーベル文学賞のノミネートも逃し、インドとの意思の疎通でも迷走した。その後の日本は、「島崎藤村文学賞」を掲げる幻想のアジア圏諸国の盟主となり、大東亜文学者会議開催、そして敗戦へと突き進む。

それでも、格式あるソーシャルクラブであるロンドン本部は、国際連盟と違い、日本代表の除名はしなかった。日本ペン倶楽部側も、ロンドン本部からの脱退宣言などの行動はとらなかった。プライドを傷つけられた日本側は、ロンドン本部にアクションを仕掛けるのを、それ以降は止めただけだったようだ。

では『三十年史』が言うところの、日本ペン倶楽部の戦後の「再建」とは何だったのか。

官憲の弾圧による解散などしなかった日本ペン倶楽部は、戦後も「再建」の必要はない。しかし『三十年史』

は、クラブの「再建」を描いている。戦後、日本代表は、また国際会議に出始める。この経緯の説明を、『三十年史』はどう書いているか。

『三十年史』では、「日本ペン倶楽部は、戦時中、官憲の弾圧で休眠に追い込まれ、戦後、再建された。国際会議への復帰は困難であった。だが理論的には、日本ペン倶楽部は戦時中も存続していた。だから国際会議復帰手続きは不要だった」という説明を展開したのだ。一九四一年の彼らは官憲の弾圧どころか、外務省とともに、対外文化政策を遂行していたではないか。ただ「日本ペン倶楽部は、理論的には戦時中も存続していた」こと自体は、間違いではない。

同書には、「日本ペン倶楽部は、理論的には戦時中も存続していた」式の、間違いではないが事実ともいいがたい表現が、ほかにも見られる。中島と芹沢は「つらい立場」だった、外務省やＫＢＳが日本ペン倶楽部運営に関与した事実はない等の記述がそれだ。

フリーメーソンの幻影

では本書冒頭の、芹沢『人間の運命』の一部、国際ペンクラブが「フリーメゾン（＝フリーメーソン）」云々というくだりは、いったい何の話だったのだろうか。

フリーメーソンと国際ペンクラブ、特にロンドン本部と関係があるという、この小説の表現については、複数の立場と事情から考えていく必要がある。

まず、一九三三年以降、特に一九四〇年以降の日本ペン倶楽部会員が、日本国内で「国際ペンは、フリーメーソンの巣窟だ」と言い出す場合の、時代背景である。

国際ペンクラブやロンドン本部が「フリーメゾン」の巣窟であるとの仄めかしが、小説『人間の運命』で登場するのは、第二部第五巻「戦野にたつ」だ。一九三七年末から一九三八年頃、主人公森次郎は日本ペン倶楽部の用件とは無関係に外務省を訪問する。ところが外務省職員の石田孝一は、次郎の顔を見るなり、唐突に、ペン倶楽部の話をし始める。

「日本ペンクラブは、紀元二千六百年記念に、東京で国際大会を開催することを、藤村先生がブエノスアイレスで、約束して来たが、去年清沢洌さんがロンドンの執行委員会に出て、それを取りさげたそうですね。事務引継ぎで知ったけれど……（中略）Yさん（柳沢健のこと＊目野注）の話では、国際大会を開かないことになると、もう日本ペンクラブの仕事もないから、一切事務官に委せればいいと言うので、ぼくはタッチしないことにしているけれど……（中略）」

「Yさんの話だと、ヨーロッパでは、ペンクラブの会員はフリーメゾンらしいね。Yさんの親友のAさんがペンの国際大会に出席したあと、しばらくイタリーに滞在していて帰国して、Yさんに打ち明けたそうだけれど……イタリーでは、会員が会長一人で、ペンクラブのことを誰にきいても、ペンクラブなんて、マルネティ会長の頭のなかにしか存在しないと、言っていたそうだよ」

「フリーメゾンって、どういうことだい」

「知らないのか。宗教的信念のようなものをもった秘密結社だ……会員は主として、ユダヤ人の自由主義者で、世界中に散在しているそうだ。強固な秘密結社だが、その目的はよく知らないが、世界平和がその一つだというから、ペンクラブもフリーメゾンかも知れないよ」（中略）

ペンクラブがユダヤ人の世界的秘密結社の一種であるようだと、Y課長が事務引継ぎに伝えたということからして、胸におさまらなかった。日本が国際連盟を脱退して、先進国から、軍国主義の野蛮国だというように見られているから、日本にも国際親善と世界平和を希求する文学者があるのだと、示すとともに、日本としても一つぐらい世界に向って窓を開けておきたいという外務省の希望で、Ｙは文化担当課長の役目と詩人とを兼ねて、ペンクラブの設立をとなえて、その世話取りを熱心にした筈だ。尻の重い島崎藤村を無理に引き出して会長にし、翌年には、古武士のように和服ばかり着た老作家をアルゼンチンへまで送って、国際大会に出席させたが、おまけに、その送別会を満鉄支社のエトワールで開いて、それをペンクラブの臨時総会にして、その席上で突然、「昭和十五年の紀元二千六百年には、第十八回の国際ペン大会を是非日本で」という提議をして、あまり討議もないうちに出席者の賛成を得て、重い責任を会長におわせて送り出した主役も、Ｙの筈だ。

（『人間の運命』第二部第五巻「戦野にたつ」）

芹沢の創作した『人間の運命』の世界では、一九三七年晩秋に清沢洌がロンドンで説いたのは、日本側からの自主的な、東京国際大会開催の取り下げということになっている。重慶爆撃への批判決議の対応や、日中関係についての偽りの宣伝ではない。これでは、清沢が存命中に刊行した著書など同時代資料と、芹沢の小説『人間の運命』の筋は符合しない。ところがこれまで、文学研究で戦前期日本ペン倶楽部について論じる際には、あれだけの苦難を経て発表された清沢の記事より、芹沢の小説の方が、優先されがちな傾向にあった。

日本ペン倶楽部理事であり、後の会長となった芹沢の虚構と、この虚構を踏襲した『三十年史』の話は合致している。そのため、清沢の苦闘の記録の影は薄れ、あたかも芹沢の話が事実であるかのような憶測が流布し、その憶測はやがて国文学研究上の「定説」となる。

「日本が国際連盟を脱退して、先進国から、軍国主義の野蛮国だというように見られているから、日本にも国際親善と世界平和を希求する文学者があるのだと、示す」ため、「世界に向って窓を開けておきたい」と主人公が語ったのが、日本ペン倶楽部設立理由だった。が、そのセリフの前段では、外務省職員がペン倶楽部支援を「一切事務官に委せればいいと言うので、ぼくはタッチしない…」と言い、「(日本ペン倶楽部が、東京で皇紀二六〇〇年記念の)国際大会を開かないことになると、もう日本ペンクラブの仕事もない」と、聞いてもいないのに語る。日本ペン倶楽部が、所轄官庁と密接でないのなら、国際大会を開こうと開くまいと、外務省とは無関係に、活動を続ければいいのではないか。しかし小説では、石田は、日本ペン倶楽部は、あくまで外務省の企図した皇紀二六〇〇年記念事業推進のため設立されたと主張する。だからこそ、日本の清沢が、自主的に皇紀二六〇〇年事業計画の国際ペン大会の東京開催を取り下げてしまった以上、事業は途絶し、自動的に日本ペン倶楽部も休止する、というのである。

これでは、清沢のせいで外務省事業は中止になり、ロンドン本部からの超国家主義的事業の拒絶の事実がないこととなって、外務省は清沢の被害者のようではないか。つまり、現実の事実関係は、小説ではほとんど逆になってしまっている。

石田の話は次のように続き、実際の中島健蔵書記長時代のペン倶楽部の出来事を、うやむやにするような発言までされる。

「(中略)もちろん、ペンクラブの仕事のなかの、国際的文化交流の部分は、文化第三課の仕事に深い関係はあるけれど、現在、わが文化第三課は満州国と支那とに対する文化政策を考えなければならないし、日独文化協定にもとづく事業もはじめなければならないから、ペンクラブの国際文化交流に手をかすこともできない現状だからね……」と、いつもの調子で、雄弁に日独文化協定の意義について語りはじめた。

若い小柄な箕輪事務官は微笑しながら、石田の話を遮った。

「課長、日本ペンクラブは純然たる民間の組織です。ただ設立にあたって、松平駐英大使の要請によって、外務省がお世話したのにすぎません。その後は、Y課長が詩人としてペンクラブの会員であったから、内部で会員としてなさったことが、第三課長の仕事のように見えただけで……。」(『人間の運命』第二部第五巻「戦野にたつ」』)

これが、日中戦争開始時期に当たる一九三七年末から翌年の時期の、小説『人間の運命』での情景だ。この作品世界では、一九三八年に、日本ペン倶楽部の活動は停止している。そうすることで、作者は中島健蔵書記長の対英中文化担当官としての責任も、「Y課長」(＝柳沢健)と藤村による、一九四一年の周作人らの接待、翌々年の大東亜文学者大会での「島崎藤村文学賞」設立斡旋も、語ることを回避した。本作がこのような内容であれば、『人間の運命』を戦後の中島が喜び、芹沢が本作品を書き進めるのを慫慂した(『人間の運命』最終巻あとがき)のは当然だ。中島は晩年の自著『回想の文学』で、『人間の運命』を引用して、これを同時代者の証言として虚構の相互補完まではかっている。

中島の『回想の文学』では、一部に、当時の日記に欠落があって不明とされる箇所がある。これは、芹沢『人間の運命』との辻褄合わせが困難となり、事実と虚偽を弥縫するのを断念した箇所とすると、HRC資料との整合性がつく。

『人間の運命』では、対中国文化政策やナチスとの文化的連携は、外務省の文化第三課だけの話だ。日本ペン倶楽部は、こうした活動とは無関係とされている。

ただし、単なる民間の一任意団体が、なぜ外務省とともに活動を中止したのかの説明は、ここまではなされない。外務省とともにペン倶楽部が活動を停止した説明がこれだけで終わるなら、読者も何かおかしいと感じるだろう。戦前期日本ペン倶楽部の当時の動向が、何か不自然だと気づく読者も出るかもしれない。

ところがこの場面では、突然、一九三七年の日本ペン倶楽部活動休止は、ロンドン本部が「フリーメゾン」だからだと説明される。その後も、意味ありげな仄めかしが続く。作者は、いかにもいかがわしげな風に「フリーメゾン」という言葉をちらつかし、「日本ペン倶楽部が東京で皇紀二六〇〇年記念の国際大会を開かないので、活動休止」したという話題を、煙にまいて終わらせてしまう。

これが本書冒頭の引用の、意味ありげな「フリーメゾン」の囁きであった。

それ以前に、主人公森次郎は、この時、日本ペン倶楽部の件とは別件で外務省にいったはずだ。そもそも彼は、日本ペン倶楽部の用向き以外の、何の案件で外務省に行ったのか。

芹沢を思わせる主人公の森次郎は、この外務省訪問の場面の直前、あいまいな動機で、いきなり中国理解のための中国視察を決めている。そしてその便宜を外務省に図ってもらうと独断で決め、唐突に外務省を訪問する。それが、引用の外務官僚との談話の、本来の目的だ。しかも、彼の突然の中国視察提案は、その詳細を確認されないまま、いきなり外務省職員に賛同される。この中国視察旅行の話題に伴い、なんの脈絡もなく従軍慰安婦のエピソードまで登場する。

盧溝橋事件以降の外務省が何の理由もなく、単なる民間人からの漠然とした要望をうけて、唐突に諸事全般をお膳立てした、目的不明の森次郎の中国視察出張。しかも、従軍慰安婦の話題まで添えられる公費出張だ。この出張とフリーメーソンは、いったいどちらがいかがわしいといえるのだろうか。

芹沢は何のために、主人公の一九三七年頃の中国出張のエピソードを、前後の脈絡を無視してまで、作品に盛り込んだのか。詳細はわからない。ただ、その理解の契機になるかもしれない事項がひとつある。それは、

『CANTON』という日中ペン倶楽部が共同刊行した文化交流雑誌の存在だ。日本ペン倶楽部理事だった芹沢は、この雑誌の刊行前後に、外務省出資の公務として、中国渡航する必要があったのではないか。現時点では詳細不明だが、本件については今後の調査が必要だろう。

このように、『人間の運命』と『三十年史』の記述においては、ロンドン本部（の実態）が「フリーメゾン」であるとの風評は、日本ペン倶楽部に不都合な事態の隠れ蓑として利用されたにすぎないようだ。

ただ、かつてのロンドン本部にとって、「フリーメーソン」という語は、無縁というわけでもなかった。確かに、ロンドン本部とフリーメーソンリーを直接関係づける証拠はない。だがロンドン側にも日本側にも、それぞれ「国際ペンクラブはフリーメーソンの巣窟だ」との誤解を生んでもおかしくない契機はあった。

まず、ロンドン側の事情だ。実は草創期のロンドン本部の標語は、「フリーメゾニック・フレンドシップ（＝兄弟同胞たちとの友愛）」であった。当時の本部の公式な便箋にも、そう印字されている。英語圏の先行研究や本書冒頭の『人間の運命』で、ロンドン本部がフリーメーソンリーの団体であったかのようにいわれる原因の一端は、これかもしれない。ただ、英語の「フリーメゾニック」という形容詞は、必ずしもフリーメーソンリーとは直結せず、形容詞としてもさほど特殊ではない。ここでは「フレンドシップ」という語を形容しているだけだ。日本語で似た語を選ぶなら、「一味同心」が近いかもしれない。一九二〇年〜三〇年代、ロンドンの文学サークルが「フリーメゾニック・フレンドシップ」の精神で会合を主宰しても、その精神で会合をひらいていた人々は、特定できないほど多岐にわたる。

ロンドン本部は、心霊主義の傾向のある人々が創設した。ただしクエーカー教徒の会合、フィランソロピーの精神に基づく各種集会、神智学協会のセクトも、こうした言葉を好む。ロンドン本部の会員の一部ないし全部は、それらのどれか、またどれでもない可能性もある。

また後述するが、インドにペンクラブが創設される前、ロンドン本部でテンポラリー会員になっていたインド人上流階級の人々の一部が、フリーメーソン会員だった可能性がある。それでも、フリーメーソンリー自体は特にいかがわしい存在でもない。

芹沢光治良ら日本の知的エリートは、ロンドンのクラブ社会での心霊主義的な雰囲気の漂うインナーサークルを、どこまで受容できただろうか。岡本かの子や駒井権之助のロンドン本部との往復書簡からは、彼らがオカルトに圧倒されず、ロンドン本部に溶け込めた最大のコツは、心霊主義理解の深浅より、むしろ彼らの社交性にあったように読める。

では、「国際ペンクラブはフリーメゾン」云々という架空の設定に、それなりの説得力を与えたファクトは、日本側ではどこにあったのか。

国際連盟を脱退した日本では、国際的な孤立という現実を、事実と異なる理由付けによって理解し、これを正当化しようとする思考様式が生じ始めていた。

一九三三年の国際連盟脱退の宣言直後、四王天延孝という陸軍中将が、大本教機関『人類愛善新聞』や講演会、著作物で「国際連盟はフリーメーソンの巣窟である」と、しきりに喧伝し出す。「国際連盟はフリーメーソンの巣窟だから、日本は追放された。こちらこそ、あんないかがわしい組織の仲間はお断りだ」との合理化、イソップ寓話の「酸っぱい葡萄」だ。四王天延孝は、陸軍の国際連盟代表を務めた、陸軍士官学校出の陸軍軍人だった。日本陸軍による満州での軍事活動を、国際連盟が承認しなかった現実が、彼には堪えがたかったのだろう。

『人類愛善新聞』(一九三三年四月下旬号)の一頁紙面中央には、「陸軍中将四王天延孝」による、「世界動乱の陰謀暴露　フリーメーソン一味の煽動」という、大きな記事が躍る。「最近シオンに於けるフリーメーソン結社のリーダーから発せられたといふ計画によると／世界各国とも現在経済恐慌に依り労働者の暴動が起り街頭に進出するに相違ない、吾々は此の機会を逸せず之を煽動して大動乱に導かねばならぬ（以下略）」。

国際連盟脱退の一九三五年、「陸軍中将四王天延孝」は「今年、連盟脱退の実現　南方の経綸をぬかりなく理不尽に対しては実力発揮のみ」「いよ〳〵今年から所謂非常時が現実の姿となつてわれらの眼前に迫つて来た、殊に此の年我日本は名実共に国際連盟を脱退する（以下略）」（『人類愛善新聞』一九三五年一月上旬号、二頁）、と語る。脱退当月の三月下旬号一面では、「白色人種陰謀の府国際連盟の羈絆を蹴る吁！快なるかな脱退効力発生の時到来天祖列皇の聖旨に応え奉らむ」、「脱退有効日を迎へ皇威弥栄を祈誓」として、昭和神聖会統管が連盟脱退を賞賛する。

日本が国際連盟を脱退したのは、「白色人種」の陰謀によるものなのか、それとも「フリーメーソン一味」の陰謀によるものなのか。四王天や昭和神聖会の話は漠然としており、つかみどころがない。いずれにせよ、一九三三年以降、「日本を国際連盟から追い出す陰謀を企んだ、いかがわしい結社がある」という妄想で、心的外傷を救済する防衛機制を、四王天個人や、一部の日本人が求めたのだろう。その結社によるなにかしらの陰謀の主体は、フリーメーソンでも白人でも、何でもよかったらしい。

一九三三年から一九三五年までの四王天の主張は、フリーメーソンから日本が受けた被害を指摘したわけでも、その疑念についての調査や対策を求めたのでもない。混乱した彼の主張が「ユダヤの陰謀」という方向にまとまってくるのは、その少し後の話だ。

芹沢の『人間の運命』では、当時の日本の主張が、国際社会に受け入れられないと判明する寸前に、ロンドン本部が「フリーメゾン」だというささやきが登場していた。これは、四天王らの発言の活用でもあったかもしれない。

今日、外務省とジャパンファウンデーションが対外文化政策として、日本語エッセイコンテストを開催しても、それには特に問題もないだろう。こうした海外での日本語エッセイコンテスト開催の、基盤のひとつとなったのが、植民地における日本語教育だ。植民地教育、また皇紀二六〇〇年記念事業の研究も、近年大きく進歩してきた。

『三十年史』『人間の運命』、また中島健蔵『回想の文学』他当事者資料では、この時期の日本ペン倶楽部の詳細は、何も語られなかった。戦前期日本ペン倶楽部の、活動実態を知っていた清沢洌や岡本かの子は、終戦前に没した。清沢の欧州派遣審議時、審議に参加していた野口米次郎も、戦後しばらくで没する。一九六七年に、初代書記長の勝本清一郎が逝去。この年、社団法人史『三十年史』が刊行され、関係者証言は次第に、その歴史理解で一致し始める。

このように中島と芹沢は、歴史的事実とかけ離れたファンタジーを、口をそろえて語った。彼らは歩調をあわせ、史実とは違う、輝かしい偽りの日本ペン倶楽部史を創造してしまった。

中島健蔵と彼の扱った対外文化政策は、『「Japan To-day」研究——戦時期『文藝春秋』の海外発信』（鈴木貞美編『日文研叢書』48、国際日本文化研究センター、二〇一一年）が刊行されるなど、近年、ようやく研究が始まったばかりである。

日本のナショナリズムとインターナショナリズム。そして超国家主義的国策。それらが戦前期の日本ペン倶楽部を組織させ、国際連盟脱退後の国際会議へと旅立たせた。

彼らは中国知識人、インド・エリート、ブラジルの国家主義、パリの人民戦線内閣などと軋轢を起こし、ひたすら負け続け、孤立して戦後をむかえる。

彼ら日本ペン倶楽部の属していた世界では、国際ペンクラブとロンドン本部が、その頂点である。ここは、ブリティッシュ・スピリチュアリズムに満ちた空間だ。

次章では、ロンドン本部の扉を開け、成立直後の英連邦の心霊主義的世界に入ってみよう。

第二章　国際ペンクラブ・ロンドン本部の設立と展開

国際ペンクラブ・ロンドン本部の創設者は、キャサリン・エイミー・ドーソン・スコット夫人という女性だ。彼女はまず、若手作家のための会合、トゥモロー・クラブを一九一七年に創設した。一九二一年、トゥモロー・クラブは「P.E.N.」という名称に変わり、現在の「ペン・インターナショナル」＝国際ペンクラブの原型となる。さらに各国ペンクラブが設立されて組織に加盟し、国際組織としての規模を拡大していく。

「P.E.N.」とは、詩人（Poets）、随筆家（Essayists）、小説家（Novelists）の頭文字をとって命名されたという。後、戯曲家（Playwrights）、編集者（Editors）も含むようになる。

創設者のドーソン・スコット夫人は、どういう人だろう。「ペン・インターナショナル」のホームページでは、詩人で戯曲家、平和活動家（peace activist）とされている。ロンドン本部創設史の基本文献、マージョリー・ワッツ『ペン：ジ・アーリー・イヤー』でも同じで、夫人がロンドン本部創設以前から、文学サークルを主宰していたとする。また、彼女の作家としてのキャリアは、今でもウィキペディアなどで閲覧できる。

「ペン・インターナショナル」ホームページでも、当初はこの会は「食事の会」、ディナー・クラブに過ぎなかったとする。これは、第一章で説明した通りだ。

初代会長のジョン・ゴールズワージーは、国際ペンクラブを「League of Nations for Men and Women of Letters」（＝文学者のための国際連盟）と表現した。「ペン・インターナショナル」ホームページでは、最初期の人権擁護の非政府系国際組織としている。彼らが国際連盟と定期連絡をとっていたのも、前述の通りだ。

以上は、「ペン・インターナショナル」ホームページと、ロンドン本部の基礎資料、マージョリー・ワッツ『ペン：ジ・アーリー・イヤー』で、ほぼ共通する公式の認識である。HRC所蔵資料の内容とも、これらの説明は整合性がある。ただ、「ペン・インターナショナル」の歴史説明は、現状から遡及してなされているらしく、不正確な面がある。

過去と現在の最大の相違点は、組織の性格だ。

「ペン・インターナショナル」が作家の権利や表現の自由を擁護する、非政府系国際組織であるのはその通りだ。が、前章の日中関係で説明した通り、最初からそれを目的として設立された団体ではなかった。途中から、結果としてそうした特徴を帯び始めたのである。作家の権利のために戦う非政府系組織という活動ならば、共産主義的な作家の、国際的連帯をうたったいくつかの組織の方が、ロンドン本部に先行して存在した。一九二〇年代から三〇年代前半までに限っていえば、ロンドン本部よりフランスのNRFなどの方が、作家の権利擁護や権力との対抗を特徴として示している文学者団体であった。

一九二〇年代から三〇年代前半のロンドン本部は、英国クラブ文化の「クラブ」である。大学教授、外交官を招聘して晩餐会を主催し、政治への関与は拒否した。ロンドン本部が、日中関係の悪化の対応、ナチズムからの作家救済措置、共産主義的文学運動への関与、軍国主義への抗議など政治活動を開始したのは、一九三〇年代後半以降だ。少なくとも一九二〇年代のロンドン本部資料からは、現在のような、人権や表現の自由の擁護などの政治的活動を行っていた記録は見つかっていない。

この点から、先述の他の特徴も説明し直してみよう。一介の「詩人で戯曲家、平和活動家（peace activist）」であったドーソン・スコット夫人は、なぜ食事の会や、新人作家のためのサークル活動を、大規模な国際組織に発展させるのに成功したのか。

その解明の手がかりは、「平和活動家（peace activist）」という概念が、一九世紀から二〇世紀初頭までは、「国際平和の思想とその組織化」、「宗教活動の世間的評価」の二点の意味を、持っていたことにある。

一九世紀初頭以降の平和活動家は、個人での平和運動の限界を受け、組織中心の活動を始める。第一次世界大戦中（一九一四～一八年）は、いくつかの欧州の国の平和活動は、国際連盟設立運動に変わる。「その後一九三九年までは、イギリスと大陸諸国の平和協会は軍縮の促進と国際連盟の強化にその努力を集中した」（「国際平和」『西洋思想大事典』第二巻、平凡社、一九九〇年）。これがドーソン・スコット夫人の平和活動が、国際連盟につながった思想史的背景の一点目だ。

二点目は、宗教活動だ。かつて教会のような宗教団体、ミッション系大学など、宗教組織を基盤とする慈善活動や啓蒙活動、医療や教育業全般は、教養ある女性が活躍を許容された社会領域であった。女性の社会進出が広まってきた今日では忘れられつつあるが、もとは日本のミッション系女子大学も、イギリスと同じように、女性の社会活動のための重要な役割を果たしていた。

しかし、「詩人で戯曲家、平和活動家（peace activist）」の、高い文化的な教養ある「女性」という時、イギリスでは、現在の日本ではちょっと想像の難しい歴史と文化圏が存在した。

ドーソン・スコット夫人は、当時、イギリスを代表する有名な女性霊媒でもあったのだ。

彼女の「平和活動家（peace activist）」という面を、「国際平和の思想（またその組織化）」、「宗教活動の世間的評価」と理解した場合、彼女は盛名を得ていたといえるかもしれない。

アガサ・クリスティやメイ・シンクレアの小説では、一九三五年頃までの霊媒役の女性は、十分尊敬されるレディとして描かれる。ヴィクトリア朝が終わっても、女性霊媒は、人気が出れば出自を問われずに階級上昇できた。時代の寵児になれば、自らの主催するクラブや降霊会に、流行の名士を呼べた。宗教活動を、熱心に社会化して行う人物も、平和活動家同様に「activist」である。そこで、この英語表現は何もおかしくないのだ。

霊媒としての彼女に憧れ、日本から彼女を訪問し、彼女の著作を翻訳した日本人もいる。それが、英文学者の浅野和三郎だ。シェークスピアの翻訳や島崎藤村文学の批評をしていた浅野は、やがて大本教の広告塔となる。大本教の弾圧による壊滅後は、さらに心霊主義にのめりこむ。彼は、同夫人の著書を『神霊主義：事実と理論』『ステッドの通信』として翻訳刊行し、駒井権之助とともに彼女の降霊会に参加した経験を発表している。浅野は、霊媒としてのドーソン・スコット夫人、またスピリチュアリストとしてのコナン・ドイルに興味を持ち、一九二〇年代の心霊学会出席のため渡英した。浅野は同夫人が、第一次世界大戦での大量の戦没者の霊を鎮めるため、国際組織による平和貢献を考えていたという。

つまり、ドーソン・スコット夫人は、鎮魂のために国際連盟とつながる文学クラブを創設した、というのだ。この解説は、現在の「ペン・インターナショナル」ホームページでの「peace activist」、彼らが最初期の人権擁護の非政府系国際組織だったという説明とは、一見、かけ離れているようにみえる。しかし創設者が「peace activist」だったのは、事実といえよう。

草創期のロンドン本部で、おそらく催されていたであろう降霊会については、「ペン・インターナショナル」ホームページでも、『ペン：ジ・アーリー・イヤー』でも語られない。ただその理由は、降霊会を隠蔽しているというより、会の特殊性から、検証可能な記録資料が残らなかったのではないか。筆者たちのプロジェクトチームでも、そうした資料は発見できなかった。

一九三〇年代ロンドン本部と日本のすれ違い

ロンドン本部は、グループの創設者ドーソン・スコット夫人を、その代表にしなかった。本部の初代会長は、当時一流の男性文学者で社交界の名士、ジョン・ゴールズワージーが就任し、さらにスコット夫人の盟友、ヘルマン・オールドが書記長とされた。それによって本部は、ロンドンで高いステイタスを承認される。さらにこの時期、交通・通信手段の近代化が進展し、イギリス本土と世界各地との交信は容易になった。こうして時代も彼らに味方し、ロンドン本部は驚くほど影響力の強い国際ネットワークを構築しえた。

書記長のヘルマン・オールド（在任期間は一九二六年から一九五一年）とデヴィッド・カーバー（在任期間は一九五一年から一九七四年）は各種官公庁とよく協力し、頻繁に書簡を交わした。

彼らは、ロード・チェンバレン・オフィス、植民地省、内務省などに、書簡でよく連絡・報告・相談した記録が、ＨＲＣに残っている。ロンドン本部は、非政府系国際組織ではあるが、英連邦発足当時のロンドンを中心とした、英連邦の団体でもある。彼らは次第に、官公庁とともに亡命者・避難民の救済や反ナチズム、反ファシズム対応をし始める。戦後、世界各地に生じた亡命ペンクラブは、当時のロンドン本部による亡命知識人の救済結果でもあるのだ。

当時のロンドン本部は、日本について、国際連盟やイギリス当局に、どのように報告していたのだろう。

ロンドン本部は、新入会員や新規加盟国については、国際連盟に定期報告で連絡している。一九二八年から一九三八年までの期間、ヘルマン・オールド書記長は、定期的・継続的に、ロンドン本部の活動内容と現在時点までの加盟国を、国際連盟に報告し続けた。ロンドン本部の定期刊行物『ペン・ニュース』も、活動記録として報告書に同封される習慣になっていたと、資料で確認できる。

しかし一九三五年前後のロンドン本部が、日本について、ペンクラブ設立や加盟の手配、経緯、結果などを記した資料はない。それどころか、日本への言及じたい、国際連盟や内務省など各省庁宛ての報告書の上で、確認できないのだ。日本の国際連盟脱退と孤立を、ロンドン本部や国際連盟が憂慮した記録は、少なくともＨＲＣでは発見できなかった。

孤立し、窮地に陥った在ロンドン日本大使館が、外務省や岡本かの子とともに、国際連盟とつながるロンドン本部と接点を作った経緯については、先述の通りである。あとは、日本からのパスを、ロンドン本部が国際連盟まであげてくれればいい。

それでも、パスはあがらない。当時のロンドン本部は、本質的にはソーシャルクラブだから、政治に関心を示さないのだ。国際連盟を脱退した日本に、なぜ他国のソーシャルクラブが、わざわざ政治的に関与する必要があるのか。一九三〇年代ロンドンで、中国やインドならともかく、いったい誰が、日本文化に好意的だったのか。彼らには、在ロンドン日本大使館の意図を汲んで善処する義理はないだろう。

ロンドンのクラブでは、矢代幸雄の英文美術書や野口米次郎の英語詩集などは、上品な知識人の話題になった。駒井権之助が日本文化外交官のように動いていたのは、ロンドン社交界では知られていた。だがロンドン本部の誰が、当時の現役の日本の作家の作品を、高く評価していただろうか。

在ロンドン日本大使館・外務省・岡本かの子の努力は、空しくなったのだろうか。

そうではなかった。ここで、インドペンクラブ・マドラス本部とベンガル支部、またマドラス神智学協会の救いの手が、日本にのびるのである。

ロンドン・クラブランド

かつてのロンドン本部が主催する晩餐会に憧れた人は、世界各地にいたようだ。昔日のロンドンのディナー・クラブが、いかに輝かしい存在だったか。

ロンドン本部資料には、イタリア人外交官を囲む会、インド人大学教授との知的でエレガントな会食、講演会への招聘書簡のカーボンコピーが大量に含まれる。筆者たち研究会では、テキサス大学オースティン校で膨大な資料を複写・書写・整頓しつつ、「本当にディナーへの招待書簡、たくさんありますね」と顔を見合わせた日もあった。

一九六〇年代から、彼らは作家の権利擁護や獄中作家救済活動などに注力し始め、社交クラブ時代の残り香も消える。そして、世界の中心はロンドンからニューヨークへと移る。

夢のようなロンドン本部の晩餐会に、もっとも熱い視線を注いだ国がインドだ。独立前のインドでは、ペンクラブは晩餐会中心の、高級ソーシャルクラブと理解されていた。インドにおいては、ペンクラブ活動は、宗主国側によって設置された、共産主義的文学運動の対抗組織ではないか、という解釈もある。が、資料をみる限り、必ずしもそうとはいえない。英印では社交クラブ人脈は政治とも密接につながっており、その点から、実情はより複雑である。

ヴィナーヤク・クリシュナ・ゴーカク（Vinayak Krishna Gokak, 1909–1992）というインド知識人がいた。インドに文芸院を設立し、独立後のインド文学世界のトップに君臨した人物だ。ゴーカクは、ロンドン本部主催の晩餐会への出席希望を控えめに述べ、さらに控えめな表現で、インドペンクラブの支部を創設し、その会長に就任したいと希望する。この希望を伝える書簡には、インドペンクラブ会長ソフィア・ワディアの紹介状も同封されている。

結局、ゴーカクの希望は容れられなかった。ペンクラブには、イタリアペンクラブのように、一カ国に支部が複数あるクラブもあるし、ゴーカクの教養は、ロンドンの一流の知識人に比して遜色ない。それでも、彼の願いはロンドン本部に拒否されたのである。

のち、ゴーカクはインドに文芸院を創設し、代表となる。ロンドンでのこの時の経験は、独立後のゴーカクの行動の原型、原動力の一部となったかもしれない。

では、かりにソフィアの紹介状が有効で、ゴーカクは晩餐会に出席できたとして、彼は紹介者のソフィアを、人前で話題にできたのだろうか。なにしろ彼女はオカルティストだ。しかもマドラス神智学協会機関誌編集長という立場上、神智学をまともに語っている。

正解は、「話題にすべき」だ。むしろ、ぜひとも話題にすべきだった。神智学を含むスピリチュアリズム全般は、草創期の英連邦での晩餐会では、望ましい上品な話題の一種だった。一九一〇年代とやや時代がさかのぼるが、E・M・フォースター作品に登場するミドルクラスの教養ある若い女性が、食事の際、客と交わした会話はこうだ。

「この次は私と一緒に、ユースタス・マイルズのとこで《ママ》お昼を召し上がってください」

「喜んで伺います」

「ところが行ってみるとうんざりなさいますわよ」彼女はグラスを出してもっと林檎酒《サイダー》を注いでもらった。

「蛋白質だの、栄養食だの、そんなものばっかりですの。それに知らない人がやって来て、失礼ですが、あなたのオーラは何とお美しいのでしょう、なんて言うのですよ」

「あなたの何ですって?」

「オーラってお聞きになったことありません? まあ、それは幸せですわ! 私は自分でそれを出そうと思って、何時間もごしごしやりますわ。じゃ、星気盤というのは?」

「星気盤なら聞いたことありますが、あんなものはくだらんですな。(中略)」

「でも、シュレーゲルさん、あなたは本当にこういった超自然とか何とかを信じておられるのですか?」

「それはとてもむずかしいご質問ですね」

「なぜですか? グリュイエールになさいますか、それともスティルトンになさいますか?」

「グリュイエールをください」

「スティルトンの方がよろしいでしょう」

「じゃあ、スティルトン。なぜかと言いますと、私はオーラなんかは信じませんし、神知学《セオソフィー》なんかは中途半端なものでしかないとは思いますが――」


(E・M・フォースター著、小池滋訳「ハワーズ・エンド」『E・M・フォースター著作集3』みすず書房、一九九四年)

引用の「ハワーズ・エンド」著者であるフォースターは、ロンドン本部の会員だ。HRCには、彼とロンドン本部が交わした、おびただしい量の往復書簡が保管されている。フォースターが、ソフィア・ワディアともしばしば連絡を取っていた記録もHRCで確認できる。この往復書簡から、フォースターにマドラス神智学協会が与えた影響が今後、まとめられるのが期待される。

一九四三年、フォースターが序文を書いたインドペンクラブ会員の書籍『リテラチャー・アンド・オーサーシップ・イン・インディア』が刊行される。叢書ペンブックス、総編集ヘルマン・オールド、発行地はロンドンだ。同書には、ソフィア・ワディア宛て献辞が確認できる。この著者は、K・R・スリニヴァーサ・アイヤンガ。ボンベイ大学の英文教授だ。本書では、後に「ヨガ道場で瞑想し、一九五七年に訪日し、大川周明を訪ねたインド人」として、彼が再登場する。

ロンドン社交生活——岡本かの子の場合

ここまで断片的に、二〇世紀前半の英国式ソーシャルクラブにおける女性の役割に触れてきた。外交にも関わる、高度で国際的な社交の場で、女性に求められた資質は何だろう。語学力や優雅さ、マネージメント能力、機知、気働きや華やぎなどは、現代でも理解されやすいだろう。

ではドーソン・スコット夫人、フォースターの小説の登場人物やソフィア・ワディアが、オカルトや神智学を好んだのも、女性性とその役割に、何かかかわっていたのだろうか。

今日ではわかりにくいが、当時のロンドンでは、彼女たちが口にするスピリチュアリズムは、文学や演劇、宗教と同様、この時代における「教養」、たしなみであった。

岡本かの子が、その典型的な例である。彼女は一九二八年に『新神秘主義に就て』を刊行し、仏教婦人会創設者の歌人・九条武子への敬愛を表し、仏教夫人としてラジオや講演会で活躍する。九条武子、ソフィア・ワディアのように「教養の核に仏教がある上流階級夫人の、品のいい啓蒙」には、当時、一定の社会的需要があり、岡本はこれを満たした。

「教養」としての心霊主義を、ロンドンと東京で語る立場となった岡本かの子が直面した問題は、二つあった。

一つ目は、この「上品で啓蒙的な、仏教など宗教の話題」には、ロンドンではスピリチュアリズムやオカルティズムが含まれており、教養あるアジア人女性が、国際派として社交の世界に立ち交じるための必須項目だった点だ。

二つ目は、当時、昭和戦前期の東京が、スピリチュアリズムについては、ロンドンとは逆の状況だったことである。「千里眼」研究の福来友吉が東京帝国大学教授であった時代（明治後期から大正前期）ならともかく、昭和期には、福来はすでに東京帝大を追放されている。東京で心霊主義の話題を出すなら、よほど場所と相手を選ばないといけなかったのではないだろうか。実際、日本ペン倶楽部関係記録では、ソフィア・ワディアの名前が記録されてしかるべき箇所に、彼女の名前は見当たらない。ロンドンでのヴィナーヤク・クリシュナ・ゴーカクの場合とは逆なのである。ドーソン・スコット夫人やソフィア・ワディアの名は、東京では、出してよい場所が限られていたか。

心霊主義に詳しい仏教夫人を自認した岡本は、ドーソン・スコット夫人とのブリティッシュ・スピリチュアリズムを前提としたロンドンの社交については、東京では説明できなかった。

また、岡本かの子は、彼女をロンドン本部に取り次いでくれた恩人、ドーソン・スコット夫人の「客間」で遭遇した出来事についても、具体的な説明をせず、あいまいにし通した。

岡本かの子とロンドン本部の接点は、ペンクラブ創始者のドーソン・スコット夫人との会合から始まっている。岡本当人も、そのことは否定していない。ところが、彼女の執筆物をいくら探しても、このスコット夫人との、会合内容の具体的な説明はみあたらないのだ。

国際ペンクラブ初代会長のゴールズワージーと、岡本かの子の接点ならば、住まいが近かったことだと岡本の短編小説や随筆に描かれている。岡本の随筆などによると、岡本宅とゴールズワージー宅は、ともにロンドン北部のハムステッドにあった。高級住宅地であるハムステッドには、タゴールやウエルズ、D・H・ロレンスなどの文化人が多く住み、独特の雰囲気を醸し出していたという。これをかの子は「超越の空気」（「ロンドンの春」『女の立場』竹村書房、一九三七年）と表現している。

しかしロンドンのソーシャルクラブ文化圏では、ゴールズワージーのようなクラスの男性が、単なる隣人のアジア人女性を、自宅に正式な客として招待することはありえない。ご近所付き合いは、ロンドン上流階級の考える「社交」ではない。ソーシャルクラブの交流とは、そういうものである。

岡本とゴールズワージーを結んだ最初の場所は「英国ペンクラブの母」、ドーソン・スコット夫人の客間だ。そしてスコット夫人は先の説明通り、当時は世界的に著名な霊媒師だった。

しかし、かの子は、ドーソン・スコット夫人との接点について、口をつぐみ通した。彼女はエッセイと小説の両方で、自分や自分のような女性作家とゴールズワージーとが、「超越の空気」ただよう土地の文学者同士、ドーソン・スコット夫人の客間抜きに社交を開始したかのように、読者を誤解させる文章をあらわした。岡本は「随筆を書くのは楽しいものだ。私が一九三〇年のいつ何処で始めてジヨン・ガルスワーシーに逢つて交際を始めたかなど追求しはしない」という。これでは、岡本は一九三〇年のいつどこで、初めてゴールズワージーと交際を始めたか、追求されたくないかのようだ。

日本近代文学研究の場では、たとえば和田博文は、「ハムステッドで岡本かの子が交流した一人が、小説家で劇作家のジョン・ゴールズワージーである。「異国春色抄」によればゴールズワージーに初めて会ったのは、「英国ペンクラブの母」ドーソン・スコットの客間だった。「ガルスワーシー邸と私の家との距離の間に花弁《ママ》ばかりを植え込んだ丘の繁みがある。ライラックの花!!　その薄紫を通して白色の瀟洒としたガルスワシー邸が見える」と書かれているように、ゴールズワージーとは近所同士で言葉を交わす機会も多かったのである」（和田博文「岡本かの子」『言語都市・ロンドン　1861-1945』藤原書店、二〇〇九年）と岡本の文章を追認する。しかし、この書き方では、岡本宅とゴールズワージー宅の隣接ということが、岡本とゴールズワージー、ロンドン本部との、直接の社交開始の契機に見えてしまう。

前述のように、かつてロンドン本部の社交とその誘いは、アジア人作家にはめったにめぐってこなかった。だから、欧文著書のない岡本かの子が、野口米次郎や矢代幸雄と同格に、いきなり国際ペンクラブ会長と社交することは、現実的に考えにくい。実際は、ここにいたるまでの過程に、「英国ペンクラブの母」ドーソン・スコット夫人との会合があり、次にゴールズワージーの夫人らとの喫茶があり、さらにペン会員らとの会食があり、最後にテンポラリー会員という段階があるのである。

では、岡本は、どのような社交術を展開したのだろうか。

これは、当時のロンドン本部が世界で初めて現出させた、草創期英連邦固有のパワーバランス、つまりアジアの文化の新規参入をうまく反映させた「文化外交」である。

ロンドン本部会長宅では、日本やインドのような新興国の、教養（＝アジア圏宗教の知識）ある女性たちが、各国を代表する文化外交官を自負した。アジア圏代表同士、できたばかりの英連邦内秩序を意識しつつ、教養＝宗教とオカルト知識を基礎とした思惑の示し合いをする。同時代の、最先端の国際政治学のひな形としての「社交」が、ロンドン本部をめぐる人々のあいだで展開したのだ。

ドーソン・スコット夫人を介して始まった、岡本かの子とゴールズワージー会長の交際は、エッセイ「見在西洋」と小説「ガルスワーシーの家」で描写されている。二作とも、会長宅の客は岡本一人ではない。岡本をモデルとした日本人女性は、インド人女性とかち合い、女同士で競いあう。

随筆を書くのは楽しいものだ。私が一九三〇年のいつ何処で始《ママ》めてジョン・ガルスワーシーに逢つて交際を始めたかなど追求しはしない。私は英国ペンクラブの母、ドーソン・スコット女史の客間で始《ママ》めて逢つたやうな気がする。白髪で眼光の傑れた老紳士だと思つた。花瓶の黄水仙と古金襴のやうな布地（スコット家の長椅子の背に掛つてゐた）と、熾んなストーヴの火と、ガルスワシー氏の白頭と――。私はその時、クリーム色のフランスチリメンの午後の服を着てゐた。スコット女史は「マダムが日本服を着て来られないで残念でした。」とガルスワシー氏にとりなす。ガルスワシーは「そんな必要は無い、マダムは芸術家だから自分の着度いときに着たい着物を着なされば宜い。」と言つた。

ペンクラブの会合には金茶に朱を散らした立派な織物の服の上下を揃へて出るガルスワシー夫人が、私をお茶に自宅へ招んだ時などにはアライ格子柄のアフタヌーン・ドレスを着たり、伊達者づくりの美しい老婦人だ。如才ない。あるとき私が印度の厚かましいお喋舌のお嬢さん達と同座し不愉快な顔して早く席を立つて外へ出ようとすると「あれらは女猪たちだからね。」と私の機嫌を取直し乍ら送つて出られた如才無さ。「そしてあんたは女狼ぢやなくて。」と私はあはやいはうとしてやめた記憶もある。

ガルスワーシー邸と私の家との距離の間に花弁《ママ》ばかりを植え込んだ丘の繁みがある。

ライラックの花‼　その薄紫を通して白色の瀟洒としたガルスワシー邸が見える。

（「見在西洋」「異国春色抄」、『岡本かの子全集　第11巻』冬樹社、一九七六年）

知的な日本人女性と、弁舌自慢の教養あるインド人女性が、社交の場でそれぞれ、みずからの教養を披露し、国際ペンクラブ会長夫妻の寵を争っている。「女猪」「女狼」は、英語ではずいぶん不穏当な言葉だ。しかし、それもやむを得まい。なにしろここで岡本は、インド人女性より先に、不満顔でゴールズワージー邸を去っているのだ。

小説「ガルスワーシーの家」も、テーマは同じだ。国際ペンクラブ会長宅を訪問した女性作家・景子と、大学英文科助教授・宮坂は、午後のお茶の最中、インド人女性グループの訪問とかち合う。女性客同士は教養の高さを語りだして競い、宗教の話題で日本が優勢となる。小説では先のエッセイとは逆に、インド人女性の方が岡本よりも先に、ゴールズワージー宅から追い返される。その後、ゴールズワージーと景子、宮坂は、神秘主義を話題にして会話を楽しむ。彼らの交流には、コナン・ドイルのスピリチュアリズムも登場する。

> 宮坂にそんな功利的な意図を以つて見られたとも知らず、飽まで単に東洋の神秘的の座興相手に擬せられたと信じて居るガルスワーシーは冷たくなつた手を上衣のポケットにちよつと挟み込んで、其処で自国の神秘主義に就いての挿話を述べた。
>
> ――此の国ではコナンドイルがスピリチユアリズムに凝つてゐましたが、彼は私の妻の前身は土耳古のサルタンだつて言つて居ました。」
>
> ――ほ、ほ、ほ、ほ。」
>
> （「ガルスワーシーの家」『岡本かの子全集　第1巻』冬樹社、一九七四年）

岡本かの子は一九三〇年頃、ドーソン・スコット夫人の客間でゴールズワージーと会った。この時の岡本は、エンターテイメント性に満ちたお茶の会に参加しただけだったのか、あるいは降霊会のようなものに参加したのか、わからない。詳細は不明だ。

彼女はその後も、ゴールズワージー宅に招かれる。この時も、岡本を招待したのはゴールズワージーではない。彼の妻だ。しかも会長夫人は、岡本一人を招待したのではなかった。インド人女性も一緒で、岡本はこのインド人女性よりも先に会長宅から帰される。

それでもこの招待により、岡本は初めて、ゴールズワージー邸の客となったのだ。アイルランド出身ドーソン・スコット夫人、イギリス人ゴールズワージー夫人、インド生まれでイギリス教育を受けたインド人女性、日本人女性。ここにソフィア・ワディアを加えれば、アメリカ出身のインド国籍の女性も含まれる。

ここで展開されているのは、文学と宗教、オカルト好きな多国籍な女性の、女性による、女性のための国際的な社交だ。

しかし岡本は、この社交経験で知己を得たといっても、それだけでロンドン本部に招待されたわけではなかった。女性同士の降霊会から移動し、男性中心社会のクラブたるロンドン本部に到達するには、まだ「社交」が足りない。岡本は、より熱心に社交を重ねた。

ゴールズワージー夫妻の面識を得た岡本は、次の段階として、ロンドン本部書記長に英文タイプで手紙を書いて、彼を食事や午後のお茶など、プライベートな会合に誘った。当時のロンドンでもっとも著名な日本料理店であった「常盤（Tokiwa）」が、この時の岡本と書記長との会合場所に使われている（「MS. PEN. Recip.Okamoto. Kanoko, 3ALS 18TLS 1930-1937」『言語都市・ロンドン1861-1945』和田博文他著、藤原書店、二〇〇九年）。

ロンドン本部は、彼ら専用の会議場や喫茶室、食堂を所有していなかった。ロンドンに事務所や応接室、宿泊可能な場所はあったが、あくまでもオフィスである。そのため書記長は、面会希望の作家や学者とは、主としてソーシャルクラブやレストランで面談の約束をしていた。彼らの晩餐会愛好理由のひとつは、物理的な都合でもあった。

こうしてスコット夫人の客間（女性の交際圏）を振り出しに、日本料理店「常盤」における会長とのプライベートな交流（男性の交際圏）を経由した岡本の社交は、書記長の承認を得て、ようやく、ロンドン本部（男女の貴顕の立ち交じる交際圏）へと到達する。

そこで展開した、岡本にとって初めての本格的なロンドン社交生活。それは、どれほど華やかであっただろう。これを追体験できるのが、岡本かの子の掌編小説「バットクラス」だ。この短編では、ロンドンの富裕な男性の後妻として遊び暮らす若い女性の社交生活が描かれる。この小説で、改めてわれわれは、コナン・ドイルに会うこととなる。

生々しい膝節を出してスカートのやうな赤縞のケウトを腰につけたスコツトランド服の美貌の門番《ガードマン》が銀盆の上に澤山の「平凡」を運んで来た。

答礼の花束。

レセプシヨンの招待状。

慈善病院の資金窮乏の訴へ。

土耳古《トルコ》風呂の新築披露。

コナンドイル未亡人からとどいた神秘主義実験報告のパンフレツト。

国際連盟婦人会の幹事改選予選会報。等（以下略）

（「バットクラス」「世界に摘む花」『岡本かの子全集　第11巻』同前）

夫人に届いた社交の郵便のうちで、「慈善病院の資金窮乏の訴へ」、「コナンドイル未亡人からとどいた神秘主義実験報告のパンフレット」、「国際連盟婦人会」に注目すべきだろう。一九三一年以前に帰国した岡本の知る国際連盟は、日本脱退により弱体化・崩壊する前の、国際平和活動という欧州の理想を体現した、名誉ある組織だったのではないか。「慈善病院」への寄付の依頼は、一九三〇年の九条武子の「あそか病院」設立と重なる。当時の女性セレブリティにとってのホスピタリティの理念が、病院《ホスピタル》に結実していよう。

ロンドン社交生活――駒井権之助、バーナード・ショー、ゴールズワージーの場合

「日本服」姿で知られた、ロンドン社交界の名士だった日本人がいた。それが、先述の駒井権之助だ。彼は翻訳家、新聞記者、詩人で、ロンドンのクラブ文化と東洋の伝統に通じていた。ロンドンで歌舞伎、雪舟や俳諧、茶の湯や能、童話など、日本文化を英語圏に紹介する図書も刊行した。彼には弟子がいないためか、これらの業績を顕彰する人間はわずかだ。

彼は小山内薫や坪内逍遙や矢代幸雄をロンドン本部に紹介し、創設会長就任打診を提案し、野口米次郎との会食を計画し、清沢洌のために様々に骨折った。清沢洌が日本から乗ってきた「船がサウザンプトンに着くと、ロンドンP・E・Nの会員であり、英国では有名な英詩人駒井権之助氏から電報があつて、自分のところの客になつてくれるやうにとある」（清沢『現代世界通信』）。HRC所蔵ペンクラブ資料での日本人の記録では、駒井関係の資料がもっとも古い。HRCの駒井名義の収蔵資料点数も、日本ペン倶楽部書記長や岡本かの子に次ぐ。

それもそのはずで、駒井は、ロンドン本部が降霊会もする文学クラブだった頃からの、ドーソン・スコット夫人の降霊会仲間だった。彼には岡本かの子のように、段階を踏んで少しずつロンドン本部に接近していく必要はなかった。降霊会サークルの様子については、駒井自身は記録していないが、英文学者で、大本教信者であり大本教の広告塔を経て心霊研究者となった浅野和三郎が、イギリス訪問中の駒井との経験を活字にしている。浅野

の『心霊研究之栞』（心霊科学研究会、一九三〇年）や、浅野によるスコット夫人著書の翻訳は、駒井を交えた一九二五年頃のロンドンでの降霊会を詳らかにする。

小松緑『近世秘譚偉人奇人』（学而書院、一九三四年）では、ロンドン社交界の名流紳士として「駒井権之助」の項が設けられている。同書では、「洋装の妻子と和服の主人」、「親切のきづなに縛せられて十八年」、「身は天涯にあつて心は祖国を思ふ」、「如何にして盛名と艶福を併せ得たか」、「世界を驚倒した大勝の詳報」、「一席の饗応万金の報償」、「通信員から詩人哲学者」、「恋物語は読者の想像に」などの言葉が躍る。

小松前掲書で注目すべきは、「英国現代の文豪として第一流の位置を占めてゐるジヨン・ガルスウオーヂーや、小説家としてのみならず「世界史概観」を著はして、一躍歴史家の誉を博したエチ・ヂー・ウエルズなどは、たゞに彼の文学上の益友であるばかりでなく、互に家庭に往来して親密な交際を続けてゐる。」との記述だ。しかも小松は、駒井が著名な「文学」クラブで活躍しているともいう。

しかし小松は、国際ペンクラブ初代会長ゴールズワージーや、二代目会長ウエルズと駒井の「交際」は語るが、スコット夫人やロンドン本部については語らない。逆に浅野和三郎は、駒井とスコット夫人との降霊会については語るが、駒井と社交界の名士の「交際」生活の方は語らない。

実際には、交際と降霊会、公的事業やプライベートが交わる「場」こそが、まさしく、ロンドンのソーシャルクラブの空間なのであろう。

駒井はウエルズに誕生日カードを送り、ウエルズは、駒井の娘の名付け親になった。ウエルズが駒井に送ったカードは、ロンドン本部資料としてＨＲＣに保管されている。名付け親記録のようなプライベートなカードと、国際連盟との公的な定期通信。ＨＲＣにおけるこれら記録の混在が、そのまま当時のロンドン本部における社交活動の特徴を反映している。

一九三〇年代に、もしかりにアジア人の誰かが、彼らの降霊会に参加し、品のよい、愉快な会話を繰り広げて気に入られ、クラブの会員になれたなら。その時、当時のアジア人には入会困難だったはずのロンドン本部に、会員として承認される可能性も生じるのではないか。それこそ、岡本かの子のように。一九二五年にその機会を得た日本人の駒井権之助は、コナン・ドイルと同席する僥倖を得た。そして、ロンドン本部設立記念晩餐会に参列するに至った。

そうした面からいえば、スコット夫人の降霊会とは、ゴールズワージー、バーナード・ショー、ウエルズらとの接点として、一般にひらかれたチャンスでもあった。ソーシャルネットワークや趣味、スポーツ活動を通じ、著名人や役職者、興味ある人と交際したいという人々の要望は、今も昔も変わりない。ひと昔前の日本のサラリーマンの趣味、ゴルフもそうした「社交」としての側面があった。ゴルフのクラブハウスが会員制なのは、クラブハウスがクラブ文化そのものだからだ。降霊は信じていないけれど、ウエルズやゴールズワージーと接近する目的で、スコット夫人と会合する人もいただろう。駒井は、スピリチュアリストというより社交界の名士として、ロンドン本部のインナーサークルにも参加していたというのが、実情に近い可能性もある。

ゴールズワージーも、さほど降霊会には興味を示していないようだ。ゴールズワージー夫人の方が、降霊会には積極的だった。常に神智学徒だったわけではない鈴木大拙と、神智学徒であり続けた鈴木の妻、ビアトリス・レインのカップルもこれと似ていよう。バーナード・ショーは神智学協会のアニー・ベサントとの交際期間には、神智学に関心を示している。ショーも、「交際」「社交」の一環として、スピリチュアリズムを嗜んだのかもしれない。

駒井は、スコット夫人主催の女性たちの降霊と文学のサークルと、男性社会たるイギリス式クラブの、両方に出席できた。しかし岡本は、まず降霊会、次にロンドン本部書記長との会食、最後にロンドン本部と、順番に階段を上がっていく必要があった。

そこで改めて、ロンドン本部のクラブとしての特性、またジェンダー上の特徴を考えなければいけない。ロンドン本部は、創設当時は確かに「クラブ」だ。ただ、第一次世界大戦終結後のロンドンにおける新たな状況が、この「クラブ」に、新たな時代の特徴を付与した。

第一に、慰霊の気分から発展した平和運動の国際組織化は、新たに創設された国際連盟との定期連絡という、「クラブ」的価値観と英連邦的世界秩序との新しい関係を創出した。

二点目として、この英連邦的世界秩序とかかわるアジア諸国の勃興により、「クラブ」も、アジア人会員の段階的な受け入れを迫られる事態が生じた点があげられよう。

最後に、この一九三〇年代という時期だ。この時期は伝統的なロンドンのクラブ文化が、最盛期は過ぎつつも、まだ影響力を十分に発揮していた。このことは、一点目と二点目の特徴と相まって、英国の外からの文学クラブの支持者や参加希望者が増え、これまでとは違う、現代的な権威の一種として、英国式クラブが愛され始める契機となる。

こうした新たな特徴を与えられたロンドンの国際的な文学クラブでは、むしろ、創設者のスコット夫人が一歩引いて、男性であるゴールズワージーが代表になったのが、団体の隆盛をもたらす要素のひとつになった可能性もあるだろう。

これは、男性がクラブ創設時に「箔付け」「権威」としてうまく使われ、女性たちから祭り上げられたとも表現できる。現に岡本かの子は、ショーとゴールズワージーは、すでに「祭り上げ」られた人達なのだと書いている。

バーナード・シヨーはスペインのキングを諷刺したといはれるアツプルカートをクヰーンズ・セアターで上演した後一ケ年目にレニングラードへ行つて帰つて来て「如才の無い毒舌」を母国に吐いて居る。

ガルズワーシーは平生は美人の老妻をいたはりかたがた南海の別荘で執筆し、ハムステツドの小ざつぱりした本邸へは諸国から面会に来る彼の崇拝者や、バーナード・シヨーをヘツドにして彼の主宰するロンドン・ペン・クラブ（これは近頃設立されたものだが今は大規模な世界的国際芸術家団体である。）の用の為めに時々帰つて来る。

シヨーとガルズワーシーの二人は今では何を云はふと何を書かうと英国の飾になるだけだとして、そつとマントルピースの上へ祭り上げられてゐる。


（「バーナード・シヨーとガルスワーシー」「世界に摘む花」『岡本かの子全集　第11巻』同前）


もちろん、イギリスのクラブはフランスのサロンを原型のひとつとしており、女主人の采配で人気をあげたイギリスの文学クラブで、海外までその名を轟かせた歴史的な存在も、いくつも確認できる（Schmid, Susanne. British Literary Salons of the Late Eighteenth and Early Nineteenth Centuries. New York: Palgrave Macmillan, 2013.)。ただ、女性霊媒師の文学クラブが、一九一九～一九二〇年頃、国際組織化（＝peace activist としてのスコット夫人が、第一次世界大戦による大量の死者の魂を悼むため、平和活動の一環として降霊会を国際組織化）して、特に国際連盟と定期的に連絡を取り合うロンドンの「クラブ」になるというのであれば、その場合、代表を男性名義にした方が、より信頼度が高まる。

ペンクラブ創設直前から創設後の時期、ゴールズワージーは、ロンドンのどのクラブに足を向けても歓待される名士であった（Black, Barbara J. A Room of His Own: A Literary-Cultural Study of Victorian Clubland. Athens,

Ohio: Ohio University Press, 2012.)。ゴールズワージー夫人や晩年のコナン・ドイルは降霊会を愛し、彼らとスコット夫人との交際にはウエルズも参加した。こうした条件がいくつも重なった結果、スコット夫人は自分の文学クラブを優れた国際組織に発展させられた。彼女の狙いは当たり、次第にロンドン本部は、その二重性（＝一九世紀的英国流クラブを近代化した、男性中心の組織／一九世紀的でブリティッシュ・スピリチュアリズムを愛好する、女性中心の社交団体）を生産的に活用し、時代の波に乗って拡大していった。

神秘主義と心霊主義

ところで本書では、ここまで、岡本かの子が「神秘主義」としている概念を、「スピリチュアリズム」ないし「心霊主義」と表現してきた。両者は同一ではないが、ロンドン本部周辺ではそれらは混じり合っていた。

岡本かの子の例は、イギリスの心霊主義、スピリチュアリズムと表現できる。ただ、日本／インド／イギリス／アメリカの詩人である野口米次郎はスピリチュアリストか神秘主義者か、インドの神秘主義とスピリチュアリズムはどう違うかとなると、話が違ってくる。

実はインドの宗教全般に関しては、西欧社会の文脈と英語では全てが「神秘主義」と表現可能になってしまうので、むしろ神秘主義という語は用いるべきではない、例えば「内的実現」などと概念定義すべきではないかという指摘がある（P.T. *Raju. Religion and spiritual values in Indian thought.* Edited by Moore, Charles A. *The Indian Mind: Essentials of Indian Philosophy and Culture.* Honolulu: East-West Center Press, 1967）。

岡本かの子の主張内容は、実際には神秘主義よりスピリチュアリズムの範疇かもしれない。コナン・ドイルやドーソン・スコット夫人とともに降霊会に参加した駒井権之助も、スピリチュアリストだろう。

やっかいなのは、ソフィア・ワディアと野口米次郎だ。この二人の話の文脈は、インドの神秘思想と、ブリティッシュ・スピリチュアリズムの両方に接続している。ロンドン本部は、インド・日本など東洋の「神秘主義」全般、イギリスの心霊主義、またオカルティズムが混交する場であった。「内的実現」「神との合一」などの個人的な神秘主義は、他人の霊を降ろす・死後の世界について語り合うなどの心霊主義とは別物だ。道教や禅、老荘も英語圏では、大きく「神秘主義」とされる期間・立場はあった。そして神智学は、その立場を支持していた。

本書では、野口米次郎の「神秘主義」は先例に則り、そのままとする。インドのヨガの「神秘主義」も、本書の扱う期間・文脈では、禅や道教の「内的実現」と連続しているため、やはり「神秘主義」とする。

岡本は欧州滞在期間中、当時の英・独での仏教書籍を読み、欧州の仏教研究はシンクレティズム（混合主義）だと憤っている。これはある程度までは、やむを得ない。なぜなら、この頃のイギリスやドイツでの仏教研究は、しばしばシンクレティズムを前提とする神智学や、キリスト教研究者の調査を経由した仏教として行われているからだ。

もちろん、たとえばオックスフォード大学のマックス・ミュラーのような学者もいる。彼は一八七九年から『東方聖書（東方聖典叢書）』全五〇巻の刊行を開始し、一八九四年に完結させた。彼のサンスクリット研究は、欧米の知識人に大きな影響を与える。だがミュラーの執筆活動は、オカルト・ムーブメントを派生し、神智学の隆盛に寄与するのだ。一九世紀末英国では、「スピリチュアリスト」が「仏教徒」を指す意味として用いられる事例も確認できる（小森健太朗による指摘）。岡本かの子のような人物が、これを憤るのも当然かもしれない。

早くから欧米に仏教、特に日本の禅や生活習慣、伝統を紹介していた、鈴木大拙夫妻にしても同じだ。鈴木夫妻はソフィア・ワディアの『アーリヤン・パス』に寄稿するなど、神智学協会とそのメディアを介して、日本の仏教を英語圏に広めた。神智学を通じて東洋の宗教に親しんだ欧州の研究者は、インドに関心をむける。ジュゼッペ・トゥッチもそのひとりだ。また、神智学協会を経て鈴木大拙に触れて心酔し、後年、アメリカ移住して禅をアメリカに広めたイギリス人神学者が、アラン・ワッツである。

ロンドン社交界と仏教研究を愛した岡本の目に、ロンドン社交界の華であり、同時に宗教研究者であった、ソフィア・ワディアが入らなかったわけはない。ソフィアが岡本を配慮していた書簡もある。岡本は、さぞソフィアに熱をあげたのではないか。そう予測し、いざ資料を探すと、意外や、何もないのだ。島崎藤村同様、岡本かの子もまた、ソフィアなど存在しないかのような文章しか残さなかった。

それどころか、岡本かの子はゴールズワージー宅に集う、同時代のロンドン社交界のインド人女性たちを、自分の小説で「厚かましい」「お喋舌」「女猪」と表現していた。まさか、これがソフィアとその周辺を指すのか。彼女らに軽侮されて、いたたまれずに逃げ出した、悔し紛れの悪口なのだろうか。

インドの女子教育にマドラス神智学協会が貢献した期間は長く、そのレベルも高かった。また岡本かの子はエッセイで、当時のロンドン大学でもっとも意欲的な受講生として、インド人女子学生を筆頭に挙げている。前述「ガルスワーシーの家」では、ゴールズワージー宅で「景子」と張り合うのが、教養豊かなインド人女性富裕層だった。マドラス神智学協会などが尽力した啓蒙活動や出版事業により、インド人女性の社会的プレゼンスは向上した。カルカッタ刊行のクオリティ・マガジン『モダン・レビュー』には、ロンドンなどで新たに学位を取得した優秀なインド女性を、写真入り記事で定期的に紹介する連載コラムがあった。

一九五〇年代までは、ロンドン本部でも、インドペンクラブ・マドラス本部でも日本ペン倶楽部でも、こうした女性たちは、一定の社会的役割を果たした。

一九六〇年代に入ると、ロンドン本部で草創期会員の家族による回想録が刊行され、日本では日本ペン倶楽部の公式史『三十年史』が刊行される。その時点では、ロンドン本部を囲繞していた日印の女性たちの社交生活は、もう公式史には記載されていない。彼女たちの活動記録は、事実とは異なる名詞に差し替えられるか、黙殺され、やがて忘却される。

その結果、ロンドン本部の創設史のみならず、インドペンクラブの活動内容、日本ペン倶楽部史、また神智学協会の活動実態も、わからなくなっていった。

次の章では、こうしてわかりにくくなっていったインドペンクラブ創設者たちについて、現時点までで判明している研究成果から、紹介していこう。

第三章　ネットワークの要諦、インド

インドペンクラブ創設会長、ソフィア・ワディア

インドペンクラブを創設し、その本部会長に就任したソフィア・ワディアは、一九〇一年にアメリカで生まれ、一九八六年に逝去した。彼女は、作家でも詩人でも劇作家でもない。インド出身でも、ヒンディー語話者でもない。ソフィア・ワディアは、スペイン系アメリカ人編集者だ。

彼女はニューヨーク・コロンビア出身のアメリカ人で、旧姓はソフィア・カマチョ。彼女は、神智学思想家だったインド人バーマン・ペストン・ワディア（以下B・P・ワディア）と結婚した。この婚姻により、彼女はインド富裕層であるパールシー（＝ゾロアスター教徒）のワディア一族となる。ジェントルマン資本主義の確立された当時のロンドンでは、彼らゾロアスター教徒は高級ソーシャルクラブの顔役で、ロンドン郊外に大邸宅を所有する紳士淑女だった。

ソフィア・ワディアは、一九三〇年、B・P・ワディアとともに編集したマドラス神智学協会機関誌『アーリヤン・パス』創刊号を、ロンドン本部に郵送した。その後、彼女はロンドン本部側からの指名を受け、インドペンクラブの創設会長となる。

ロンドン本部と接触し、入会やインドペンクラブ創設、晩餐会への参加を希望したインド知識人は、一人や二人ではなかった。しかし多くの希望者たちが、ロンドン本部からその希望を却下されている。

これは「インド人だから、ロンドンの高級ソーシャルクラブであるロンドン本部が、彼らの入会を拒否した」というわけではない。たとえば、インドにペンクラブが創設される以前から、ロンドン本部では、五名のインド人が会員となっていた（二〇一七年、タリク・シェェクの科研費研究会での発表による）。彼らは大学教員、ソフィアのようなパールシー、歴史家など、英連邦の上流階級である。彼らは必ずしも小説家や詩人ではない。これは前述のように、インドでは、初期のペンクラブ、特にロンドン本部は、晩餐会中心の、英連邦を核とする高級ソーシャルクラブとしての側面が特に周知されていたためらしい。あるいは、ロンドン本部に参加していた五名のインド人が、彼らの周辺のインド人上流階級の知人たちに、そう伝えていたのかもしれない。

インドの入会希望者たちは、こぞってロンドン本部に連絡した。彼らは口々に「ぜひロンドンの晩餐会に参加したい」「自分が代表となって、インドにペンクラブ（本部／支部）を作りたい」と主張している。

テキサス大学のＨＲＣには、インド上流階級出身の左派女流詩人、サロージニー・ナイドゥとヘルマン・オールド書記長の、往復書簡が残されていた。英帝国が英連邦となり、インドの立ち位置が連邦の最重要国へとかわるウエストミンスター憲章は、一九三一年一二月に発表された。その一か月前、サロージニー・ナイドゥが、ぜひ自分を会員にしてほしいと、ロンドン本部に希望した記録が残っている。ロンドン本部では、執行委員が会議を開催し、これを審議する。しかし、彼女は「ナショナリティ」を理由として、会員として認められないとの結論が出され、これがそのまま本人に通達された（MS PEN Letters. PEN 4TccL, to Naidu, Sarojini, 1931 Oct. 26, 27, Nov. 4, 5。ロンドン本部が、サロージニー・ナイドゥに一九三一年一〇月二六日、二七日と一一月四日と五日に送った書簡のカーボンコピーから判明した内容）。しかし、前述の通り、すでにインド人会員は存在する。

サロージニー・ナイドゥの場合は、ガンディーのインド独立運動に関わった活動歴が影響したのかもしれない。英国式ソーシャルクラブは、インドでも結成されている。しかし、これはインド人のためのクラブではなく、イギリスのそれがそのままインドに移入されただけであった。インド在住の、同じカレッジ出身の仲のよいイギリス人男性たちは、インドでソーシャルクラブを結成するが、インド上流階級出身者らのソーシャルクラブ入会希望を、多くは一九四〇年代頃までは拒否し続けた。そうして、イギリス出身男性同士のホモソーシャルな関係性を再強化した。インドにおいては、ソーシャルクラブより、むしろフリーメーソンの方が、インド人の入会を承認する現象も確認できる（藤井毅の教示による）。インドのフリーメーソンの一部は、実質的にはソーシャルクラブとしての機能が大きかったのではないか、と推測させるような内容の名士録も、ムンバイのゾロアスター教徒の資料として残っていた（Darukhanawla, Hormusji. D. Parsi Lustre on Indian Soil. Bombay: G. Claridge. 1939.）

その後、ロンドン本部の性格は英連邦成立という状況をうけ、変容を始める。しかし一九三一年時点でのロンドン本部によるサロージニー・ナイドゥの会員資格承認は、まず期待できなかった。

一九二〇年から五五年までの期間、欧州中心の国際会議に代表を送り出せるアジア・アフリカ圏の主権国家など、ほとんど存在しなかった。小川浩之『英連邦』（中公叢書、二〇一二年）他の研究によると、英帝国から英連邦へといたる世界秩序は、一九三一年のウエストミンスター憲章以前に、あらかた成立していた。しかし、ウィンストン・チャーチルの言動などに代表されるように、当時のイギリス保守層の多くは、インドがイギリス統治から離れ、発言権を持つ状況を到来させるつもりはなかったようだ。

「P.E.N.」の入会資格に、編集者（Editors）も含むようになったのは、後の話だ。ロンドン本部設立当初の規定では、ソフィア・ワディアやカーリダース・ナーグのような編集者は、会員資格を有さない。

では、なぜロンドン本部は、ソフィア・ワディアを代表にして、インドにペンクラブを創設させたいと考えたのか。

考えられる理由は三点だ。まず彼女が機関誌を編集していたマドラス神智学協会の影響力、ソーシャルクラブの華だったソフィア個人のロンドンにおける知名度、そして彼女の「ナショナリティ」が「インド」であるとも、ないともみなせた点である。

記録に残る画像から確認できるソフィアは、光り輝くような美貌と品のよさだ。

一九三六年、アルゼンチンのペン大会でマリネッティの隣席に座るソフィアの姿は、ラ・ヌオバ・イタリア社のマリネッティの写真集『フィリポ・トンマーゾ・マリネッティ』で確認できる。大輪の花が咲きほこるかのような華麗さだ。

二〇一〇年開催の、三度目の国際ペンクラブ東京大会で、一九五七年の国際ペン東京大会の映像が流された。筆者はここで放映された、一九五七年来日時のソフィアの映像を実見する幸運に恵まれた。白黒画像のソフィア・ワディアは、五六歳とは思えない、少女のような初々しさ、愛らしさではにかんでいた。

さらに、複数の社会的な要因がある。ソフィアをめぐる社会的状況はかなり複雑だが、本件に関してはおおまかにいって、二点にまとめられるだろう。

ひとつは、当時の彼女の姻戚たるインドの富裕層、パールシー（＝インドのゾロアスター教徒で一〇世紀にインドに移住した集団。パールシーはペルシア人の意）の動向、欧州の上流階級社会における知名度だ。

イギリスはインド進出後、造船や金融に強い知的なパールシーたちを支援し、パールシーもイギリスとともに繁栄してきた（青木健『ゾロアスター教史』刀水書房、二〇〇八年）。

一九二〇年代以降、インドの富裕層であり知識階級でもあったパールシーは、ロンドンなど英連邦の大都市での名誉職につこうと手を尽くし、実際に顕職に就いている。パールシーたちの斡旋や尽力の結果、インドでは

（作家の職分というより、高級ソーシャルクラブの）顕職と解されていたペンクラブ創設会長に、ワディア夫人が最適任だとロンドン本部からみなされたのは、当時の趨勢からいえば自然だ。

ロンドン本部による、ソフィア指名の直接の理由は、『アーリヤン・パス』の水準の高さ、東西融合の理念のゆえだという。しかしワディア夫妻の編集する雑誌は、パールシーの財力、組織力、優れた頭脳なしには成り立たないものだった。ワディア夫妻の背後には安定した財源があり、サルヴァパッリー・ラーダークリシュナンを呼ぶなど、上流階級コネクションの活用を惜しまない。当時、また現在でも、インドで、有力者とのコネクションなしに、ある程度以上複雑なことを運ぶのは困難だ。また、ロンドン本部のようなクラブ文化圏で、尊敬されるアジア知識人として生きるのは、いかに困難だったか。サロージニー・ナイドゥすら、一九三一年時点では承認を得られなかったのだ。

当時の神智学協会は、世界各地で十分な尊敬を受けていた。また彼女は、英連邦国におけるインドの位置をよく把握し、抜群の社交性を発揮して、ロンドン本部とも密接な関係を継続できた。そのため、彼女は独立「インド」が存在しなかった一九三〇年代から、独立して諸事情の変わった一九八〇年代に至るまで、インドペンクラブの安定した運営と存在感の発揮に成功し続けた。

インドペンクラブ創設会長とイギリスの関係

ふたつめは、ソフィア・ワディアが当時のロンドン本部にとって「わかりやすい」人物だった点だ。彼女なら、ロンドン本部によってインド代表に任命されたとしても、その後のインドペンクラブとロンドン本部との交流・交渉は難航しないと事前に予想された。

当時のソフィアの「わかりやすさ」は多義的だ。そのうちには、今日の日本人には、むしろわかりにくい特徴も含む。そのうち、「ソフィアはヒンドゥー化しなかった（インド人にならなかった）」点は、日本人にも理解可能な彼女のわかりやすさだ。実は、彼女はインド人と結婚したにも関わらず、ヒンディー語すら解していなかった可能性が高いのである。

インドに永住し、インド人と婚姻するなどして、新たにインド人となる他国出身の人々には、ヒンドゥー化を成し遂げた人々もいる。こうした人々は、インド文化を多少愛好する程度の英連邦設立当初のロンドン文化人にとり、「わかりにくい」「扱いにくい」人々となる。しかしソフィアはヒンドゥー化せず、ロンドン他で生活していた。そのため彼女は、ロンドン本部にとって「わかりやすい」人物であったのではないか（藤井毅による指摘）。また、在ロンドンインド高等弁務官と、ロンドン本部書記長との関係上、ソフィアのようにロンドン本部の価値観・世界観から見て「わかりやすい」、場合によっては「扱いやすい」人物が、インドペンクラブを創設して代表となる状態が望まれていた。

一九三〇年代前半、ロンドン本部のヘルマン・オールド書記長とインド高等弁務官は、「ペンクラブはほとんどヨーロッパ諸国のもので、インドにはない」「タゴールの協力を得てインドペンを作ろうとしたが、うまくいかなかった」という往復書簡を交わしている（HRC所蔵ペンクラブ資料のうち、「MS. PEN. Letters. India. High Commissioner in London, 3TccL, 1930 December 22, 1931 January 1, 1935 May 30」）。これら書簡の趣旨は、インドにおける共産主義的文学運動への対抗措置としてのインドペンクラブ創設という、これまでの先行研究の一部の趣旨にかなり近い。ロンドン本部の書記長は、「（インドにはまだペンクラブはないけれども、）われわれ（ペンクラブのロンドン本部）の月例の晩餐会にインド人を招聘し、彼らとコミュニケーションをとりたいと思う」ともつづっている。

では、この往復書簡に、共産主義的文学運動に関する話題や、その対応策が具体的に上がっているのかというと、そうではなかった。

これら書簡では、ロンドン本部側がインド人を晩餐会に招待する際の選択基準は、その人物が「distinguished（ディスティングイッシュト、著名）」であることだけだ。「ディスティングイッシュト」は、日本でいえば横綱審議委員会のいう「品格」のように、数字や書類で立証できない。

ロンドン本部は誰に対しても、宥和政策というべき行動は、積極的にはとっていなかった。とはいえ、一九三一年以降のロンドン本部は、社交や宗教的な平和活動を主たる目的とした団体ではなくなっていく。ウエストミンスター憲章や満州事変以降、アジア諸国の勃興とアジア圏知識人の存在感は、ロンドンのエスタブリッシュメントからみても、無視できなくなってくる。こうした時、ソフィアのような、ロンドン本部からみて「わかりやすい」人物がインドにペンクラブを創設してくれれば、何かと好都合であった。

ペンクラブは、あくまで社交団体だ。同時に、ある時期まで、明文化できない「ディスティングイッシュト」をアジア圏知識人招聘などに際しての判断基準としていた。ただ、ロンドン本部は、インドの共産主義的で独立を目指す運動に、対抗できるインド人グループの組織創設も、副産物として望んでいた可能性も、完全には排除しきれない。

実はＨＲＣ所蔵のロンドン本部資料には、タゴールの他、幾人かのインド知識人の抱き込みに失敗した記録が含まれる。同時に、反英活動に従事していたはずのインド人すら、ロンドン本部へ入会希望を出した書簡、ロンドン本部が彼らに送った返信のカーボンコピーも確認可能である。

テキサス大学所蔵の一部資料には、マドラスとボンベイのふたつのインドペンクラブの会長を、タゴールとしているインドペンクラブ関係書簡もある（ただし調査の結果、実際には両方の会長はタゴールではないと、二〇一七年にタリク・シェークが研究会で調査の結果発表を行っている）。タゴールは、当時の文学者たちの左右両翼から、それぞれ引きのある状態だった。

一九四〇年代に入ると、タゴールの女婿で大学教授のインド知識人、ナゲンドラナート・ガングリーは、紹介者もなしで、すんなりとペンクラブに入会できている。ロンドン本部は一九三一年時点では、文学者として盛名のあるインド人女性サロージニー・ナイドゥを、「ナショナリティ」を根拠として入会拒否している。彼はどのようにして入会したのか。

彼は、作家でも詩人でもない。彼のしたことは、「ザ・ローヤル・エンパイア・ソサエティ」という高級ソーシャルクラブのものらしき便箋で、ロンドン本部に、控えめな自己紹介と入会希望を、ごく簡素に書き送っただけだ（ただし彼は一九四一年以前に、ロンドン本部と接点がある）。すると彼は、審査らしき審査も受けず、即座に入会が認められる（HRC所蔵ペンクラブ資料、「MS PEN Recip. Gangulee Nagendranath, 24ALS, 17TLS, 5APCS, 2FL to PEN, 1941–1949」）。

インド独立運動の活動家として知られるインド・エリートのうちには、スバース・チャンドラ・ボースがいる。その彼が「本部主催の会にぜひ出席したい、インドにペンクラブを創設したい」と、ロンドン本部に丁重な希望を提出し、却下されていたのも判明した（「MS PEN Recip. PEN 2ALS Bose, Subhas, C. 1933 April 4, 1933 May 18」）。一九三〇年には、彼はカルカッタ市長に選出されていたが、イギリスの植民地政府によって免職される。ボースはその後も死ぬまで不屈の反英インド独立活動の急先鋒であったはずだ。

ボースは、弁護士の父のもとで高い教育を受け、ケンブリッジ大学大学院留学まで果たしている。彼の教養の素地がケンブリッジ大学で培われた「イングリッシュネス」であるとすれば、彼が自分と同じカレッジ出身者男性たちから構成される、ロンドンの高級ソーシャルクラブに入会を希望するのは不思議ではない。

ロンドン本部は、ボースにどういう対応をしたのだろう。この時のロンドン本部はボースに、「（インドにすでにペンクラブを設立した）ソフィア・ワディアを紹介する」という方策に出た。この方法なら、ボースの入会希望への完全な拒絶にも、必要以上の迎合にもならない。ボースの出方次第では、ロンドン本部はソフィアと相談しながら、ボースの待遇をゆっくり考えることも可能だろう。

現実には、自分がロンドン本部の会合に招待されないとわかったボースは、ソフィアには連絡をとらず、そのまま反英・インド独立活動に舞い戻り、ドイツから反英のラジオ放送をするなどの行動に出る。そこで、ボースとロンドン本部との交渉は終わった。

当時のインドでは、共産主義的文学運動や、独立運動を意識したさまざまな運動があった。国際連盟や在ロンドンインド高等弁務官と定期連絡をとっていたロンドン本部は、一九三〇年代、イギリス寄りの人物をインドペンクラブの代表に擁立する必要が生じていた。その場合、ソフィアはロンドン本部にとり、話がしやすい人物だった面は否定できない。

富裕層パールシーの親英的な態度、ソフィアが英語話者である点、さらに神智学協会による女子教育が、英連邦で信頼されていた時代状況も、彼女を「わかりやすい」人物にした。

インドに本部を移した神智学協会の二代目会長として、「インドのためになることなら何でもよい」との信条のもと行動したアイルランド人、アニー・ベサント。彼女は、女子教育やインド自治実現に尽力し、数多の方面からインド近代化に大きく寄与した。しかし同時にアニー・ベサントは、完全独立派のガンジーと対立した人物だ。同協会機関誌編集長で、神智学的な教養のあるソフィアがインドペンクラブ会長なら、ロンドン本部はインド側と話がしやすくなる。

ソフィアは一九三〇年代の保守的なイギリス人の価値観に、よく適合した。ソフィアとインドペンクラブがインド独立問題に関与しなかったのも、上品で知的なソーシャルクラブの女主人としては似つかわしい行為だ（＝ロンドンのクラブは基本的に男性社会ではある。しかし前述のように、文学クラブで女性が主人である事例も、歴史上存在している）。ただ、のちに彼女は、新しい世界秩序、その新秩序を反映した新しい英国式クラブのありかたを模索する。そして、それ以前にはありえなかった、英連邦全体にわたるソーシャルクラブの政治的影響力の、最大限の開拓を成し遂げる。

当然、ソフィアに批判的な同時代インド人もいる。では仮にソフィアをペンクラブから排除し、インド出身のインド文学者がインド代表であれば、よりよい結果となったのか。それはわからない。

この背景には、一九一〇年代半ば以降のインドの宗教対立がある。一九二〇年代から一九三〇年までに、インドのヒンドゥー教徒とムスリムの関係は険悪になり、後戻りできなくなるほど悪化した。インド（ヒンドゥー）／パキスタン（ムスリム）の分離独立については、全インド・ムスリム連盟が一九四〇年のラホール決議でインド・パキスタン分離独立を主張した。しかし、インド国民会議派は宗教による分離には慎重論で応じ、これに同意しなかった。この時はインド国民会議派につくムスリムもいたが、彼らを媒介とした和解が生じることなど、期待できないものであった。彼らは「ナショナル・ムスリム」と呼ばれ、紛争は複雑化し、宗教対立の解決はむしろ遠ざかった。インドとパキスタンが分離独立した一九四七年以降も、対立は完全に解消したわけではない。

こうした状況下で、イスラームもヒンドゥーも、キリスト教も仏教もその他の宗教も、全てを等しく研究対象とし、比較文化・比較宗教学の立場＝神智学協会の立場をとると表明している米国人女性が、婚姻によってワディア一族となり、「インド」人となっていた。彼女がペンクラブの「インド」代表であれば、相対的に、インドペンクラブをめぐる宗教的な軋轢の発生率は、他の人間が担当した場合より、いくらか低くなったのではないか。

こうした事情を鑑みれば、一九三〇年以降の英連邦とインド双方にとり、ソフィアのインドペンクラブ創設・

会長就任は、必ずしも悪い選択肢とは限らなかっただろう。

インドペンクラブ・ベンガル支部創設会長、カーリダース・ナーグ

インドペンクラブ・ベンガル支部を設立したカーリダース・ナーグは、一八八二年に生まれ、一九六六年に死去した。インド・ベンガル地方出身の雑誌編集者で、美術史家・教育学者・大学教授・文化人類学者としても活躍した。ソルボンヌ大学大学院を出て、フランス語の著書もある。

彼の義父は、ラーマーナンダ・チャタルジー。カルカッタのクオリティ・マガジン『モダン・レビュー』発行人で、インド出版人として重要な人物であった。ナーグ自身も『グレーター・インディア』編集刊行を行う、インドの出版コネクションのひとりだった。

かりに、島崎藤村の全集やナーグ執筆物、インドペンクラブ・ベンガル支部ホームページなどの記載内容を信用したとする。その場合、「インドペンクラブ・ベンガル支部の創設会長カーリダース・ナーグは、日露戦争以来の日本ひいきである。彼は、自分と国際連盟との関係を生かし、日本のため、日本の外務省、日本ペン、ＫＢＳの全てに協力し、十年以上、日本に友好的な文化政策に従事した。彼こそ、戦前期インドペンクラブの顔役で、インドペンクラブの国際的なプレゼンスを高めた」との仮説が成り立つ。筆者たちは二〇〇六年から四年間、この仮説に基づいた調査を進め、これを共同研究とした。

二〇一〇年度の研究会で、比較文学研究の稲賀繁美と南アジア研究の藤井毅の両名が、この仮説には信憑性がないと表明した。

二〇一〇年からは、日本学術振興会からの研究費補助金を受け、筆者はＨＲＣに出張して保管資料の現物を確

認した。その結果、稲賀と藤井の言の正しいことが判明する。国際連盟からロンドン本部に宛てた書簡群からは、カーリダース・ナーグ資料は発見できず、ナーグではなく別のインド知識人が、その役割を果たしていたことがわかる。

ただ、ナーグとインドペンクラブ・ベンガル支部の日本に対する好意と尽力は事実である。

ナーグはベンガル地方で生まれ、少年時代からタゴールを崇拝し、日露戦争のニュースを聞いてから親日家になったと回顧録で語る。長じてイギリス、ついでパリに留学し、シルヴァン・レヴィに師事した。フランス遊学中に知遇を得たロマン・ロランとは、彼が亡くなるまで文通を続けた。一九三〇年頃には講演旅行を行い、タゴールの弟子として、ノーベル賞受賞後の彼の南米行や中国行に同行している。

また、彼はインドペンクラブ・ベンガル支部会長として、藤村や生馬と邂逅している。野口米次郎を評価し、イタリアとも文化交流事業を行った。来日経験を持ち、カルカッタに日本図書室を開室し、日本の外務省や国際文化振興会に協力する（岡村敬二『遺された蔵書―満鉄図書館・海外日本図書館の歴史』阿吽社、一九九四年）。岡村敬二はこの日本図書室について優れた調査を行い、日本外務省の失策を指摘している。

カルカッタの日本図書室開館に際し、日本の外務省やKBSと交渉した際のナーグ側便箋において、彼は日本政府と対等な「インド」代表だ。インドペンクラブ・ベンガル支部としても、「インド」代表の資料を作成している。日本の外務省や日本ペン倶楽部との交渉、「IsMEO」との交渉、雑誌編集者としての書簡発信など、さまざまな「インド」代表をつとめた。彼の便箋には、いつも自分のオフィスの住所が、「インド」代表の住所として印刷されていた。

『ロマン・ロラン全集』では、芸術家肌のタゴールより、実務家のナーグの方が、近代的な行動様式に馴染み、講演旅行なども現実的に手配できるというロランの見解が確認できる。ロランはナーグとは、ナーグのパリ在住時代から終生変わらず親交を持ち、文通を続けている。

ナーグは、雑誌『ジャーナル・オブ・ザ・グレーター・インディア・ソサエティ』編集長を勤めていた。しかしインド近現代史上、この雑誌の編集長としてのナーグは等閑視されている。彼は義父の雑誌、『モダン・レビュー』編集者として評価されている。

『モダン・レビュー』は、インドだけではなく、欧米でも一流雑誌と認められていた。もし、『モダン・レビュー』に日本の知識人が寄稿していれば、それによって各国文化人らに、一九三〇年代の日本を知ってもらえていれば、芹沢光治良や中島健蔵が夢想した、連合国と枢軸国の相違を超えた知的連帯がなされたかもしれない。

ロマン・ロランとナーグの両人とも、親日派だ。彼らは日本について語り合い、『モダン・レビュー』寄稿を慫慂するよう日本側に提起する機会は、なかったのだろうか。

なかったどころではない。大いにあり、しかも一九三五年頃の日本の外務省が熱望した、日本ペン倶楽部のような民間文学者たちによる国際文化交流を、彼ら二人で、一九二九年から一九三〇年に手配してくれようとしていた。相手は、主に法政大学予科ドイツ語専任教授だった日本の片山敏彦だ。ＨＲＣには、ロンドン本部に憧れる片山からの書簡や、片山への書簡のカーボンコピーが残っている。

カーリダース・ナーグと片山敏彦

ナーグとロマン・ロランの往復書簡を見ると、一九三〇年代に開催された各種の国際文学者会議について、二人の間には温度差がみられる。

ナーグは、ロランに対し、国際ペンクラブ大会への積極的参加を薦める。ロランはこれを拒否するわけではない。が、彼は一九三二年に、バルビュスらとともに呼びかけ人となり、アムステルダム国際反戦大会を開催した人物だ。このアムステルダムの大会は、のちの人民戦線の形成に大きな影響を与えた。

彼はナーグの誘いに対し、国際ペンクラブよりも、左派文学者たち中心の国際会議「文化の擁護」（一九三五年六月、反戦・反ファシズムと文化の擁護および創造を目指して、三八カ国二五〇名の作家・知識人が参加した第一回国際作家大会）の方が、より重要と返答している。積極的にペンクラブを盛り立てようとしたのは、ロランではなくナーグの方だ。

日本は、この機運に乗りかかっていた。片山敏彦は、日本にペンクラブを設立するための契機と助力を、インドペンクラブ・ベンガル支部会長から与えられるという僥倖を得かかっていた。うまくゆけば、彼には、自ら日本でペンクラブを創設、主宰する可能性すらあったかもしれない。

一九二七（昭2）年夏、片山敏彦は、ロマン・ロランから一通の手紙を受け取った。

これこそ、まさに日本人宛ての、『モダン・レビュー』への執筆慫慂だ。

みすず書房の『ロマン・ロラン全集』で、われわれは片山宛のロマン・ロラン書簡を確認できる。それが、次の引用だ。

> 私は今度はあなたを私のインドの友たちと知り合うようにしなければなりません。それはほんとうに重要なことです。インドの友たちはとくにあなたがたを理解し、あなたがたと結びつくべき人たちです。私と親しいカリダス・ナーグ（カルカッタ、アッパー・シス《マ》キュラ《マ》ー・ロウド九一）へ、私の紹介だと言って（あなたか尾崎喜八かが）手紙をお書きなさい。ナーグはカルカッタ大学の少壮教授で、ラビンドラナート・タゴールの友であり、インドの最も有力な雑誌の一つである「ザ・モダーン・リヴュー」の創刊者であり発行者で

ある、ラマナンダ・チャッタージーの女婿です。カリダス・ナーグはその雑誌の編集長です。夫人は、ベンガルの最も愛すべき小説家の一人です（彼女はベンガル語で書いています）。私はカリダス・ナーグとヨーロッパで知り合いましたが、その時ナーグはパリの東洋学術学校（エコル・デ・シヤンス・オリアンタル）で数年間学んでいて、りっぱな論文で博士の学位を得たところでした。彼は私のガンジーについての著作に大いに助力してくれました。深い愛情と、気高い品性との持ち主で、まったく信頼できる人物です。あなたがたは当然友となるべきですし、またあなたや日本の小さなグループの人たちは時おり「ザ・モダーン・リヴュー」に執筆すべきです。

（宮本正清ほか訳『ロマン・ロラン全集36』みすず書房、一九八一年）

さらにロランは、一九三〇年五月八日付の手紙でも、片山にこう書き送っている。

親愛な友

私たちは六月にあなたにお会いできればうれしく思います。一週間以前に私たちに予告しておいてください。そしてあなたにご返事をするあて先を告げておいてください。六月の末ならばあなたは私たちの家で、私がたいそう愛しそして尊重している私たちのインドの友、カルカッタのカリダス・ナーグ教授にお会いになることになりそうです。彼と知り合われるといいと思います。彼はあなたと同様に、普遍的人間性の意識と教養とが現われている人々――私のほんとうの友の一人です。

（同前）

しかし片山は、ロマン・ロランや国際ペンクラブに漠然と憧れてはいたが、当のロマン・ロランや、国際ペンクラブに最も近かったアジア知識人とも、コミュニケーションを成立させられなかった。片山は、どこで躓いたのだろうか。

ロランは倉田百三『出家とその弟子』に序文を寄せ、仏語訳の仲介も行った知日派である。彼は片山に好意的で、彼にナーグを紹介する手紙を二度も書いた。

片山のロラン印象記、ロランの記憶、彼らの友人の話を照合しよう。

まず、片山の随筆である。片山は、一九二九年七月に一人でロランに会いに行った際の印象を、以下のように美しく表現した。


携えて来た日本の友らからのおみやげの品、またパリのマルチネ夫人、バザルジェット未亡人から托されて来た贈物をロランとマドレーヌとの前に出した。まごころのこもったそれらのおくりものに対してロマン・ロランは大げさな感謝の身ぶりを少しもしなかった。しずかにつよく「ありがとう（メルシー）」と言い、しみじみとそれらの品を手に取って眺め、「美しい」とか「いい」とか独り言のように言っているだけだった。

まばゆいように美しい原色のハーモニーで作られた刺繍が卓の上、ピアノの上にかけてあった。どこでできたものかを尋ねたらハンガリーの農民の作った刺繍だとのことだった。マントルピースの上にはトマス・ハーディの胸像の写真を二つとインド人の夫妻の写真とを置いてあった。（それはカルカッタ大学の教授カリダス・ナーグの写真であることを次の日マドレーヌが話された。）

（「ヴィラ・オルガの思い出――親しき友らにささぐ」『片山敏彦著作集2』みすず書房、一九七一年）


この引用の他、ロランと片山が一緒に屋内の写真や絵画を鑑賞し、ロランが本棚から手紙を取り出して片山に渡し、若いハンガリー人画家の手になるタゴールの肖像画を見せている描写もある。実に楽しそうだ。彼らは互いに、同時代で最高の芸術鑑賞者同士のようだ。

ところで、この頃のロランは片山にナーグを紹介すると、一九二七年の手紙に書いていたはずだ。ところが片山の文章には、ロランからのナーグ紹介について触れた描写は一切ない。ロランとの面談の翌日になって、ロラン当人ではなく、ロランの妹のマドレーヌから、その場にあった写真に写っている人物として、ナーグを示されただけと記している。これではまるでロランから直々の、片山へのナーグ紹介などなかったかのようだ。

これは、どういうことなのだろうか。

実はドイツ語教師の片山は、フランス語は苦手だった。ロマン・ロラン側からみた片山像を確認してみよう。

一九二九年七月二日——片山敏彦の来訪。（中略）「フランス語」を少し練習してから、いま私に会いにきたのだ。その話すフランス語はかなりたどたどしいが、その友の上田秋夫よりはるかにうまい。——彼にはひじょうに好感がもてる。こころよく、賢い顔。まったく素直で、率直でありながら、いささかも度を過ごすところがない。彼はヨーロッパ芸術のあらゆる領域にわたってひじょうに教養があり、またわれわれに関することについて、ほとんどわれわれと同じくらい何でもよく知っている。彼は日本の礼儀に従って、彼や彼の妻や友人たちからの土産物を持参した。——彼はたおやかな彼の若い妻の写真と、尾崎のとても可愛い幼い娘の写真とを見せた。私たちは、いっしょにヴィルヌーヴの周囲を幾度も散歩した。……会話によってじゅうぶんに理解し合うことは困難であった。しかしそれだけでもう、あの真実な愛情と、あの男らしくてやさしい性質の精神的な美しさを、じゅうぶんに感じることができた。

（『ロマン・ロラン全集35　書簡・日記』みすず書房、一九八一年）

つまりロランと片山は、意志の疎通ができていなかったのだ。先の引用場面は、片山に分かりやすく語るロランの言葉を、片山が彼なりに解釈・再構成して書いたのではないか。

これを裏付けるのが、片山の、ロラン再訪時の同行者の文章だ。すでに一度ロランに会った片山に同行し、始めてロランと会った彫刻家の高田博厚は、以下のように回想する。

それからの対談。いや、彼ひとりが語るのを私たちがきくだけである。二人ともフランス語はしゃべれず、片山のドイツ語も私のイタリア語も役立たない。（中略）こういう談話は二時間も続き、その間に片山は私の彫刻作品の写真を十数枚見せたが、彼はただ黙って見ていた。

（高田博厚「ロランを訪ねた日」『片山敏彦著作集』月報3）

加えていえば、そもそも片山は、ナーグにも、アジア圏にも興味がなかったかもしれない。『片山敏彦著作集』からは、片山がナーグに接触しようと試みた跡は見いだせない。片山は、ロランからだけではなく、ナーグからも手紙は貰っていたようだ。が、管見の限りではその後の交流を確認できない。

タゴールの七〇歳記念に、秘書が国内外の彼の友人達から原稿を募って刊行したアンソロジーがある。一九三一年に刊行されたその『ゴールデン・ブック・オブ・タゴール』刊行代表者は、ナーグの義父、ラーマーナンダ・チャタルジーだ。同書には、片山もロマン・ロランとともに寄稿した。また、ロランに、タゴールに触れた箇所もある。一九三一年は、まさに満州事変とウエストミンスター憲章の年だ。この以降にも、片山敏彦が彼らと親交を持ち続けていたら、日本ペン倶楽部はまた違う成立来歴になっていたのではないか、と考えずにはいられない。

片山は、「ヨーロッパを経由しないアジア人同士の交流」に、関心がなかったのかもしれない。これが、「ロマン・ロラン宅という国際的な文化人のサロンを介した、日本の対外文化政策とは無関係な、個人的な、日本の文化人とナーグとの関係、その顚末」になる。

こうして親アジア派・反権力のフランス人作家ロマン・ロランによる、アジア知識人同士の、国策とは無縁な文化交流仲介は失敗した。

インドペンクラブ・ベンガル支部と野口米次郎、島崎藤村

インドペンクラブ・ベンガル支部創設会長という立場で、カーリダース・ナーグが日本外務省とその周辺のため、陰に日向に尽力した事項は他にもある。

野口米次郎との交流もそのひとつだ。ナーグと野口の交流については、一九三五年一〇月から翌年二月までの野口のインド滞在記『印度は語る』（第一書房、一九三五年）に詳しい。このインド渡航は外務省とＫＢＳに資金援助を受け、ナーグが斡旋して、カルカッタ大学等で講演会が開催された。

この時の野口の日印交流は、上首尾だったのは確かだ。「午前中ナッグ博士と会見。この男は嘗てタゴールに同伴して日本を訪問して以来私の友人で、私の印度訪問に際しいろいろと斡旋した人」、「午後五時半ホテル・マゼスチックに開催されたベンガリー・ペン・クラブの歓迎茶話会に出席」他、ナーグは野口と直接親交した形跡がみられる。『印度は語る』を読む限り、この成功は野口の英会話能力、ナーグの実務手配、インドペンクラブ

の親日、外務省とKBSの協力、全てが噛み合った幸運に恵まれたゆえのものだ。

しかしなぜか野口は、ナーグとインドペンクラブが親日的であった点については、あまり語っていない。

インドペンクラブ側は、日本、そして野口に、その後も継続的に注意を払った。たとえばマドラス神智学協会機関誌『アーリヤン・パス』では、日米開戦後に、野口がKBSから刊行した浮世絵についての書籍の書評を掲載している。野口は同誌には寄稿していないが、同誌はアジア知識人の刊行物の優れた書評誌でもあり続け、野口の刊行物に適切な批評を与えた。『アーリヤン・パス』の当時の読者層を鑑みると、同誌の批評は、野口の英語圏における文化人としての世界的評価にも、大きく貢献していたのではないだろうか。

野口は、その詩の神秘主義や東西交流というテーマ、英語による能解説などの日本文化発信から、神智学との近接が論じられてきた。インドでも、神智学協会会員の居並ぶペンクラブの会合には出席している。彼は神秘主義詩人で、当時の日本人には珍しく、海外での講演活動に長けた人材だった。後年の国粋化、タゴールとの論争や決裂さえなければ、野口とナーグは、理想的な日印文化交流を果たせたのかもしれない。

ただ、野口がマドラス神智学協会会員だった証左は未発見である。あるいは彼も、対外文化政策、また「社交」「外交」の一種として、神智学協会に親しんだだけなのかもしれない。

一九三六年二月、野口はインドを離れて帰国する。ナーグの方は同年九月、インドペンクラブ・ベンガル支部代表として、ブエノスアイレスでの国際ペン大会に出席する。ここで、日本ペン倶楽部会長島崎藤村、副会長有島生馬と初めて接触する。

『国際文化振興会議事要録　第二十五回理事会　昭和十年八月九日午後零時半　於事務所』（ジャパンファウンデーション図書室所蔵）には、「八、日本ペンクラブ代表島崎藤村、有島生馬両氏ブエノスアイレスに開催の世界ペンクラブ大会に出席に関し旅費補助の件来る九月ブエノスアイレスに開催の世界ペンクラブ会議に両氏出席、其後ボストンに赴き日本古美術展覧会を機とし博物館にて講演の予定なり。右費用補助として金三千円依頼出ありたるにより受諾に決定。」との記載がある。

外務省やＫＢＳに援助されて南米に旅立った日本ペン倶楽部の人々は、ここでまたもや、親切なインドペンクラブ・マドラス本部とベンガル支部に厚遇される。

日本ペン倶楽部会長、島崎藤村の、大会出席と世界旅行の記録である紀行文「巡礼」には、ナーグ、そしてインドの記述に、多くのページが割かれている。

この甲板の歩廊でわたしは毎日のやうに顔を合はせる一人の印度人の客もある。船があのコロンボの港を離れようとした時、最後のランチに送られて乗り込んで来た客だ。この人が印度文筆業者の代表Ｎ博士だ。聞けばわれらと同じく南米アルゼンチンに開かるゝ国際ペン大会出席のため、印度のカルカッタ市より五日の汽車旅の後、この船にまで上つて来たところであつたといふ。わたしはＡ君と共に、この奇遇をよろこび、同じ亜細亜からの同行者として、その日以来顔を合せてゐる。こんな思ひがけない同船の客を迎へて、日頃想像する近代印度を知る上に多くの手がゝりを得たことはうれしかつた。Ｎ博士は曾て巴里の仏蘭西大学に遊学したこともあり、英仏語に精通し、長くカルカッタ大学の講師として印度青年を教へてゐるやうな閲歴を持つ人である。（中略）このＮ博士の口から、わたしは岡倉覚三の名をも聞きつけた。あの天心居士の遺著「東洋の理想」、その他名高い「茶の本」なぞが印度人の間にも読まれてゐるといふは床しいかぎりである。

（「巡礼」『藤村全集14』筑摩書房、一九六七年）

藤村はナーグの口から、「岡倉天心」との言葉を引き出せ、喜びを隠しきれない。

実は、岡倉天心の『茶の本』『東洋の理想』は、マドラス神智学協会で特に好まれ、しばしば引用されてきた英文著作なのである。特に、「アジア・イズ・ワン」のフレーズは、マドラス神智学協会が愛し、汎アジア主義的文脈でよく活用された。

『夜明け前』の続編、南米からの帰国後に書かれた未完の長編『東方の門』には、この紀行文がほぼそのまま使用された箇所がある。それが、『巡礼』の以下の箇所になる。

伝へ聞く、印度はさう不甲斐ない国民のみの住むところではない。英国政府が政治上、印度人をして外国人の支配下に立つとの観念を生ぜざらしめんがためには種々の方便をめぐらしたとも言はるゝが、世界最古の文明国を祖先の地とする印度人の中には気概あるものも起つて国民の覚醒を促しはじめたのは、一九世紀の中頃よりであるといふ。いかにせば彼等の支配者をしてかく強力ならしめた原動力に対抗し得べきやとは、それら印度人士の念頭を離れないことであつて、西の欧羅巴よりする科学的文明なるものは日夜彼等が研究の対象となつた時代もあつたとか。極力西洋を輸入することに努めた吾国明治初年のことも思い合はされる。そのさかんな反動は印度にも興つた。古代印度に帰れとの声がそれだ。

作者の死で中絶した『東方の門』は、構想では岡倉天心が活躍予定だった。

「南米旅行の帰路、北米へ、ボストンへ、ガアドナ夫人の旧居へ、と熱心に探り求められたものが何んで《ママ》あつたかと云へば、「茶の本」の著者の俤に外ならなかつた。即ち本書の第四章からその人が大映《ママ》となつて表はるべく約束されてゐたと聞いている。」

（有島生馬「東方の門　跋」『東方の門』）

『茶の本』の著者、岡倉天心のイメージ。これは、カーリダース・ナーグと島崎藤村にとっては、日本からの汎アジア主義の理念を提示していたかもしれない。日本ペン倶楽部に出資をしたＫＢＳは、藤村の旅費予算は、最初から藤村がボストンで岡倉天心資料を、閲覧するところまで設定している（ジャパンファウンデーション所蔵議事録）。

実はこの作、戦後にと思つて、その心支度をしながら明日を待つつもりであつたが、かねて本誌編集者に約したことも果したく、いさゝか自分でも感ずるところあつて、かく戦時の空気の中でこの稿を起すことにした。（中略）それに先年南米への旅はいろ〳〵なことを私に教へた。

（島崎藤村「『東方の門』を出すに就いて」）

最晩年の藤村は南米からの帰国後、逝去直前まで、南米から北米、欧州や中国を経由して帰国するまでの旅程、そこで目覚めた汎アジア主義が、頭から離れない。

彼が、この「『東方の門』を出すに就いて」を『中央公論』に掲載したのは、一九四二年一二月である。この一五年後、日本ペン倶楽部は、念願の東京での国際ペン大会を開催する。そしてその時、ついにソフィア・ワディアは東京に上陸する。

ブエノスアイレスでの大会後、南米帰りのナーグは、ハワイ大学で一九三七年一月二二日に講演し、この講演に基づく冊子を刊行した。この冊子の主張は、戦後、鈴木大拙と胡適がハワイ大学で邂逅した日に、美しく結実する。

ナーグは、他のベンガル知識人たちが日本から距離を置き始めた一九四〇年になっても、日本の外務省と協力し、カルカッタでの日本図書室運営を放棄しなかった。しかし、ハワイ州オアフ島の真珠湾が日本軍によって攻撃され、彼の努力は水泡に帰した。

公人、国際連盟職員としてのスディンドラナート・ゴーシュ

ところで、孤立した日本のため善処してくれた、カーリダース・ナーグとは別のインド知識人が、国際連盟にはいた。国際連盟からロンドン本部に書簡を送ってくれたのは、いったい誰だったのだろう。

それは、かつて新聞『ヒンドゥー』海外特派員や編集をつとめ、多言語を駆使して欧州とインドで活躍した汎アジア主義者、スディンドラナート・ゴーシュ（一八九九―一九六五年、以下ゴーシュ）である。カルカッタ大学卒業後、ストラスブール大学でも学んだ彼は、一九三一年から一九四〇年まで国際連盟情報局に勤務した。その後は大学での講義や軍隊での語学教育にも携わり、後半生にはサンスクリットの知識を生かした小説を執筆するなど、語学の天才であった。

彼の自伝四部作は、大の日本ファンのナーグの回顧録とは異なり、日本への言及がほぼみられない。インドの文学と風土を愛し、「インドも大事だが、中国やチベットやネパールなどアジア圏をもっと見よう」と主張する、私小説風の伝記だ。神秘主義的な文言、『バガヴァッド・ギーター』『リグ・ヴェーダ』の引用も頻出する。

一九三九年刊行の『戦後ヨーロッパ（一九一八―一九三七）』は、カルカッタ大学での講義録だ。ここでのゴーシュは、同時代史と政治について明晰かつ平易に語っている。同書はアカデミズムとジャーナリズムの両面を上手に生かしたテキストで、同時代事件史であるが、ハイレベルな論述で、現代でもそのまま、歴史の教科書として用いてもおかしくない。

面白いのは、巻末年表と本文の相違だ。巻末年表では、第一次世界大戦から日本と北支の武力対決（盧溝橋事件）までが並ぶ。満州事変、ヒットラーの台頭、日本の国際連盟脱退、日独反共協定、イタリアのエチオピア侵攻など、枢軸国の台頭を憂慮するような事件史が年表化されている。盧溝橋事件で終わるゴーシュの年表では、日本の動向、特に日中関係悪化は、第一次世界大戦以後一九三七年までの欧州史形成の、決定要因とされている。

本文では大戦後の欧州動静から始まり、国際連盟成立、イタリア・ファシズム台頭、ユーゴスラビアの状況、ヒットラー台頭などが明快に説かれる。しかし、なぜか日本にだけは触れられない。では、国際連盟職員としての彼は、日中印関係をどう見ていたのだろう。

彼は、直接日中関係に介入する立場ではない。現に、直接の介入もしなかった。著書にも、そんなことは一言も書かなかった。ただ、インドペンクラブの創設者たちが日中関係を改善したいと考え、そのための行動をとった際に、インドペンクラブの発言が最大限の効果を発揮するための手配を、スマートにこなしたのだ。

それは、「国際連盟からその外郭団体へむかう、オブザーバー出席という制度の活用」「ロンドン本部書記長との、クラブ文化圏での個人的交流の活用」の二つの合わせ技からなる、外交テクニックだ。

一九三五年五月七日付で、ロンドン本部の書記長ヘルマン・オールドは、国際連盟書記長と、国際連盟職員ゴーシュに、それぞれ依頼文書を送っている。「国際連盟職員で、インドペンクラブ会員でもあるゴーシュに、今月バルセロナで開催されるペンクラブ例会の場で、国際連盟からのオブザーバーとしての役割をお願いしたい」という内容だ。国際連盟職員が、国際ペンクラブの例会に「オブザーバー」として出席するのは、この件以外に例がない。

国際連盟から任意団体に、「オブザーバー」が派遣される。現代人の感覚では、この民間団体には何か問題があるのかと想像するかもしれない。しかし、それは逆である。一九三五年当時に限らず、国際連盟はその外郭団体に対しては、よくオブザーバーを派遣した。一九二〇年代までは文学・降霊クラブだったロンドン本部に、「オブザーバー」として、国際連盟職員がやってくる。ロンドン本部に何か問題があって、国際連盟側に視察要請がきたのではなく、ただ同席のためだけに職員が来訪する。これは、ロンドン本部が、国際連盟の外郭団体と同格に扱われているとも見なせる状況だ。また、インドペンクラブ会員でもあったゴーシュが、インドペンクラブ会長とは別枠で、ロンドン本部の国際会議に参加すれば、インド代表の存在感が高まる。

ゴーシュが、国際連盟職員の名義でロンドン本部に出席すると希望すれば、その時点から、クラシックな英国式ソーシャルクラブとして発足したロンドン本部は、二〇世紀の英連邦と、その周辺の世界秩序をネットワークの基盤とする、近代化された国際組織（＝国際連盟の外郭団体に準じる国際組織）へと変貌するのではないか。また、このことによってウエストミンスター憲章発表以降のインド知識人が、一つの国の代表として、国際会議で発言する状況を生み出せる。

もちろん、国際連盟情報局の一職員が、個人として任意団体にオブザーバー参加したいとのアイデアを持ち、インドペンクラブ会員の名義で行動しても、あまり意味はない。それは、非公式でプライベートな話に過ぎないからだ。国際連盟職員のゴーシュは、どういう行動に出ただろうか。

まず彼は、一九三五年五月六日付の書簡で、インドペンクラブ・マドラス本部会長ソフィアとバルセロナ会議で同席したいと、ロンドン本部宛に書簡を送った。この時ゴーシュは、国際連盟の公式な便箋を用い、冒頭に「プライベートかつ守秘」とタイプしたかがみをつけ、あて先をロンドン本部とした。この方法だと、ゴーシュはあくまで国際連盟そのものとは無関係の私信を発行しただけだ。だが、この私信に返信するロンドン本部側は、返信先を国際連盟として、ゴーシュのロンドン本部への出張依頼を発行することになる。

翌日の一九三五年五月七日には、早くもロンドン本部は、国際連盟に対し、ゴーシュをオブザーバー出席させるよう依頼状を発行した。

こんな手法が可能だったのは、ゴーシュとロンドン本部書記長オールドが、ロンドン本部のクラブ付き合いをしていたためだ。オールドはゴーシュに、出席するのはいいけれど、インドペンからインド代表が二人も参加するのか？と気軽に応じている。書記長はゴーシュの希望通り、すぐさま国際連盟に彼の出席を要請し、国際連盟はこれを公式に承諾した（ただし、現存する他の書簡を参照すると、実際の国際連盟側の出席者は、ゴーシュではなかった可能性がある）。

本書「はじめに」では、一九三〇年代まで、アジア・アフリカ諸国が国際会議に代表を出して参加し、議論するのは困難であったと述べた。では、「オブザーバー」としてインド人職員が何らかの権威ある国際会議に出席するのは、差し支えなかったのだろうか。

国際連盟では、インド人職員が連盟の会議、また外郭団体の会議に「陪席」するのは、すでに珍しくなかった。なにしろ一九三五年というと、オックスフォード大学などの英国のエリート大学にインド人が入学するようになってから、すでに五〇年以上の歳月がすぎている。

こうして、スディンドラナート・ゴーシュは合法的かつスマートに、ロンドン本部の性格を近代化しつつ、ソフィアが、「インド」代表として、国際会議で強い発言力をもつ準備を整えた。では彼らは、国際会議に出席し、どんな外交のパスを出したのか。

彼らは直接、声高に汎アジア主義を叫んだり、日中関係を喋々したりはしなかった。ましてや、オカルティズムも論じなかった。そうではなく、「できる限り穏健かつ知的に、アジア圏の知識人たちにあてて、選択肢が増えるパスを出す」という行動に出たのだ。

彼らインドペン会員たちは、皆インドからの、英語による情報発信者だった。『モダン・レビュー』はベンガル支部会長ナーグが編集し、彼の義父が刊行者だ。ソフィアはマドラス神智学協会機関誌『アーリヤン・パス』、同協会の別の機関誌『神智学報』編集長である。右の三誌は一九三三年、日中関係への深刻な憂慮と、アニー・ベサント追悼記事を掲載した。ゴーシュも新聞人だが、この時は彼らインド出版人たちを、国際会議の場で、国際連盟側からオーソライズする側に回った。

彼らは、カタルーニャで何を主張したのだろうか。

彼らは、アジア圏の国をもっと国際会議に呼ぼう、とだけ、上品に語ったのだ。

インドペンクラブ会長のカタルーニャでの演説

一九三五年五月のカタルーニャでの国際ペンクラブ例会における、ゴーシュ陪席でのソフィア・ワディアの発言記録は、HRCではなく、ロンドン本部所蔵の過去のクラブ例会議事録から発見された（二〇一〇年、加藤哲郎による調査結果）。

ソフィアは、インドペンクラブ代表として、アジア圏の国にペンクラブを設立して欧州の国際会議に呼ぶことを推奨している。彼女の発言は、およそ以下の通りである。

「（私は）この会議で、（各国）政府からの影響や補助に伴う政治的目的とバイアスから離れ、国際ペンクラブに（各国から）代表を送ることの望ましさとその実現可能性を定める責務を、ペンクラブの運営委員会が負うのに賛成する件の承認を提唱する。各センターに対し、

（a）西洋世界のペンクラブ会員から、アジアの同輩会員に「友愛」の挨拶をおくり、アジアの人々の間

に、文化的な理想主義に立脚した親善のメッセージを広めるという、最新の活気ある職務に従事する協力（体制）と、さらに加え、西洋世界の会員たちに東洋文化の長所と真価を説明するため、そして、（b）そのような、古く、ほとんど忘れられたアジアの文学的な文化の数々の本質を探し求め、積み上げてゆき、（各国ペンクラブ）代表にもそうした考え方を活用して頂いて、ヨーロッパとアメリカを新鮮な刺激によって高め、活性化していきたい」【拙訳】

右記のソフィアの発言は、三つの観点から評価すべきではないだろうか。

一点目は、ここでは直接、国際連盟を脱退した日本への言及が何もないにも関わらず、日本を国際会議に呼び戻す選択肢を、可能性に含めた点だ。

ソフィアは、国際連盟を脱退した日本を、直接擁護してはいない。ただ彼女の表現であれば、これからペンを設立させ、国際会議に呼ぶべきアジア圏の国の候補のひとつに、日本があがる。インドと中国には、すでにペンクラブがあるのだ。実際にこの数か月後、日本にはペンクラブが新たにできあがる。インドペンクラブは翌一九三六年、この新参者の日本ペン倶楽部代表が初参加した国際大会で、日本が、一九四〇年の大会開催国決定コンペに勝てるよう善処した。彼らの目配りの効いた手配は奏功する。一九三六年当時の日本は、一九四〇年にインドと共同で東京国際ペン大会を開催すると決まったと、議事録に記録される。

二点目は、このソフィアの発言が、マドラス神智学協会の思想信条と合致している点だ。

三点目は、汎アジア主義的主張を、穏やかな表現で表した点だ。この演説では、出版人としての彼女のセンスが生かされ、メディアで公表しやすい文言になっている。彼女の表現なら、欧州の貴族的で高踏的な国際会議にも受容しやすかろうし、実際に受容された。

神智学協会とは

ソフィアの演説の特徴の二点目、「マドラス神智学協会の思想信条」とは、いったい何だろうか。

神智学協会は、一八七五年にニューヨークで結成された思想結社である。ロシア出身のブラヴァツキー夫人と、アメリカ出身のヘンリー・スティール・オルコットが創設した。

彼らは仏教やヒンドゥー教やオカルト文献を研究し、次のような目的を掲げた。

1. 人種、信条、性別、階級、皮膚の色の相違にとらわれず、人類の普遍的同胞愛の核となる。
2. 比較宗教、比較哲学、比較科学の研究を促進すること。
3. 未だ解明されない自然の法則と、人間の潜在能力を研究すること。

つまり特定の神とも、特定の民族の来歴とも無関係のまま、各宗教や哲学・科学を比較検討するのだ。生活習慣を変更する、経典を所持するなどの特殊な行為は求められない。

神智学は宗教や信仰というより、複数の宗教や文化を研究・統合するシンクレティズムの性格が強い。関係者はよく「神智学徒」と言われ、信者とは言われない。

また、神智学の目的に、比較哲学、比較宗教、比較科学とある。実際、かつて大学の比較文学・比較文化の講座で流行した、やや素朴な比較論の思考方法は、神智学の方法と近似している。

比較文化、宗教、哲学、人類学研究を目的とする思想結社というと、アカデミズムに対抗する在野の団体のようだ。ただ一九世紀後半では、アカデミズムも現代ほど近代化・細分化していない。神智学協会だけが宗教と科学、哲学のあいだを漂っていたのではなかった。アカデミズム側も、まだ信仰や文化については、あいまいさを含んだ時代であった。

神智学協会が設立されたのと同じ一八七五年、同じアメリカで、初めてウィリアム・ジェームズが「哲学」の教授として、「心理学」の実験所を設立し、超常現象についても考察した。同じ一八七五年、ドイツで実験「心理学」を開始したライプチヒ大学「哲学」教授ヴィルヘルム・ヴントは、人間の「魂」について正面から論じる。人類学も、パリで世界初の人類学会が結成されたのが一八五九年だ。ブラヴァツキー夫人が一八九七年にニューヨークで創刊した『セオソフィスト』を、アメリカ発の「国際ジャーナル」の早いもののひとつとする見方も、できなくはない。在野の熱心な思想結社が、制度の近代化を促す事例は各国の近代化の事例にしばしばみられる。宗教学・人類学・哲学・心理学・地域研究が未分化な一九世紀末、これらに取り組んだ神智学協会の果敢さには、一定の評価をすべきではないか。

また、それまで東洋の思想や宗教に無関心だった西欧社会にも、神智学協会を通じ、仏教やヒンドゥー教や神秘主義に関心を寄せる人々が現れ始めた。アジアに関心を持つ神智学徒がアジアに渡航し、仏教とキリスト教の交流・比較研究を行う人々も出てくる。

一九二〇年代前半以降の神智学協会は、ブラヴァツキー夫人の詐欺的手法が公式に指摘されたため、影響力を失ったとする文献もある。それも間違いではない。ただ、神智学とスピリチュアリズムは一九三〇年代以降、突如として忘れられ、失われたのではない。

一八八二年、インド・マドラスに神智学協会本拠地が移動する。ここでアニー・ベサントはインド近代化に尽くし、インド国民会議派の年次大会議長に就任するなど評価された。

アニー・ベサントが創設に尽力した、マドラス神智学協会の機関誌を編集したソフィアは、マダム・ワディアとして敬意を払われる存在となる。一九五七年の東京国際ペン大会でも、彼女は当時の日本ペンクラブ会長である川端康成とともに演説を行うなど、主役級の厚遇を受ける。インドの近代的女子高等教育の展開、女性の社会進出、ソーシャルクラブ文化における、上流インド人女性の地位。これらは、現在では見えにくくなってしまっている。

スディンドラナート・ゴーシュの動向

インドにおける神智学協会を先のように理解したとして、では、スディンドラナート・ゴーシュもソフィア同様、神智学徒として日本に親近感があったのだろうか。

スディンドラナート・ゴーシュは、あるいは神智学協会に入っていたかもしれない。が、そもそもゴーシュがソフィアとともに協力しあい、インドペンクラブを日印交流の場としていた時期は、最も長く見積っても、一九三四年から一九四〇年の七年間、最も短く見積れば一年程度しかなかったようだ（二〇一七年のタリク・シェークによる調査結果）。

ソフィアが日本と協力関係にあった時期は、短くみても、一九五〇年代まで継続している。また、ゴーシュも戦後、一九六〇年代頃までは日本への興味を持続しているようである。

たとえば、彼は彼独自の考えからではなく、国際連盟職員、特に情報局職員の立場から、在ロンドン日本大使館への救いの手を差しのべようと考えたという可能性はあるだろうか。

本書「はじめに」では、日本ペン倶楽部が、イギリス側の誰かの外交的配慮によって、国際連盟脱退後の一九三五年三月以降に設立されたようにも見える、と述べた。

このイギリス側の配慮が、かりにゴーシュからの日本大使館への働きかけであれば、日本ペン倶楽部側の説明も、在日本ロンドン大使館の動向も、それなりに妥当といえるかもしれない。とくに、ゴーシュがパールシーであれば、在ロンドン日本大使館関係者が、ゴーシュを「イギリス人」と認識した可能性もある。

インドのパールシーとは、前述のように元来、一〇世紀にペルシアからインドに移住してきたゾロアスター教徒であった。彼らの外貌はしばしばコーカソイド（＝白人）のようであり、多くの東アジア人の想定しがちなインド人の外貌のイメージとはやや、異なる場合もある。

神智学協会がインドに本拠地を移してから、インドのパールシーのかなりの部分が神智学協会に合流した（青木健「アーザル・カイヴァーン学派研究」『東洋文化研究所紀要』167、二〇一五年）。また青木は『ゾロアスター教史』で、中国にアヘンを販売した「イギリス人」の一部は、実際にはインド人＝パールシーであったという海外の研究成果を紹介した。このように東アジア人から見て、流暢な英語を話す肌の白い人々（＝パールシー）が、英帝国ないし英連邦に親和的な行動様式を示す際、これを「イギリス人」と解し、そのように記録した例がある。

ゴーシュがゾロアスター教徒＝パールシーであった場合、彼が国際連盟情報局職員として日本に善処しても、当時の日本大使館関係者が、英仏語を自在に操るコーカソイドの彼を、「とあるイギリスの外交官」と把握し、そのように対外的に説明したことは、彼ら自身の錯誤として生じた可能性はあるだろうか。

在ロンドン日本大使館は、一九三五年二月になってロンドン本部および本省である外務省との交渉を開始し、同年一一月までかけて日本ペン倶楽部を創設した。ゴーシュがロンドン本部にはかって、自分ないし自分以外の国際連盟オブザーバーがロンドン本部主催の会議に出席する手配を整え、ソフィアをサポートしたのが一九三五年五月だ。一九三五年三月よりも前、二月の時点で、インドペンクラブ会員でロンドン本部書記長とも親しかったゴーシュが、在ロンドン日本大使館の面々に、ロンドン本部を活用する手法について知恵をつけた可能性も、考えられなくはない。

スディンドラナート・ゴーシュ

筆者は青木健に対し、ゴーシュの外貌を、当時の日本人がイギリス人と見誤る可能性について、見解を求めたところ、「その可能性は九九％ありません」という回答を得た。二〇一七年、科研費共同研究会は江口真規に、ゴーシュについての調査を依頼し、ブリティッシュ・ライブラリーに派遣した。

江口がブリティッシュ・ライブラリーで調査した資料は、主として「Papers of Sudhindra Nath Ghosh（1899-1965）, Bengali novelist and art history lecturer」、「Collection Area: India Office Records and Private Papers」「Creation Date: 1940-1965」「Extent: 162 items」（請求番号：Mss Eur F153）で、さらに複数の別資料でクロスチェックを行った。

江口の得た調査結果のうち、現時点で、本書に直接関係ある事項は、およそ次の通りである。

「ＢＬでゴーシュの肖像写真を入手したが、外見的な特徴からいえば、彼をみた在ロンドン日本大使館員たちが、彼をイギリスの外交官だと誤認した可能性は考えにくい（青木健の見解と同様）」

「ゴーシュは国際連盟に勤務している期間、原田健という国際連盟職員と親しく交際している。一九六一年一一月二四日には、原田健宛に、「東洋美術の授業で使いたいので、日本美術のスライドを送ってくれないか」という趣旨の郵便を送っている。また、ゴーシュは日本への渡航経験もある模様。」

「ゴーシュの外交官としてのコネクション、ネットワークの構築場所は、原田健との交友も含め、ロンドンだけではなく、ジュネーブも含まれている。」

「一九四三年、イギリス軍の教育施設のサマースクールで講義を行ったゴーシュは、India and Far East というトピックで講義を行った。日本についての参考資料は、鈴木大拙と岡倉天心（いずれもマドラス神智学協会が愛好した日本研究資料の題材）。一九五〇年代以前のイギリスにおける、日本文化についての英語話者による講義としては、かなり早い例ではないか」

「一九六三年には、ゴーシュは三島由紀夫とともにノーベル文学賞の候補者になっている。この年のノーベル文学賞受賞者は、ギリシアの詩人でイギリス大使館にも勤務していたイオルゴス・セフェリス。川端康成のケースもそうだが、六〇年代のアジア文学・東洋文学評価の動向は、米ソの冷戦文化政策、ユネスコの東西文化理解プログラムの隆盛などに左右された傾向があるか。」

さらに江口は、一九三〇年代末から四〇年頃のゴーシュが、ロンドン亡命中のチェコ大統領エドヴァルド・ベネシュ（一八八四―一九四八年）と会食の約束をしている書簡などを発見している。ベネシュは、ソビエト連邦のスパイだったという説もある人物だ。なぜ国際連盟情報局職員が、一九四〇年前後に彼と面談したのか。当時、英仏ソと複雑な関係にあったベネシュとゴーシュは、何を話し合ったのか。

いずれにしろ、ゴーシュの日本びいきは、個人的なものか、あるいは職務上のものか、現時点では不明である。本件については本書ではなく、改めて別の調査が必要であろう。

国際組織と黄禍論、そしてマドラス神智学協会

では、日本びいきかどうかはともかくとして、ソフィア・ワディアやゴーシュのような、インド知識人の汎アジア主義右派的主張は、当時、どのように受け止められていたのだろうか。

カタルーニャにおけるソフィア・ワディアの弁論の評価点の三点目は、そこにある。一九三〇年代の国際会議で、アジア人が汎アジア主義を穏健に、知的に主張できたことだ。

なぜ、このような汎アジア主義的主張が、マドラス神智学協会からなされたのだろうか。

一九五〇年代頃までのアジア知識人が、欧米人に伍して恥じない悟性の持ち主だと、母語以外の言語でキリスト教徒に表明する際、その信念のよりどころのひとつとして、神智学は有効だった（無神論ではキリスト教保守層に尊重されない場合があったため）。キリスト教だけが文明人の信念ではない、アジアには仏教、ヒンドゥー教、イスラーム、神道や禅があると表明する。そうした主張を行う場合、比較文化・比較宗教学としての神智学を経由した方が、キリスト教も複数の東洋宗教によって相対化されうると言えるので、キリスト教徒たちにとっても納得しやすかったのかもしれない。

また汎アジア主義が、国際的に活躍するアジア人たちにとって、西欧諸国における宗教的信念の代替機能を果たす場合もあった。新渡戸稲造も、キリスト教世界で、日本人は宗教なしで道徳教育をどうするのか尋ねられなければ、武士道の本を書く必要はなかった。

キリスト教世界の外から国際会議などに出る時、かつてのアジア知識人を支えてくれた信念のひとつが、神智学であった。もちろん、仏教や道教、ヒンドゥー教をゆるやかに比較研究する神智学は、宗教研究が進捗した現在では、雑多にすぎる感は否めない。しかし雑多さと汎アジア主義的傾向ゆえに、多くのアジア知識人たちが、出身地・国籍不問で、（旧）宗主国などにおいて、知識人として、禅やヒンドゥー教などを論じる原動力ともなった。

そのため、マドラス神智学協会機関誌編集長の主張のように、神智学的な見地からの発言が、国際文化交流の場で、汎アジア主義それ自体として機能する場面もありえた。

こうした時代背景のため、神智学徒は、現在の視点からはそれだけで汎アジア主義者と解される時もある。また彼らが、いつもソフィアのように世に受け入れられるとは限らず、反発される場合もしばしばあった。黄禍論（＝一九世紀後半から二〇世紀の欧米やロシアなど白人国家に現れた、黄色人種脅威論）や汎アジア主義が、遡及的に、神智学や仏教に関連づけられるケースだ。

黄禍論文献のひとつに、ハインツ・ゴルヴィツァー『黄禍論とは何か　その不安の正体』（瀬野文教訳、中公文庫、二〇一〇年）がある。同書で紹介される黄禍論の評論家のひとりに、ロシア人ヘルマン・ブルンホーファーがいる。同書のブルンホーファー解説箇所は、神智学と汎アジア主義との関係、植民地と宗主国の関係の説明として出色だ。彼は先見の明ある黄禍論者として、一八九五年頃までに、日本人による大東亜共栄圏構想をほぼ予測したかのような論考を発表したのだ。

しかし彼は一九世紀末のロシア人として、意外な勘違いをしてみせる。彼は、もし日本人が大東亜共栄圏を構想するとしても、宗教的な動機づけ抜きで、そんな誇大妄想をするとは想像できないのだ。ブルンホーファーの答えは、現代の日本人にはほとんど珍妙だ。彼は、日本人が仏教布教の情熱をその根源として、他国への進出を狙うと想定するのである。

ハインツ・ゴルヴィツァー前掲書を引用しよう。

（ブルンホーファーは）ヘンリー・スティール・オルコット（一八三二～一九〇七）とブラヴァツキー女史（一八三一～九一）がインドのマドラスに創設した神智学研究所を指して、これこそは全世界に仏教を伝道するためのプロパガンダセンターであると呼ぶ。また彼は、仏教が一八九三年にシカゴで開かれた宗教会議で、お義理の喝采を博したことも忘れず指摘したうえで、次のように述べている。／「つまり仏教は、いまや政治的世界権力になりつつあるのである。そして、もし日本が仏教の国々をひとつの宗教同盟にまとめ上げでもしたら、ヨーロッパのキリスト教世界にとってこれまで夢想だにしなかった危険が押し寄せてくることになろう。（中略）これまでキリスト教宣教師を仏教国に派遣してきた見返りとして、ヨーロッパ世界もこれからは仏教使節を受け入れなければならないなどと、日中韓三国同盟あたりが言い出さないとも限らない」／ヨーロッパ世界は現在、近代文学やショウペンハウエル、ブラヴァツキー女史などの影響で、仏教の進出にたいして切り崩しを受けやすくなっている、とブルンホーファーは憂慮する。

ブルンホーファーの懸案は、ソフィア・ワディアがことごとく成就してみせている。「インドのマドラスに創設」された「神智学研究所」の、機関誌編集長であるソフィア。彼女は日中韓が仏教の名のもとに同盟するどころか、戦闘状況にあるのを憂慮し、不和を案じる。そして、調停と影響力の行使に、文学の力を借りて乗り出しているのだ。

ソフィアの行動こそ、「宗教同盟」のようなマドラス神智学協会が、欧州が世界の中心だった時代の国際会議という「ヨーロッパ世界」での、アジア人の「政治的世界権力」だ。

それこそが、一九三五年のカタルーニャにおける、国際ペンクラブの会合の意義だったといえるかもしれない。ブラヴァツキー夫人や様々な文学の影響下にあるソフィアは、インドペンクラブ会長となった。そして欧州に来訪し、汎アジア主義を語り、西洋人に受け入れられたのだ。しかも彼女は、日中の架け橋となろうとしている。中国ペンクラブの林語堂や胡適の国際的な活躍も、神智学と黄禍論の文脈に置き直しての再解釈が可能だろう。

この時期のマドラス神智学協会機関誌『アーリヤン・パス』上に、ブルンホーファーの心配を具現化したような人物が登場している。それが、若かりし頃のアラン・ワッツだ。

アラン・ワッツは一九三八年以降、英国から北米に移住し、日本の禅やヒンドゥーなどを北米で紹介・指導・啓蒙した人物だ。神智学協会由来のニュー・エイジ運動のカリスマである。ハイティーンから二〇代半ばまでの一九三〇年代、彼は『アーリヤン・パス』寄稿者で、同誌寄稿者の鈴木大拙やインド古典研究者たちとともに、神智学徒であった。

ワッツが当時の英国仏教関係者だけではなく、マドラス神智学協会とも接点があったというのは説明として不十分である。彼らの顔ぶれは、重複しているからだ。ブルンホーファーの言葉でいえば、彼らはヨーロッパ社会で「仏教使節」となった白人たちだった。

もともとキリスト教の聖職者の勉強をしていたワッツは、鈴木大拙や神智学に影響をうけ、キリスト教神学を解釈し直す。イギリス時代のワッツは、仏教や神智学の文脈で神学の解釈をし直した人物であった。

アルゼンチンにおけるインドペンクラブ会長とイタリア、日本

ソフィア・ワディアは、島崎藤村や有島生馬と同席した、一九三六年のアルゼンチンの首都ブエノスアイレスでの国際ペンクラブ大会では、それまで以上に、神智学徒として語った。議事録では、彼女の発言は「同胞諸賢の皆さま、現在の討論を最も見事に導いたのはフランス代表団のメンバーのお一人でしたので、私はフランス語でスピーチしたいと思います」という言葉から始まる。

私は、もちろんフランスの「知」の正確さや順応性に敬服しております。が、その哲学的考察においては、「東洋《オリエント》」は方向性を見失って《ディスオリエンテイテッド》しまった（＝「東洋」を失った）ように感じられると言わねばなりません。私は、

ずっとわれわれ（東洋の）著名な哲学者たち、またブッダのような霊的存在のうちの、偉大なる沈黙がおり
おり批判されてきた点について考えてきました。そうした霊的存在が、魂の不滅性について信じるか問われ
た時、この回答は本質的には謹厳な沈黙のなかにあるのでした。なぜなら、この言葉の意味はこれまで、明
らかにされてこなかったからです。【拙訳】

ソフィアは掛け詞の入った表現を、国際会議の場で、とっさにフランス語で見事に論じる。ここでは、直接神智学という言葉は用いられない。が、このように東洋の叡智と霊性を、一九三〇年代の文学者の国際大会で語る彼女の思想的背景は、神智学にある。

一九三六年のアルゼンチンにおける国際ペンクラブの大会演説。文学史や世界史においては、この時の演説というと、ソフィア・ワディアや島崎藤村、有島生馬による演説より、イタリア代表のマリネッティによる、戦争賛美演説が有名だ。しかも、当時の国際ペンクラブは前述のように、反戦・反ファシズム文学者たちによる一九三二年アムステルダム国際反戦大会、一九三五年「文化の擁護」への対抗運動に近いとする見方もある。

そのため、日本代表の島崎藤村、インド代表のソフィア・ワディアを、イタリア・ファシズム支持者と想定する見方も存在する（フェデリコ・フィンチェルシュタイン『トランスアトランティック・ファシズム』の注部分）。ロンドン本部とその運営の特徴は別として、インドペンクラブに限っていえば、彼らが日本とイタリアのペンクラブに親近感を示していたのは確かだ。

一九三六年のアルゼンチンのペン大会でマリネッティの隣席に座るソフィアを、マリネッティの写真集で実見できると先に述べた。ソフィアとマリネッティは、一九三六年以前に書簡で接点があった。またインドの神智学徒や知識人は、一九四〇年頃までは、イタリア・ファシズムに親近感を抱いていたのではないかと思われる。

イタリアペンクラブでは、ソフィアからの依頼状があれば、ロンドン本部での入会資格が得られなかったインド人へも、テンポラリー会員の資格が与えられた記録がある。

インド人アミヤ・チャックラバルティはイタリアペンクラブに対し、ソフィア・ワディア会長の事前の言葉添えを得た上で、一九三四年一二月二一日付の書簡を送った。彼は、ぜひ自分をペンクラブの会員にしてほしいと熱望し、テンポラリー会員になったようだ。それ以前の時点でも、彼はロンドン本部に入会希望を出しているが、その時は却下されている。これが一九三〇年から三七年のあいだの出来事である。

一九三六年、アルゼンチンでのソフィア・ワディアは、イタリア代表として参加していたマリネッティの隣席に座し、歓談するのも自然な流れだったのかもしれない。議事録を読んでも、当時までのソフィアとマリネッティは、さほど思想的な懸隔が開いていないように見える。

初期のガンジー思想は神智学協会の影響圏にあり、同時にイタリア・ファシズムとも接点を持っている。ガンジーとアニー・ベサントは関係を決裂させたが、アニーがガンジーを「マハトマ」と神智学協会の文脈から賞賛した言葉が、後世、「マハトマ・ガンジー」という呼称となり定着した。

一九三六年頃、特に「トランスアトランティック（＝大西洋を横断して、イタリアから南米までやってきた）ファシズム」影響下の国際ペンクラブ・アルゼンチン大会で、ソフィアが神智学的な演説を行う。この演説は、ブリティッシュ・スピリチュアリズム、あるいはオカルティズムの英連邦における展開という面もあるが、歴史的には、インドの神智学思潮とイタリア・ファシズムの短い近接期間の象徴ともいえるかもしれない。

「IsMEO」のジュゼッペ・トゥッチはインドに関心を持っていた。そして「IsMEO」は、インドペンクラブ・ベンガル支部のカーリダース・ナーグと接触していた。

インドペンクラブは、枢軸国時代のイタリアペンクラブ、そして日本ペン倶楽部に対し、草創期から交流を重ねた。日本ペン倶楽部創設時には、東京外国語学校に教員として勤務していたインド人「サバルワル」が、日本ペン倶楽部会員になっている。

岡本かの子も、フィレンツェのイタリアペンクラブと親交していた（イタリアには、ペンクラブの支部が四つあり、フィレンツェはそのひとつ）。日本ペン倶楽部副会長だった有島生馬の、ムッソリーニから叙勲されるなどの親伊的態度については、すでに確認した。

日本代表や日本ペン倶楽部会員らの、インドペンクラブに対する態度はどうだったのか。これは、本書の最後であらためて概括する。

英連邦秩序のなかでのインドペンクラブと枢軸国

ロンドン本部は、インドやイタリア、日本のファシズム的見解を、積極的に批難しなかった。その理由は、彼らがもともとソーシャルクラブだったからといえそうだ。

ロンドン本部は一九三一年以降、次第に同時代政治状況に巻き込まれ始めた。彼らはファシズムに賛同せず、ナチズムからの亡命作家を救済し、反戦活動を文化的に支持した。同時に、ファシズムに親和的な日本やインドやイタリアペンクラブを除名せず、共産主義やその活動家に対しては、一九四〇年代まで距離を置いた。

ロンドン本部資料の中からは、ファシズムその他の何らかの思想信条を、積極的にクラブの会員たちに普及ないし批判させようと努力した記録は見つかっていない。ロンドン本部による、中国による日本の上海侵略批判のための会議の手配を助ける、作家のナチズムからの逃亡を助ける、表現の自由を護持するための手助けをするなどの活動記録ならある。しかしそれは、会員個々人からの要望に、それぞれ対処しただけの話である。

ロンドン本部からイタリアペンクラブ・フィレンツェ支部へ送った、タイプ打ちの手紙のカーボンコピーのフォルダー（「MS PEN Letters. 10TccL to PEN: Italian Center（Florence）1926-1934」）をみてみよう。一九三四年の段階で、すでにロンドン本部の執行委員会はマリネッティの言動を問題視し、フィレンツェ支部書記長に相談がいっている。

ロンドン本部からブラジルペンクラブ・リオデジャネイロ本部へ送った、タイプ打ちの手紙のカーボンコピーのファイル（「MS PEN Letters. 8TccL to PEN: Brazilian Center（Rio de Janeiro）1936-1937」）がある。ここには、イタリアペンクラブ全体ではなく、マリネッティ一人を、執行委員会で問題視していると伝える書簡が残されていた。

彼らはロンドンの高級ソーシャルクラブとして、イタリアペンクラブという組織ではなく、マリネッティ個人のみを問題視したのではないだろうか。オールドは、各国政府間の摩擦や対外文化政策などには、驚くほど恬淡とした態度を保持した。イタリア・ファシズムへのインド代表の接近があったとしても、そんな問題は有能なイギリス式クラブの「執事」なら、上手に無視するだけだろう。

およそ一九四〇年以後のインドペンクラブ会員たちは、ファシズムとナチズムに反対の態度を表明している。クラブ文化の通人ソフィアも、マリネッティがクラブから追放されて以降、マリネッティに関心を示さなかったようだ。マリネッティは一九四四年に没する。

では、ヘルマン・オールド書記長はアルゼンチンペンクラブに対し、国際大会におずおずと参加する新参の日本代表を、どう遇したのだろう。書記長は一九三六年八月一四日付書簡で「日本ペンの島崎藤村と有島生馬が、アルゼンチンの大会に出席すると情報が届いた。よろしく頼む」とアルゼンチンに書き送った。それだけだ。

日本代表は、英国式クラブでは、「執事」に、大した客ではないと認識されていたのかもしれない。

一九二七年から一九三九年、ブエノスアイレスにあるアルゼンチンペンクラブに宛てて、ロンドン本部が発送した書簡のカーボンコピー（「MS PEN Letters. PEN. 1TL/draft, 56TccL to PEN: Argentine Center (Buenos Aires) nd 1927-1939」）を見る限り、日本ペン倶楽部については、前述のわずかな言及しか確認できない。

ヘルマン・オールド書記長は、もちろん各国にまんべんなく気を配り、切りまわしてはいる。それでも明らかに、ソフィアが特別扱いされているのがおかしい。ソフィア・ワディアをよろしく、どうかソフィアを気遣ってほしいと書記長が根回しする書簡は、何通も発見された。同じインドペンクラブの、ベンガル支部会長ナーグに関しては何もない。筆者の研究会では、ソフィアがオールド書記長に宛てて書いた絵葉書の文面などから、「この二人はあやしい」と推測する声も出たほどだった。

島崎藤村『藤村全集』や、日本で実見可能なナーグ回顧録などを見る限りでは、インドペンクラブはベンガル支部とナーグが重要人物で、藤村にも影響を与えたようにみえる。しかし現実には、クラブの女王・ソフィアが、場を支配する圧倒的な輝きを放っていた。

島崎藤村の紀行文『巡礼』では、アジア人であるにもかかわらず、自分は上流階級イギリス人であると言明し、傲慢にふるまうアジア人がいるとの示唆があった。このアジア人が、もしやソフィアなのだろうか。

藤村は、国際会議は初体験だった。欧米列強中心の国際会議にいらだち、英会話も流暢でないのに反列強の発言を試み、有島生馬に止められる。これに比して、英仏語を自在に操って演説できるインド代表ソフィアは、いかにエレガントであっただろうか。

インド代表は、特にマドラス神智学を経由した、岡倉天心や鈴木大拙に敬意を払い、後述のように、大川周明の東洋研究やヨガ理解に深く共鳴してくれていた。だが残念ながら、藤村の視界には、インド代表としてはカーリダース・ナーグしか入らなかった。それも、宗主国からの圧力に負けず立ち向かうインド、というステレオタイプの植民地知識人のイメージを、一度経由してからでないと受け付けられなかった。

ソフィアの援助があって、国際連盟脱退後、はじめて、日本は再び英連邦の国際会議に出席できた。彼らは国際会議の席で、欧米中心の世界情勢を慨嘆するところまではいったが、そこまでだった。ソフィアとの交流の記録は、藤村側には何もない。英連邦中心の世界秩序を相手どって、エレガントに自分の希望を受け入れさせる交渉ができたインド代表は、藤村の目には「傲慢」としか映らなかったのだろうか。


一九三六年の国際ペン大会で、日本ペン倶楽部とイタリアペンクラブは、それぞれ枢軸国の国益を主張した。ドイツペンクラブは、すでに亡命状態だった。翌一九三七年パリ国際ペン大会では、日本とイタリアは激しい批判にさらされる。

その後、枢軸国ペンクラブの道は別れる。

ドイツペンクラブの場合は、日本ペン倶楽部設立以前に亡命ペンクラブとなり、国外で活動を継続した。彼らは、戦後の亡命ペンクラブの権威化、亡命知識人問題の濫觴となる。

イタリアはどうか。マリネッティはファシズム党員として、次第に過激な言動をとるようになる。そこでイタリアペンクラブはロンドン本部と相談の上、マリネッティを会長職から離し、ゴボーニという人物を会長とし、その後も活動を継続した。

日本ペン倶楽部は、設立から一九四〇年まで対欧米文化政策的行動をとった。一九四〇年、日本ペン倶楽部、外務省、ＫＢＳの三者は皇紀二六〇〇年記念事業協力をロンドン本部に求め、却下される。そこで日本ペン倶楽部は、欧米向け対外文化政策を休止した。しかし一九四一年四月には東京で、外務省の柳沢健や会長の島崎藤村が「東亜文化協議」「中国教化」を行い、しかるのちに大東亜文学者会議を開催した。つまり対欧米文化政策挫折後は、アジア圏を対象とし、日本を「盟主」とする、新たな対外文化政策を展開した。

日本のペン倶楽部会員たちは、ドイツやイタリアのケースと異なり、外務省にも会長にも逆らわず、みな、素直に命令に従って行動した。

インドペンクラブの使用言語とロンドンとの距離感

宗主国から使用を強制される言語に抵抗して、植民地文学者が母国語で小説を発表する。そして、その活動を通じ、その国と言語のヴァナキュラーな世界を作り上げる。もしこの考え方で、ヒンディー語やベンガル語、タミル語などの作家たちが中核となってインドペンクラブを立ち上げ、南アジア言語文学を隆盛に導いていたとする。もしそうであるなら、現代日本人にも、彼らの来歴は飲み込みやすい。

しかし、現実にはそうではなかった。資料を見る限り、インドペンクラブは一九三〇年、英語を使用言語とし、ヒンディー語など同時代南アジア言語を、公用語としては使わないインド作家クラブとして発足し、運営されている。インドペンクラブ本部創設会長は神智学協会機関誌編集長の外国人女性で、現代語としてのヒンディー語話者ではなく、インド文学では古典となる『バガヴァッド・ギーター』などに関心を示していた。

では当時の、南アジア言語作家については、どのような資料が残っているだろうか。

ヒンディー語作家たちがロンドン本部に送った、一九三五年三月八日付の書簡が、ＨＲＣのコレクションに含まれる。ヒンディー作家たちへのロンドン側からの返答記録のカーボンコピーもある（「MS PEN Letters. PEN ITccL. to Hindi Lekhak Sangh. 1935 March 8」）。「ヒンディー作家クラブ（Hindi Lekhak Sangh）」がロンドン本部にあて、ペンクラブの活動内容に興味があると手紙を出しているのだ。これを受けたロンドン本部のヘルマン・

オールドは、アラハバードにあるヒンディー作家クラブに返答を送るとともに、彼らに敬意を表し、ロンドン本部発行の機関誌『ペン・ニュース』最新号を送付した。

だがこのやりとりは、それだけで終わっている。一九三五年以後、両者が関係を継続したかは分からない。この年以降、何も記録がないからだ。

現在の「ペン・インターナショナル」は、自分たちが作家の権利や表現の自由を擁護する、非政府系国際組織として最初期の団体だと表明している。では、一九三〇年代のロンドン本部は、各国の民族性や作家の自由をどう考えていたのか。ヒンディー作家クラブほか、インドの作家たちは宗主国のロンドン本部に、母語による作品世界の豊かさ、独自性と重要性を披歴したのだろうか。

違うのである。インドの作家たちは、少なくともロンドン本部に宛てた書簡や資料、書籍に関する限り、むしろ自覚的に、母語の独自性を出していなかったのだ。

もちろんロンドン宛書簡は、英語で書かれるのが大前提だ。しかしインド独立後も、ロンドン本部が自分をベンガル語詩人として紹介していると知ったインドペンクラブ会員が、「自分は最初から英語で執筆している」とロンドン本部に抗議、訂正を求めた記録があった。

およそ一九三〇年代のものと推察される、「MS PEN Recip. PEN 1FLS, Punjab Literary League」（＝ロンドン本部が、パンジャーブ文学連合から受け取ったサイン入りの書簡一通）では、パンジャーブ文学連合はその結成目的を、高踏的で文化的な文学者の社交、特にカソリックに基づく文化や文学を扱うのが、自分たちの目的のひとつだと語っている。

インドペンクラブ会長ソフィア・ワディアは、ヒンディー語もベンガル語も、ウルドゥー語も使わなかった。管見の限りでは、彼女はほぼ英語で編集と執筆を行った。編集・執筆・講演は英語で行い、まれにフランス語とサンスクリットを使用する。

例えば、ソフィアとロンドン本部書記長ヘルマン・オールドの膨大な往復書簡群では、その一部で、互いへの呼びかけに、相互に南アジア言語を少しだけ混ぜているが、これはサンスクリットであった（小森健太朗の指摘）。ソフィアの執筆した文章では、ヒンディー語は使用されていない。ベンガル支部会長・カーリダース・ナーグの著作も、ほぼ英語だけで読める。フランス語のナーグ刊行物はあるが、英語でも同じものが刊行されている。ベンガル語での著作は見当たらない。

アメリカ出身のソフィアについては、普段から十全にヒンディー語を使いこなしたとの判断根拠となる資料はない。アメリカ人女性がインド人に嫁するのに、サンスクリットとフランス語しか学習しないのは、現代人には不思議に感じられる。だがマドラス神智学協会関係者にとって、使用言語は英語が主で、ヒンディー語の日常会話の知識は必要なかった。特に『アーリヤン・パス』の誌面構成をみる限り、彼らにはヒンディー語より、『バガヴァッド・ギーター』解釈のためのサンスクリット学習が優先されたと推察できる。

ソフィアとオールドの通信内容は、インドの政治家紹介、他国文化人の亡命問題、会議準備から雑談と幅広い。彼らは本部書記長とインド代表で、同時に親しい友人同士だった。

マドラスとロンドンの絆は固く、会員たちは宗主国に親和的だ。一九三〇年代から独立までのインドペンクラブには、「ロンドン在住会員」「インド在住会員」の二種類があった（「MS PEN Misc. 3Tccms（4pp）PEN: India Centre（Bombay）. Agenda, 2nd, 1935, Dec. 2」）。一九三五年、パールシーの本拠地であるボンベイで開催された会議記録では、「（インドペンクラブ特有の規定である）ロンドン在住会員とインド在住会員の義務を一緒にしよう」との提案、「アルゼンチンからの一九三六年国際ペン大会招聘」についての討議、「野口米次郎来訪時のプラン」策定が確認できる。「ベンガルペンクラブ（インドペンクラブ支部）との関係」についての討議も確認できた。ロンドン社交界に名高い、タゴールに続くアジア出身ノーベル文学賞候補・野口米次郎の来訪も議題なのだ。

一九三五年一二月以前の段階で、インドペンクラブは南米大会への正式な招聘を受け、一九四〇年国際ペン大会開催地への立候補を議論して決めようとしている。

しかし最終的にインドペンクラブは本部も支部も、一九四〇年国際大会の主催国を日本とし、日印共同開催にしよう、と一九三六年に提案してくれたのである。

マドラスやベンガルではなく、このボンベイが、当初は一九四〇年国際ペン大会の開催予定地だった。ロンドン本部の定期刊行物『ペン・ニュース』には、そう記されている。

筆者の調査した同『ペン・ニュース』はＨＲＣのペンクラブ・コレクションには入っておらず、テキサス大学附属図書館の所蔵図書であった（http://www.utexas.edu/hrc/rvr 参照）。ただし全冊は揃っておらず、一九三六年一〇月の八二号、一九五四年の一八七号、一九五七年の一九四号のみが参照可能であった。

一九三六年の『ペン・ニュース』広告欄には、『アーリヤン・パス』広告が掲載され、同誌一一月号の目次が読める。「もし仏陀がロンドンに来ていたら？」（A.M. Hocart）、「自由と食糧」（C. Delisle Burns）など。一九五四年の同誌では、広告主募集の記事がある（二六頁）が、この雑誌には広告がほぼ掲載されていない。タイピングの小さな広告、ペンクラブ会員の新著の小さな広告、しばしばロンドン本部が会食の場に用いていたレストランの広告なら、少ないながらもある。しかしそれらの広告主が出資可能な金額の規模は、『アーリヤン・パス』とは比較にならない。

インドペンクラブ、あるいはマドラス神智学協会出版事業部門、ないしワディア家は、ロンドン本部に広告料を払うスポンサーだったのだろうか。残念ながら、その決定的な証拠は見つからなかった。ただ『ペン・ニュース』に広告を掲載するペンクラブは、インド以外の国はなく、同誌には他に大口の広告出資者もいない。

『アーリヤン・パス』と『神智学雑誌』

『アーリヤン・パス』は、ソフィア・ワディアによって、一九三〇年にボンベイで創刊された、マドラス神智学協会機関誌である。哲学や歴史、文化論その他を手広く扱う総合雑誌で、寄稿者も各国から多彩な面々が集結していた。

一九三〇〜五〇年代の『アーリヤン・パス』には、鈴木大拙夫妻や中国人初のノーベル文学賞候補者の胡適や林語堂、アラン・ワッツ、ヘルマン・オールド、カーリダース・ナーグ、その他日本人、中国人、インド人、英国人その他、錚々たる知識人たちが寄稿した。

マドラス神智学協会はそれまでに、すでに機関誌『神智学報』を刊行していた。『アーリヤン・パス』はこれとは別に、より一般的な学術雑誌として新規に創刊された。両誌は『アーリヤン・パス』がより広い知識人層、『神智学報』が神智学徒むけの、姉妹雑誌だった。

筆者の研究会では、まず二〇一二年にゴウリ・ヴィシュワナタンと小森健太朗が、「神秘主義色の濃い『神智学報』と学術性の高い『アーリヤン・パス』は、当時の読者は併読していた可能性が高い。インドペンクラブとソフィア・ワディア、『アーリヤン・パス』の関係を考察するには、『神智学報』を意識して行うのが望ましい」と指摘した。翌二〇一三年、藤井毅が「ソフィア・ワディア編集の『アーリヤン・パス』と『神智学報』、カーリダース・ナーグ編集の『ジャーナル・オブ・ザ・グレーター・インディア・ソサエティ』『モダン・レビュー』の四誌は、同じ出版人人脈の刊行物だ。彼らの動向を総合的にみる視点が必要だ」と表明した。

これら四誌がインド独立前から国内外で高い評価を得た理由は、国際性、左派・右派両方に行き届いた目配り、新時代のインドの知性と、そのバランス感覚にあった。

編集長ソフィア自身は、『アーリヤン・パス』には、記事らしい記事は書いていない。ただ同誌には「エンド・アンド・セイイング」という無記名の巻末言があり、「キリスト教、仏教、イスラーム、道教などを隔てなく本誌で考察していく」という趣旨の記事が、複数回寄稿されている。この巻末言の執筆者が、ソフィアかと推察される。

英文定期刊行物である同誌には、英国、日本や中国、インドなどのヨガ、禅、道教、古典文学、遺跡、宗教、外交問題その他の考察・紹介・書評記事が掲載されている。

一九三九年一一月には、米国議会図書館司書であった知識人・坂西志保が寄稿している。記事の題名は「西洋の生活に及ぼされた日本の影響」である。これは、神智学ともオカルティズムとも無縁な、知識人女性による英語圏への日本紹介の英文記事だ。

鈴木大拙も、平明な英語で仏教を説明するだけである。とくにオカルト風の文言が登場するわけでもない。林語堂も胡適も、中国の伝統的宗教生活について、欧米向けに解説している。ナーグは、東南アジアの遺跡について、文化人類学的観点から考察する。鈴木大拙夫人のベアトリスも、仏教や日本文化を語るのみだ。

『バガヴァッド・ギーター』解釈も、同誌にしばしば掲載されている。『バガヴァッド・ギーター』をいかに読むかは、神智学関係資料によくみられるテーマだ。

一九三四年、最晩年のアルフレッド・オレージが『アーリヤン・パス』に寄稿している。彼はかつてロンドンで『ニュー・エイジ』編集長をつとめており、ロンドンでウスペンスキーを援助するなど、神智学協会の国際性を象徴する人物だ。

一九三九年の六月には、サンスクリット学者、ハリ・プラサド・シャーストリーの寄稿がある。「ヒンドゥー・イデアズ・アンド・タオイスト・テキスト」という記事だ。この場合の「タオイスト・テキスト」は、道教ではなく老荘を指している。彼は一九一〇年代に東京帝大や早稲田大学、中国の大学で教育・講演した経歴の持ち主だ。

同記事でハリ・プラサド・シャーストリーは、牛に乗った老子がヒマラヤから来訪したのが、老荘思想の源流のように語り、『ウパニシャッド』が援用される。これはインド思想を強引に中国思想にこじつける論のようだが、一九三〇年代では道教自体、さほど研究が進展していない。というより、こうして神智学徒が東洋の宗教や文化を議論していく過程が、道教についての研究と理解が、英語圏で進展していく過程と言えるかもしれない。彼は当時としては、十分、先進的な人文科学者だ。日本では、ようやく道教研究の基本文献の整備、近代的な学会設立が開始された時期の話である。

ハイデッガーによる鈴木大拙評価、アラン・ワッツと鈴木大拙の関係などにしても、一九三〇年代『アーリヤン・パス』を介してみると、より明快になる。マドラス神智学協会を経た欧米への仏教やヒンドゥー、道教や老荘思想紹介があって初めて、ハイデッガーへの鈴木大拙の影響関係が読みやすくなる。

インドペンクラブと『アーリヤン・パス』など、インドの出版人人脈＝インドペンクラブ創設者たち＝マドラス神智学関係たちを介して、日本思想など東洋思想が世界に羽ばたき、輝きだす。次章では、こうした神智学関係者の隠れた水脈をたどる。

第四章　神智学の地下水脈

「ヒマラヤの周辺に素晴らしい聖者がいる」

一九三五年から一九三六年にかけての、二二六事件の起きる前の東京。

ここに、かつて大本教とマルクスを愛した東大法科の学生がいたとしよう。しかし、大本教もマルクスも大弾圧で壊滅してしまった。この壊滅を受けて、彼が、新たなる「精神」「修行」を、同じ東大の友人に宣言したとする。

では彼は、この宣言のあと、どこに行って何をすると予想されるだろうか。

滝にでも打たれてくるのだろうか。仏門にでも入るのだろうか。

当時の東大もモデルとなっている、ある小説では、そのいずれでもなかったとする。

中国やインドや日本の古典的宗教文献を漁りつくした東大生は、その成果として「ヒマラヤの周辺に素晴らしい聖者がいる」、「天使ローズ」の降霊会が、東大の学生寮で流行している、「宇宙の精神が、先生を」「地上から引きあげる」などと、真顔で語り出す。その後、彼は日本を離れてインドに向かう。その後の彼は、ヒマラヤ山麓で、幸福な修行生活を送っていると「ダージーリンの美しい絵ハガキ」で日本に近況を伝えてくる。

これは、いったい何の話なのか。作中では、この法科の青年が没入した宗教的理念が何であるのか、最後まで明かされない。

この小説では、天理教とキリスト教を中心に、大本教、金光教、日蓮宗、複数種類の神道、心霊術やこっくりさんにオカルトまで、近代日本で流布した宗教が総ざらいで出てくる。しかし、前述のヒマラヤの聖者云々が何の話かについてだけは、最後まで説明されない。

この小説こそ、これまで日本ペン倶楽部史資料として紹介してきた、芹沢光治良『人間の運命』の一節だ。引用は、日本ペン倶楽部設立直前の時期に該当する。

ヒマラヤの聖者云々は、これまで本書でとりあげてきた神智学の、典型的なエピソードだ。

神智学の日本への移入は明治期で、吉永進一「近代日本における神智学思想の歴史」(『宗教研究』84、二〇一〇年)、「大川周明、ポール・リシャール、ミラ・リシャール：ある邂逅」(『舞鶴工業高専紀要』43、二〇〇八年)他に詳しい。ただ吉永らの先行論では、一九三〇年代以降、日本に新規に流入してきた神智学に関しては、あまり議論がなされていない。

芹沢の小説『人間の運命』は、全体では、近代日本の宗教群を描いている。作者芹沢は、この自著を「大伽藍」とまで自画自賛する。

確かに、本作では近代日本のエリートの運命、当時の日本人の様々な信仰や宗教的事象が描かれている。しかし、主人公の次郎はこれらの信仰に邂逅するつど、必ず内心のつぶやきや状況説明で、これを嘲り、素朴な人々が一心に信仰する姿（のみ）が美しいと語る。そして宗教に惑わぬ自分の判断力を、毎回自賛する。この一連の過程が最後まで、何度も繰り返される。

このように主人公の、「自分は宗教への信心などとは距離のある近代人である」という、ナルシシスティックな自意識表明の反復が、本作が宗教小説として創作された意義と迫力のほとんどを、削ってしまっている。そのためか、本書は作者が宗教小説として執筆したと表明し、実際に近代日本の宗教史上の特徴を描いたにも関わらず、先行論では、宗教小説としての理解も解釈もほとんど見あたらない。国文学研究では、本作は戦前期日本ペン倶楽部について当事者が書いた、事実上の回顧録、また昭和文学史の典拠として参照される場合がほとんどだ。

本作では、主人公は宗教、信者だけではなく、自分以外のほとんど全ての日本人（妻や親族、日本人作家その他）を見下し、フランスの事物とフランス人を崇め、自分一人を特別視し続ける。主人公がどれほど運命に翻弄されようとも、その高慢な態度だけは、作中で終始一貫している。

そのため、かりにＨＲＣ所蔵資料と作品内容を対比しなかったとしても、本作が史実を客観的に記録した作品であるとは、今日の読者にはとうてい信じられないだろう。

『人間の運命』の主人公森次郎が、勤務先の大学当局者から、宗教小説の執筆を理由に退職を勧告される際のエピソードは象徴的だ。

作者は、主人公の退職時期を、左派学者が大量に大学を退職し、評論家として活躍し始めた時期とする。次に、同時代知識人や大学人の左翼的思潮を付言し、自分が共産主義者と誤解されかねない状況だと主人公の口から言わせる。

自我だけを張って、相手の身になることをしない、ふだんの有田氏と、今夕はちがうと、次郎は感じて、中央大学をやめたことを、思い切って話した。Ａ新聞に連載小説がはじまったために、道楽で書いているこ とが認められなくなって、学長が問題にしたから、小説をやめてもいいと申し出たが、そのことが学生の耳にはいって、同盟休校をしそうな気運になったから、辞職した方がいいと考えたと、話した。有田氏が黙っているので言い加えた。

「月に四十円ぽっち講座料をもらって、私立大学で先生をしていても、はじまらないから、あっさりやめました。学生が同盟休校するなんて騒動にでもなったら、煽動したと誤解して、主義者というレッテルをはりかねませんからね」

「今日も議会で誰かが話してたよ……帝大の経済の先生がみんな主義者だということは知っていたが、最近は、私大の先生にも主義者が多くなったようだが、学者にも流行があるらしいけれど、主義者の流行なんて、国家の将来のために憂うべきで（以下略）」

（『人間の運命』第二巻第二部、一二四頁）

彼を辞職させた大学の職員は、世俗的で愚昧に描かれる。彼らには、特別な知識人たる主人公を理解できない、と主人公は嘆く。主人公の教えていた学生たちは、主人公を思いやって、純粋な気持ちで同盟休校しようとしたと、盛大に報告に来て、主人公をなぐさめる。

こうして作品は、中央大学退職を決断した主人公が、あたかも良心的で高等的な、当時の左派知識人に近い存在で、学生たちからも愛されているとする描写によって、主人公への同情を読者にもたせようとする。

実際には、主人公森次郎が退職勧告を受けた、彼の宗教小説の問題点とは、宗教関係者を誹謗、侮辱した点にすぎない。

このように本作では、様々な宗教が描かれては、その宗教と宗教関係者は主人公によって見下される。そのために宗教小説としての構成は破たんし、作中の宗教的なテーマと伏線は、結末までに次々と破棄されてしまう。

本作の末尾では、天理教の戦後の状況なども描かれているが、それもわずかである。作品の主題は、いつの間にか、苦難の道をたどったひとりの作家と、日本、そして日本ペン倶楽部の戦後の再生の物語にすりかわっている。本作の大団円は、宗教的な場面ではない。主人公が戦後に再生した「日本ペンクラブ」の代表となって、華やかな欧州旅行に向かう場面が、この長編小説のしめくくりとなっている。

では、フランス人を別格に、本当に一人残らず、日本人の宗教信仰者は、『人間の運命』中で、主人公に軽んじられて終わるのか。ひとりだけ、例外がある。「ヒマラヤの聖人」「宇宙の精神」などと言い出し、東大の寮で降霊会をしていた、もと東大法科の学生だ。彼は、謎の信念に導かれてインドに渡航し、一人超然と、宗教世界へ没入した人物として描かれる。彼は、主人公森次郎が内心で深く帰依しているらしき東京大学の権威をもって、東西の宗教文献を渉猟し、比較宗教学的に研究を行う。その結果として、彼はインド・ヒマラヤへ出立する。そのため、自らをエリートだと認ずる主人公も、彼だけは侮れない。

『人間の運命』登場人物でも、この青年は印象的な人物の一人だ。神智学を学ぶ人間は「神智学徒」ではあるが、宗教的信仰を持つ「信者」ではない。だからこの青年には、主人公がさまざまな宗教の信徒を内心で嘲る際の、素朴な人々の信仰の美しさ云々という言いまわしを適用できない。また神智学は比較宗教学や東西文明論でもあるので、宗教文献を読み漁る青年の知性を疑うこともできない。

『アーリヤン・パス』に掲載された「ヒンドゥー・イデアズ・アンド・タオイスト・テキスト」について思い出そう。この執筆者は、かつて東京帝大で講演を行い、「牛に乗った老子がヒマラヤから来訪したのが、老荘思想の源流」とする記事を『アーリヤン・パス』に寄稿した人物だ。彼らの主張は、一部の学生の支持と理解を得たのだ。ヒマラヤの聖人に心を寄せる神智学徒（＝トランス・ヒマラヤン派と言われる、神智学の一部の考え方）が、一九三〇年代以降の日本のエリート層に一定数いた可能性は、十分考えられる。

昭和戦前期の神智学と日印関係

『人間の運命』のヒマラヤ青年のようなタイプの知識人が出現したのが、昭和戦前期の日本における神智学の、新しい傾向だった。関東大震災以降、特に昭和戦前期の日本への神智学移入・神智学協会の国際ネットワークは、それ以前とは様変わりした。

第一の変化が、無料・廉価のテキストが国境を超えて大量に流通するという、物理的な環境の変化だ。信者が布教するという明治期の伝道ではなく、比較文化・比較文学・文化交流としての神智学の無料ないし廉価版テキストが、国境を超え大量に出回る環境の出現である。

これは、もちろんラーマーナンダ・チャタルジーと彼の女婿たるカーリダース・ナーグ、ソフィア・ワディアら、近代的なインド出版人グループの躍進の成果だ。同時に「ギーター・プレス」も参入してはじまった、インド出版業界の海外展開である。

その結果、昭和期の日本では、神智学トランス・ヒマラヤン派に、昭和期日本の知識人が憧れる環境が醸成されてくる。無料の対英梵訳、神智学協会版『バガヴァッド・ギーター』の大量流入、比較宗教・比較文化についての、最先端のアカデミックな批評雑誌『アーリヤン・パス』他複数の、ハイレベルな神智学雑誌の英連邦の内外での流通。このように、インドで発行された英文批評雑誌に、大川周明やポール・リシャールが英文で東洋の宗教や文化全般について寄稿する状況が、同時代の知性の先端的な姿のひとつとなっている。

日本で海外の英文批評雑誌に親しむ知識人たちが、紙の上でしばしば神智学との邂逅を果たした時期が、ソフィア・ワディアの『アーリヤン・パス』編集長としての活動期と重なる。これこそ、インド発のグローバリゼーションだろう。一九二三年からは、ヒンドゥー教書籍を出版するギーター・プレスも『バガヴァッド・ギーター』を無料配布し始め、インド出版事業と彼らの神智学／ヒンドゥー普及運動の国際的な拡大を加速していく。

では一九三〇年代から五〇年代、日本でもインドでも、人々はマドラス神智学協会の刊行する『ギーター』や古典籍、雑誌に書斎のなかでだけ熱中したかというと、これも違う。

関東大震災以降の日本への神智学移入変化の二点目は、ヨガをめぐる問題系だ。

神智学協会の目的として、先に挙げた三点のうち、最後の一点は「未だ解明されない自然の法則と、人間の潜在能力を研究すること」であった。

神智学協会では、サンスクリットで書かれた聖典『バガヴァッド・ギーター』の精読・解釈によって潜在能力が開発されるという考え方があった。それで、『バガヴァッド・ギーター』は無料で配布され、その解釈は神智学協会機関誌でしばしば取り上げられたのだ。

一九〇八年、同書の解釈と霊性の目覚め、さらにインドのナショナリズムが有機的に関係する事件が起こる。それが、「一九〇八年アリープル爆弾裁判」被告、オロビンド・ゴーシュという名のインド人をめぐる、一連の出来事である。

オロビンド・ゴーシュは、インドの反英独立運動家、宗教家、ヨガ指導者、哲学者、詩人、そして神秘思想家として知られる。現在、ヒンドゥー・ナショナリズムとして知られている思想の源流の一部分には、この一連の出来事からきているものも含まれる。

ナショナリストの指導者として収監された彼は収監中、『バガヴァッド・ギーター』精読によって霊的体験を得る。その経験から、彼は神秘思想家、ヨガ指導者となる。つまり現代のヒンドゥー・ナショナリスト、ことにＲＳＳのリーダーには『ギーター』のサンスクリット本文研究ができる人もいるという、一部のヒンドゥー・ナショナリズム概念説明は、因果関係が逆だ。『ギーター』精読で霊的体験を得たオロビンドの言動が、現在のヒンドゥー・ナショナリストの理念の一部なのである。

彼は門弟の共同体「シュリー・オロビンド・アーシュラム」の運営を、来日経験のある親日的・汎アジア主義的なミラ・リシャールに任せる。ミラは、夫だったポール・リシャールとともに、大川周明や日本の「静坐」との交流があった女性だ。

その大川周明最晩年の一九五七年、アジア初の東京国際ペン大会開催にあわせ、彼の東洋研究・宗教研究に多くを学んだインドの神智学関係者たちが、彼を訪問する日がやってくる。

インドから、誰が大川周明を訪うのか。それを尋ねる前に、もう一人の昭和戦前期の大知識人と、インド、そして神智学との接点を探ってみよう。

昭和期の幸田露伴と神智学

若い頃から魔法やオカルトに興味津々、一九三〇年代から本格的に道教研究を発表し始めた日本人作家、知識人に、幸田露伴がいる。露伴は明治期の小説『五重塔』や、芭蕉評釈や唐代の小説研究など、明治期から昭和期にわたる創作・研究活動で知られた文学者だ。

露伴の道教研究が、本格的に花開く一九四〇年代以降。彼は自身の道教研究の参照先に、同時代神智学も含めた。ヒマラヤ青年や大川周明と違い、幸田露伴はアカデミズムの外側、在野の知の巨人として、文壇にそびえたつ存在だった。

彼は一九三三年、岩波講座『哲学』に、「道教に就いて」を発表した。道教研究は、日本の人文科学ではかなり後発だ。一九三三年時点だと、日本のアカデミズム内には、道教文献を読み込んだ人間が、まだほとんどいない時期だった。それでもこの頃の露伴は、英語文献もあたるなどの勉強ぶりを示す。その後も、露伴の道教研究は続く。

一九四一年、岩波書店の『思想』九月号と一〇月号に、幸田露伴の道教論「仙書参同契」が掲載された。この道教論の最後は、ヨガと神智学でまとめられている。

> 参同契の窮極のところは、甚だ瑜伽の道に似てゐる。今伝はつてゐるヨーガの道法では、ムーラーダハーラ即ち参同契の謂ふ所の真鉛を熬煉《ごうれん》して、サハスラーラ即ち参同契謂ふところの真汞《しんこう》にまで昇到せしむる。そこで大爆発的状態が起つて、そして霊智神用が顕現し、超人、帰元の境に達するといふのである。僊家では参丹田、即ち上丹田―脳、中丹田―心臓、下丹田―臍下を説くが、ヨーガでは六ツのチャクラ即ち蔵を説き、僊家では両腎を穿ち、夾脊を導き、心経を過ぎ、といふやうに、昇到の径路を説くこと甚だ朦朧であるが、ヨーガでは脊髄中を次第に昇るとして説いてゐる。そして其の修煉の方法順序は互に同異があり、参同契は先天後天、易五行の説を仮りて説いてゐるが、ヨーガは象だの、摩竭魚《まから》だの、印度の神々だのを象徴的に用ゐるといふよりは殆ど信仰的に説いて、其の透関の始終を明かしてゐる。而して修煉功成つて玄機手に入るの時は、僊家もヨーガと同じく、参同契は「金砂五内に入れば、霧散して風雨の如し」と説き、其註に「滃《おう》然として雲霧の四塞するが如く、颯然として風雨の暴に至るが如し」とあるが、同様のことはヨーガの道にも見える。瑜伽道では其場合を瀕死の危さとして、先達の扶助を要するものと定め居るほどである。すべて宗教的、若くは原始宗教的修行者には、必ず是の如き一景象が現はれて、そして其の宗教の根基が成立つたものである。テオソヒイ（神智学＊目野注）は今日未だ完成した学問となつてはゐないが、宗教若くは

宗教類型のものの成立の秘奥微密のところを探れば、其様相の差異はあるが、いづれも有限の人間の生命の中に於て無限の自然の生命を体得した大讃歎が其根基となり源泉となつてゐることを見出すことを語るであらう。そして其宗徒の中の卓越せる者は、同じ修煉信行によつて、同じ境地に達し、同じ霊験を得、従つて其教の遠大を致すに至るものであることを語るであらう。テオソヒーの議論は今擱く。参同契は実に丹道の祖書である。（傍線は目野）

「仙書参同契」では、露伴はインドと道教の関連性について、漢籍を渉猟するだけではなく、英語圏の研究を実見したうえで、合理的に考察する。その上で、彼は道教とインドの関係を「妄言」と言い切った。同時代のハリ・プラサド・シャーストリーは、根拠の示せない道教とインドとの関係を、やや安易に比較してまとめてしまっていた。露伴は、こうした知的な脆弱さとは、比較にならぬ卓越した見識を示す。

とはいえ、そもそも神智学の目的の一部は、比較文化・比較宗教である。最初から、ヒマラヤを老子やタオイムズの故郷と言ってしまうゆるやかさを含んでいる。

露伴の研究はさらに深まる。一九四三年頃の露伴の随筆では、一九三〇年代にはカタカナ表記で誤りも見られたサンスクリットが、英語で正確に表記されるようになっている。

露伴の還暦過ぎのインド研究は、齢七〇を過ぎて花開くのだ。見事としかいいようがない。しかも、彼の「七〇の手習い」は、同時代の人文科学研究の最先端を走っていた。

まず一九一六年から一八年、ハリ・プラサド・シャーストリーが、ゆるやかな比較宗教研究を東京帝大や早稲田大学で行う。

次に一九二八年、コレージュ・ド・フランスの中国学教授であるアンリ・マスペロ来日。三年間滞在し、帰国後、ソルボンヌ大学中国学教授となる。古代中国宗教の世界的権威であったが、その彼にしても、日本滞在期間中はまだ研究を確立して発表してはいなかった。研究が口頭で発表され出すのが一九三七年頃、彼の遺稿『道教』刊行は一九五〇年だ。

つまり一九三九年の『アーリヤン・パス』に、ハリ・プラサド・シャーストリーの道教研究が発表されたのは、最先端の比較宗教学的見解が国際的な英文批評誌に掲載された、という意味なのだ。

一九一六年から一九一八年にかけ、彼の講義を聴いた、あるいは一九三九年に、アンリ・マスペロに先駆けて彼の英文記事を読んだ大学生が、その老荘研究の先端性に驚く。あるいは、興奮してヒマラヤ行を熱望する。露伴はこうした状況で、道教論を草して『思想』に寄稿した。そして、あえて「テオソヒイは今日未だ完成した学問となつてはゐない（中略）テオソヒーの議論は今擱く。参同契は実に丹道の祖書である」と、締めくくったのだ。

日本国内の道教研究は、学会組織が誕生したものの、それほど時間も経っていなかった。海外でもなかなか進展がみられず、海外では、神智学を介して東洋研究に興味をもった人々が研究の中核であったともいえる。露伴は、一九三〇年代から四〇年代の国内外の神智学の動向――紙上での知識人による東洋古典文献解釈の応酬――を、正確に視野に入れていた。その結果、「仙書参同契」での神智学はささやかな援用にとどまっている。ささやかだが、当時のヒマラヤ青年たちの動向を鑑みれば、こうした露伴の執筆には大きな意義が認められる。

漢学の大家たる露伴の道教把握は、一九三二年にユングが道教文献に附したオカルト性の強いコメンタリーや、アンリ・マスペロの、古代中国宗教研究で見出された神秘主義という方向性とも異なる。

露伴は、『人間の運命』の登場人物たちとは違い、新時代のオカルト的知性を、調べもせずに軽率に侮蔑したりしない。露伴は一人でも強靭な思考を展開できたが、調査に際しては、同時代性と国際性も踏まえている。この時の露伴が踏まえた同時代の海外の研究動向が、神智学思想文献なのだ。

神智学による東西の比較宗教・比較哲学研究が、一九三〇年代後半から四〇年代の人文科学の最先端であっても、それを一知半解のままで賞賛するような露伴ではなかった。

露伴は「テオソヒイ」概念ほか、神智学およびインド研究に用いた資料の出典を示していないが、時代背景を鑑みれば、神智学協会刊行物が参照されたとみなすのが自然ではないか。

『アーリヤン・パス』は神智学の雑誌というより、一九三〇年代から五〇年代の宗教や文学、哲学、文化研究の、当時としては新機軸を示した総合雑誌だった。世界各国の宗教や哲学を総合・比較研究し、特にこれまで研究されてこなかったアジア圏の宗教研究を近代化していこうという熱意が、同誌と神智学協会には溢れていた。同時にこれは、同じ時期の国内外で、数多くの領域でひろくみられた思考様式のひとつでもある。

大川周明とヨガ、そして神智学協会

東洋の宗教や文明に関心をもち、さまざまな宗教を総合的に研究しようとした、漢籍と仏典にくわしい幸田露伴の同時代人というと、大川周明の名が筆頭にあがるだろう。岩波文化人で、漢籍と仏典に詳しい幸田露伴と鈴木大拙。一九四〇年頃は、二人ともインドと不思議な縁でつながっていた。

大川周明は、数多くの宗教、哲学を研究した汎アジア主義者として知られる。フィクサー、翻訳者その他さまざまな顔を持つ。語学の天才であり、彼のコーラン翻訳・注釈は、長期にわたり基本文献であり続け、比較的近年まで学問的検証にも耐えうる水準を誇った。

インド研究者としても、大川周明は抜群の能力を示した。しかも彼は、一九一〇年代から五〇年代、ヨガ≒神智学というテキストを愛読したと自叙伝で述べている。

露伴のいう「婆羅門教の一支と云つても宜い瑜伽教」のテキストは、現時点では何なのか確定できない。しかし大川周明が愛用した版こそ、オロビンド・ゴーシュゆかりの、マドラス神智学協会版『バガヴァッド・ギーター』なのだ。大川周明旧蔵書目録では、オロビンド・ゴーシュ当人による『バガヴァッド・ギーター』解説本の所蔵も確認できる。大川は「薄伽梵歌」（＝『ギーター』）を「共に多年に亘る私の精神の糧」とした。

臼杵陽は、大川が「イギリスの女性社会改革家でインド民族運動指導者のアンニ（アニー・ベサント）が梵英対訳して出版した『バガヴァッド・ギーター』の小さな本を肌身離さず持ち歩いた時代もあった」（『大川周明　イスラームと天皇のはざまで』青土社、二〇一〇年）と、これを彼の思想の重要な要素とみる。

ところが臼杵は前掲書注で、この『ギーター』を神智学協会の一九〇五年の版（Annie Besant（translation & commentary）, The Bhagvad-Gîtâ: with Samskrit text, free translation into English, a word-for-word translation, and an Introduction on Samskrit grammar. London and Benares: Theosophical Publishing Society, 1905）と推測した上で、別注で、なぜか歴史的な文脈を離れ、大川はドイツのプロテスタント神学者、フリードリッヒ・トルック（一七九九―一八七七年）経由でスーフィズムと神智学の影響を受けた可能性があるとする（と、臼杵は京都大学の教員から示唆を受けたという趣旨の注がある）。そして彼のスーフィズム／神智学志向の淵源を、一九世紀のドイツ語文献と想像する。また衛藤吉則は「大川周明の国家改造思想にみるシュタイナー思想とナショナリズムの関係（2）」（『下関市立大学論集』49・2、二〇〇五年）で、大川がドイツ語版ソロヴィヨフ全集に傾倒し、神智学を理解したとする。

このように、臼杵、衛藤らの論考では、大川は一度、なぜか一九世紀ドイツ神秘主義思想文献を経由した上で、神智学に理解と関心を示したと推論されている。

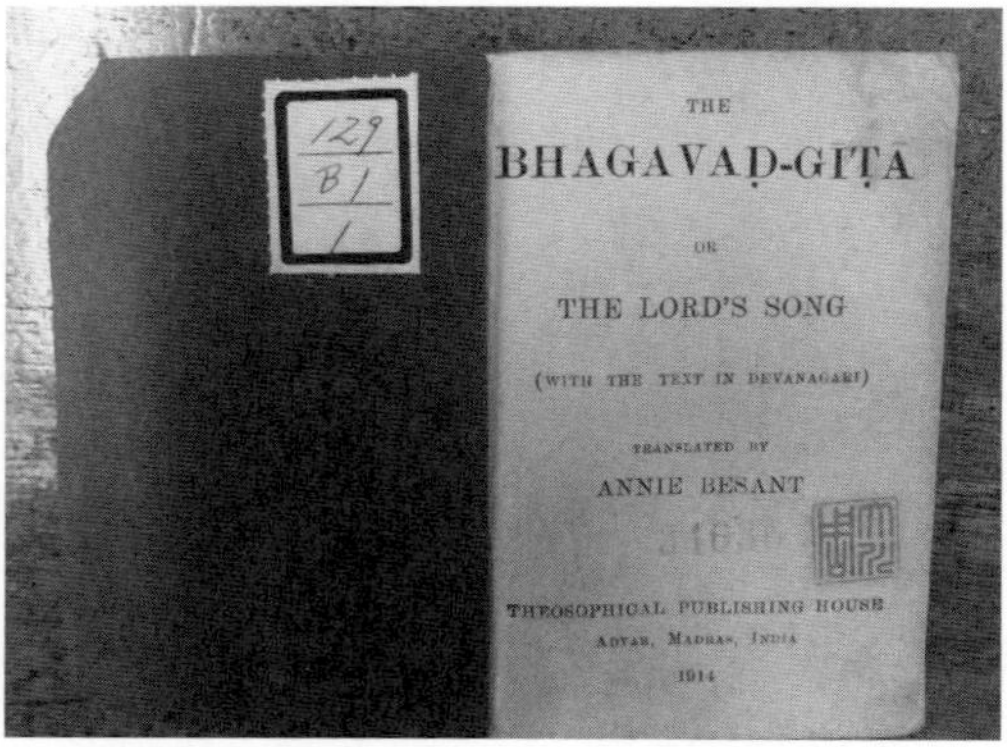

大川周明旧蔵『バガヴァッド・ギーター』中扉

本書のここまでの議論なら、オロビンド・ゴーシュによる『ギーター』解釈本まで所蔵する大川は、何も一九世紀ドイツ神秘主義思想を経由せずとも、そのまま神智学協会に親しむのが自然だ。インドの専門家たちの間でも、長崎暢子「大川周明の初期インド研究――日印関係の一側面」（『歴史学研究報告』1、一九七八年）などの研究は、よく知られている。

実際に大川周明が所蔵し、彼の旧蔵書として酒田市立光丘文庫内に現存する『バガヴァッド・ギーター』の版は、臼杵や一部の宗教学者らの推察とは異なる。これは、マドラス神智学協会が発行し、最初から随所に神智学的な注釈をほどこして、本書の読解からヨガとオカルト、神智学的思考へと読者をいざなう版だ。これは現存し、画像撮影も可能な管理状態にある。

二〇一四年二月、筆者は酒田市立図書館光丘文庫に出張し、大川周明旧蔵書、神智学協会版アニー・ベサント対英梵訳『バガヴァッド・ギーター』ほか二冊を撮影した（ただし、本書の実際の訳者はアニー・ベサントではなく、英語とサンスクリットがどちらも分かるバガヴァン・ダス。Besant, Annie. The Bhagavad-Gita, Or, the Lord's Song. Madras Adyar, India, Theosophical Publishing House, 1914.）。

古典籍調査員の田村真一は、筆者の質疑に親切に応じて下さった。田村氏の回答はおよそ以下の通りである。

「大川周明は、まず一九一〇年代、大学で専攻した唯識論（卒業論文での龍樹研究）からヨガに興味を持ちました。そこで、『バガヴァッド・ギーター』を介したヨガ解釈（＝オロビンド・ゴーシュが収監中に霊的啓示を得た解釈）に関心を示し、一九一九年までにこれを読んだのでしょう。その結果、マドラス神智学協会や、神智学的思考に親和性を得たのではないでしょうか。一九一〇年代から二〇年代の大川周明が、ヨガ解説書としての『ギーター』に関心を抱いたのは筋が通っており、大川の思想上の遍歴からいっても一貫しています。唯識論はヨガ（瑜伽行唯識論）と一緒なので、大川が神智学協会版『ギーター』を読むなら、神智学とかオカルトではなく、ヨガ（瑜伽行）への関心から入るでしょう。オロビンドの『バガヴァッド・ギーター』解釈にしても、瑜伽行になるのが自然です。」

同書は英語だけでも読了でき、読みやすい。大川周明の合理主義とスーフィズムへの傾倒を、どちらも満たしてくれるようなテキストだ。

『バガヴァッド・ギーター』とヨガ

「瑜伽道」について、露伴は「若し丹道修煉に近似したものを求むれば、婆羅門教の一支と云つても宜い瑜伽教の修煉法は甚だ丹道に似てゐると云つて宜い。現存する瑜伽の煉修の法の中の禅坐は仏教の禅坐とは異な」ると説いていた。彼はヨガを「教」とも「道」ともして、バラモン教の一部とする。では、露伴のいうバラモン教の「一支」としてのヨガという立場は、『ギーター』とヨガ（＝カルマ・ヨーガ）のこれまでの説明とは異なるのか。これは必ずしも、そうとは限らない。

バラモン教とヨガについて、ゴンダ『インド思想史』（鎧淳訳、岩波文庫、二〇〇二年）から確認してみよう。

ヒンドゥー教成立前に、イラン高原からやってきたアーリア人たちが信仰したバラモン教について、ゴンダは「ヴィシュヌ（その権化も含めて）がシヴァと並んで大衆の崇拝する神となる一方、思惟の進んだ人々にとって、最高神の概念の理想となり、中心となりえたのは、ウパニシャッドを基とするバラモン教と、ここに取り上げた一神教的潮流の綜合に負うところ甚だ大というべきであろう」と、ウパニシャッドに基づくとする。

次に、第十章「バガヴァッド・ギーター」において、『ウパニシャッド』と『バガヴァッド・ギーター』の関係を、以下のように説明する。

インドの精神史上、今日に至るまで、重要さをいかに大きく評価してもしすぎることのないこのバガヴァッド・ギーターは、おそらく西暦紀元前三—二世紀に成立したものであり、自らウパニシャッドと称している。古風な文体から成り、いくつかの文句は（ウパニシャッドの文句と一致するほど）ウパニシャッドを思わせる。事実、ウパニシャッドの名を冠する古期の作品に基礎を借り、その上に直接作り上げられている。このテクストの原形と、さらにマハーバーラタ全篇に対する関係をめぐる学説の中で、私見では、以下のものが最も事実に近いと思われる。バガヴァッド・ギーターは、もともとウパニシャッド風の作品であろう。

露伴のいう「婆羅門教の一支と云つても宜い瑜伽教」は、バラモン教がその礎にしたという、ウパニシャッド≒ギーターと、それが指示する身体技法＝ヨガを指しているのだろうか。右の引用と、『インド思想史』の次の引用も参照してみよう。

ここでギーターが説く「行為・道」は、他の教派の場合と同様、「知識」の前梯とされながらも、解脱智への到達に比べて、なおひときわ引き立っている。「行為の実践（ヨーガ）」と「知識」とは、互いに補い合う。ヨーガを修めるものは、「知識」を得、また「知識」に達した人は私欲利己心を離れて行為し、たゆまず「ヨーガ」に励むようになるのである。／この二つの救済道の他に、ギーターはさらに第三の道を教える。ギーターは漸次それを強調し、大なる共感をもってこれを述べ伝える。第三の道はギーターの著しい有心論的な立場から生じた道であり、一段と単純で満足の行く道、「献身」(bhakti) の道である。教えの核心として、初めてここに余すところなく明らかにされた「献身」の概念は、その特殊な性格からいって、最古のウパニシャッドではまだ知られず、シュヴェーターシュヴァタラ・ウパニシャッドに至って、初めてその末尾部で登場する。(中略) 平凡な日常生活を送る大衆に向かって、クリシュナ＝バガヴァッドの熱烈な信奉者であるギーターの詩人は、自らが選びとった救済の道を喧伝する。ある種の用語はまだ意味が曖昧である。世界観の体系が形成途上にある中で、ギーターの詩人とその一門は、従来の「異信の徒」、苦行主義を奉じる人々、知的エリートたちにも自らの救済道を喧伝するという事態に直面して、誰でもが容易に採用できる観念や実修法を採り入れ、最古のウパニシャッドが打ち立てた共通の基盤の上にさらに構築を進めながら、できる限り調和のとれるような全体を形造ろうと努めたのである。(中略) 今日に至るまで、人々は極論に傾くことなく、伝統主義者はここに古来の法《ダルマ》の発揚を見るなど、神秘主義・ヨガ行者・知識人など、要するに、インド人一人一人が、ギーターを手に、それぞれ独自のやり方で解脱 (mokṣa) を追い求めることができたのである。

バルウェ・テジャスウィニ・ラメーシュ論文「大川周明と『バガヴァッド・ギーター』:『永遠の智慧』を中心に」(『日本語・日本文化研究』二〇一二年) も、大川にとっての『ギーター』の重要性を力説する。ただ同論では、大川はポール・リシャール夫妻を介して『ギーター』とスーフィズム概念を知ったとする。これは不自然で、大川はフランス人の知己からの教示がなくても、大学で専攻した唯識論だけからヨガに興味を持つことは、十分ありえる話である。

大川周明が、実際に所蔵した現物の『ギーター』をみてみよう。この版の『ギーター』では、まず、序文でアニー・ベサントが「これはヨガの聖典です」と宣言する。そして数頁ごとに「ヨガ」の語が現れる。さらに、各章の終わりごとに必ず、「かように光輝あるバガヴァッド・ギーターのウパニシャッド、永遠の学問、ヨガの聖典、シュリ・クリシュナとアルジュナの対話……（拙訳）」という文言が附されるのだ。注には「アストラル体」や「ユニバーサル・スピリット」など、神智学用語が大文字表記で頻出する。これは、マドラス神智学協会によるカルマ・ヨーガの根幹理念の教科書なのだ。

神智学協会版『ギーター』は、啓蒙書・教科書として用いられた経緯から、種類も点数も改版回数も、非常に多い。そのため、世界各国の大学図書館検索データベース「ワールドキャット」（WorldCat http://www.worldcat.org/）で検索すると、それだけで八〇ほどの版が現れる。しかも八〇種あっても、酒田市立光丘文庫所蔵の一九一四年版は含まれていない。大川の所持していた神智学協会版『ギーター』とは、二〇世紀においては、それくらい、世界各地でありふれていたテキストなのである（だから、大川は二〇世紀の日本で『ギーター』の神智学的解釈をおこなうために、一九世紀ドイツ神秘主義のテキストまで遡る必要はないのである）。この大量のヨガ教本／神智学教本は、無料ないし廉価で世界中に流布した。

一九一〇年代から五〇年頃にかけて、多くの東洋学者が『ギーター』解釈に取り組んだ。彼らを同書の解釈へと向かわせる力に、ヨガやオカルティズムへの関心があった。先に紹介した「IsMEO」のジュゼッペ・トゥッチも、その一人といえよう。彼は、枢軸国との国策上の文化協定を結んだ日本との学術交流などより、ベンガル知識人との交流を重視した人物として見た方が、評価として正しいのではないか。

後年まで活躍した重要な仏教研究者にも、神智学徒でヨガ論をあらわした人物はいる。一九三〇年代から五〇年代の欧州で、近代的な仏教研究の基礎を築いた仏教学者に、エドワード・コンゼという人がいた。コンゼの業績は、岡本かの子に義憤を感じさせるような、なまなかなものではない。彼はブラヴァツキー夫人を奉じる、神智学徒にして仏教研究者、鈴木大拙を評価したコーカソイドである。

　ところが瑜伽行派の機能と目的とは、これとは逆に入定中に現われる世界の様相を強調することであった。（中略）また『バガヴァッド・ギーター』（Bhagavad- gītā）では、サーンキヤ（Sāṃkhya）とヨーガ（Yoga）の名のもとに、両者の対比が詳説されている。

（エドワード・J・D・コンゼ著、平川彰、横山紘一訳『コンゼ仏教―その教理と展開』大蔵出版、一九七五年）

　コンゼ前掲書の刊行は一九五一年だ。露伴が「仙書参同契」で、「現存する瑜伽の煉修の法の中の禅坐は仏教の禅坐とは異な」ると語った十年後である。

　幸田露伴『道教思想』（岩波書店、一九三六年）は、東京国際ペンクラブ大会が開催された一九五七年に、角川書店から再刊された。同書および『游塵』は一九五〇年代にも版を重ね、出版元をかえて再刊された。一九五〇年代までは、露伴の道教研究は評価されていた。これらの露伴の晩年の書籍が読まれなくなる時期と、神智学がかつての地位を失う時期はほとんど重なっている。一九六〇年代になると、神智学協会の分派・後継などのさまざまな新興宗教団体が、対英梵訳神智学協会版『ギーター』を導きとしたグループをつくる傾向が強まり、アカデミズムはここから撤収していく。

　しかし、エドワード・コンゼの研究はまだ有意義だ。筆者は、二〇一五年六月にアテネでＡＴＩＮＥＲという団体が開催したアジア史学会に出席した。ここでは、ネール大学大学院生がコンゼの研究書を頻用し、般若心経についての口頭発表を行うのを聞いた。

戦前における日本ペン倶楽部史は、こうして神智学の地下水脈をなぞって進んでいき、やがて終戦を迎える。戦後、「再建」された日本ペンクラブは、インドペンクラブ本部・支部両会長との約束通り、アジア圏初の国際大会を、インド代表と一九五七年に共同開催する準備を開始する。

次章で、一九五七年の日印ペンクラブ交流をみていく。一九三〇年代から始まり、一九五七年の再結集を経た、隠れた日印関係の水脈。この地下水脈のもっとも新しい到達点に、インドのナレンドラ・モディ首相の姿もみえる。

第五章　一九五七年国際東京ペン大会、日印共同開催される

インドの英文総合雑誌寄稿者たちの同窓会

第二次世界大戦は終結した。

ロンドン本部では、一九四七年から四九年の国際ペンクラブ第四代会長として、モーリス・メーテルリンクが選出された。彼は、その著作の大半で神智学思想を語った文学者だ。

一九四九年、鈴木大拙は、ともに『アーリヤン・パス』寄稿者だった中国ペンクラブの胡適とハワイ大学で邂逅し、国際会議の席で東西の哲学を語った。これが第二回東西哲学者会議だ。これこそインドペンクラブ、マドラス神智学協会、そしてインド出版人コネクションが一九三五年から尽力していた日中関係の改善であり、理想の実現だった。

『アーリヤン・パス』寄稿者の多くは、戦後、ユネスコに就職する。彼らはサルヴァッパッリー・ラーダークリシュナンらと、知識人たちによる国際組織構築に貢献した。ロンドン本部と顔ぶれが重複する状態のユネスコは設立後、すぐにロンドン本部と協定を結ぶ。

東京大会のため来日したインドペンクラブ会員たちは、逝去直前の大川自宅への訪問を希望している（大塚健

洋『大川周明　ある復古革新主義者の思想』講談社学術文庫、二〇〇九年)。インド副大統領までが、大川を訪ねようとした。

インドペンクラブの面々は、作家でも詩人でもなく、政治的影響力も失い、まもなく息を引き取ろうという大川周明に、なぜ面談を求めたのか。本当の理由は、今でも不明だ。

大川は一九二〇年代から三〇年代、英印両方の公安から目をつけられ、執筆物は次々に海外で英語に訳された。そのため、一九五七年よりも前に、彼はインドでは名が通る存在になっている。そこで、彼らはただ単に「インドでも有名な日本人」に会いに来ただけ、という見方も成立する。ただ、この時期には彼はポール・リシャールから激励の詩歌を贈られている。このように、一九五七年頃は、単にインド出版人人脈というより、神智学協会のコネクションが東京の大川のもとに集まろうとしている。

この一九五七年に、幸田露伴『道教思想』も角川書店から再刊されている。「仙書参同契」で「現存する瑜伽の煉修の法の中の禅坐は仏教の禅坐とは異な」ると説いた、昭和期の座禅とヨガの比較研究。ポール・リシャールらは、静坐法など日本の身体技法に関心を示した人々だ。英印の公安の手になる大川周明文献の英訳のみならず、インドの英文雑誌への大川自身の寄稿もあった。大川を訪おうとしたインドペンクラブ会員達は、カルマ・ヨーガへの関心ある人々の集まり、神智学協会関係者の同窓会、あるいは、有名人を囲む集いのようなものであったろうか。死に瀕した大川は、神智学の地下水脈につらなる人々、時のインド副首相までを招き寄せ、一九五七年東京国際ペンクラブ大会に結集させる磁場となった。

インドペンクラブ会員で、フォースターと縁のあった学者として、本書ではさきにK・R・スリニヴァーサ・アイヤンガの名をあげた。彼は、フォースターが序文を書いた『リテラチャー・アンド・オーサーシップ・イン・インディア』(一九四三年)の著者で、博士号もちの英文学者だ。同書では、彼はソフィア・ワディアに献辞を捧げている。

このアイヤンガが、本件のキーパーソンだ。

まずオロビンド・ゴーシュは、収監中の『ギーター』読書から、ヨガ＝「行為の実践」理解を深め、宗教家、ヨガ指導者となる。これを受け、「マザー」と称されたポール・リシャールの妻、ミラが一九二六年に共同体「オロビンド・アシュラム」を創設・運営した。

「オロビンド・アシュラム」にいたK・R・スリニヴァーサ・アイヤンガらは、東京国際ペン大会出席のために来日。彼はミラ・リシャールの友人として大川を訪問し、ミラの元夫ポール・リシャールも、同じ一九五七年、二〇年ぶりに大川へ書簡を送付した。

一九五七年の彼は、ソフィアとともに来日。そしてアニー・ベサント監修、バガヴァン・ダス訳、対英梵訳神智学協会版『ギーター』を愛読した大川を訪ねるのだ。

アイヤンガは来日時、小林信子にも連絡した。吉永進一によると、小林は岡田式静坐法を実践する医師、小林参三郎の未亡人で、静坐社という静坐団体を主宰。彼女はミラ・リシャールの友人だったという。

彼らは、いずれも神智学協会版『ギーター』を通じたヨガ理解でつながる。大川はインドの英文雑誌『アーリヤ』への寄稿から、このコネクションを構築していったのだろう。

輯むるところは悉く古賢先聖の言と雖も、実は之を籍り来りてリシャル氏自身の信仰と哲学とを組織せるものなり。而して氏の傍らには明敏無比の頴才を温良謙譲の衣装に韜めるミラ夫人あり、成るに従つて之を荘厳なる英訳に附し、印度に送りて雑誌アーリヤに連載せり。アーリヤは専らリシャル夫妻及びアラビダンダ・ゴーシュの思想を発表せる月刊哲学雑誌なり。／予はリシャル氏の許諾の下に、若干の省略と更改を加へて之を邦訳に附し、アーリヤ誌上の英訳と殆ど並行して之を道会機関雑誌『道』に連載したり。
（『大川周明全集』大川周明全集刊行会、一九六一～七四年）

大川の英文記事のインドへの寄稿は、オロビンド・ゴーシュらの神秘主義思想の表明と相まって、ヒンドゥー・ナショナリズムの思想形成に、直接寄与したのではあるまいか。

大川周明とインド知識人のあいだで醸成された、ナショナリズム、ウルトラナショナリズム、そしてインターナショナリズムの不思議な因果関係と、ある種の達成が、ここでなされたのかもしれない。

また、ソフィア・ワディアも、大川宅に足を運んだ可能性があると、筆者は推測している。来日中の彼女は、アイヤンガとともに大川を訪問したのではないか。だが大塚論や他資料でも、東京にいたはずの当時のソフィアの動向は、何ひとつ言及されていない。『三十年史』すら、最後までソフィアの日本への惜しみない協力を、ほとんど書かなかった。

ところで、インドの英文総合雑誌『アーリヤン・パス』寄稿者たちのうち、特筆すべき日本人といえば鈴木大拙であった。彼のもとへは、一九五七年に来日したインドペンクラブ会員たちは立ち寄ったのだろうか。彼らの一部は、京都で大拙と会っていたかもしれない。

先に、インドにペンクラブを立ち上げようとしたインド知識人のうちに、ヴィナーヤク・クリシュナ・ゴーカクという人物がいると紹介した。

ゴーカクも、一九五七年にインドペンクラブ代表団として来日している。ここで彼は、「京都の哲学者のツヅキ」と会った、と彼の同室者が記録を残していた（Sen, Gupta S. Tree Symbol Worship in India: A New Survey of a Pattern of Folk-Religion. Calcutta: Indian Publications, 1965. pp. 126。この資料は岡和田晃とモハンマド・モインウッデイン両名が、二〇一七年にデリーで見出し資料を複写した）。

「京都の哲学者のツヅキ」とは、大谷大学勤務時代の鈴木大拙の氏名の誤記ではないかと思われる。

ソフィア・ワディアとバンドン会議

一九五七年国際東京ペン大会開会式の式次第は、大会議事録によると、以下の通りである。

開会式（一九五七年九月二日）

一　開会の辞　川端康成（日本ペンクラブ会長）

二　第二九回国際ペン大会開会式への祝辞　藤山愛一郎（外務大臣）

三　第二九回ペンクラブ大会に於ける国際ペンクラブ会長の開会演説　アンドレ・シャンソン（国際ペンクラブ会長）

四　ソフィア・ワデイア《ママ》（インド代表）

五　ソフィア・ワデイア《ママ》による、ラダクリシュナ（国際ペンクラブ副会長・ペンクラブ全インドセンター会長・インド共和国副大統領）からのメッセージの代読

六　ジョン・スタインベック（アメリカ）

七　閉会の辞　川端康成

インド代表は、開会式の挨拶をするだけではなく、インド副大統領からのメッセージまで代読する。なにしろ

東京大会は、日印共同開催の大会なのだ。一九三六年『ペン・ニュース』が、一九四〇年開催予定地決定のコンペは、ボンベイが東京に協力して勝ちを譲ったと、わざわざ明記した意味はそこにある。もちろん、アメリカのスタインベックも挨拶はした。しかしスタインベックの挨拶はごく短く、「急遽頼まれた挨拶なので」とそっけない言葉がそえられて終わる。あくまで、主役は日本とインドなのだ。

当時の日本ペンクラブ会長は、川端康成だ。川端会長は、この国際大会のため松岡洋子とともに欧州中心にあいさつ回りをし、ソフィア・ワディアおよびマドラス神智学協会関係者を東京に招聘した。そしてソフィアに開会式挨拶を依頼し、東京大会を日印共同開催としている。これで、一九三六年からの約束が成就された。これで、川端はインドからの信頼を、日本ペンクラブ会員として、ほとんど初めて得るに至った。

かつて戦前期日本ペン倶楽部、外務省、片山敏彦ら知識人たちは、インドとの交渉に失敗し続けた。この体験ののち、戦後の日本ペンクラブは、一九四八年に川端康成を会長として、インドペンクラブとの信頼関係構築を行う。そして、川端康成日本ペンクラブ会長は、のちにノーベル文学賞を受賞する。

ようやく日本ペンクラブと外務省は、手をつなぐべき相手がインドペンクラブ会長だと認識し、ソフィアに頭を下げ、川端康成会長への援助を仰ぐに至ったのだ。

小谷野敦は、川端康成が国際ペンクラブへ出向き、欧州で日本での国際大会準備に関する根回しの挨拶まわりをした件を、ノーベル賞受賞への前哨戦だった（『川端康成伝――双面の人』中央公論新社、二〇一三年）と書いている。これは、川端の当時の行動の政治的特徴を指摘した意見として、傾聴に値する。

かりに、一九三六年から四一年の島崎藤村日本ペン倶楽部会長が、川端康成と同じように、海外で外交的なふるまいができていたとしても、国際情勢が大きく異なるために、その行為の結果や意味は、違ったものになったことだろう。

一九五〇年代、特にバンドン会議直後では、アジア諸国と英連邦の関係が変容し、日印共同開催の東京大会を開催するのがよいと、英、印、ユネスコの意見が一致しやすい時機となった。だから、日本や川端の意思だけで、国際会議出席者たちの意思が動かされたわけではない。

それでも、川端の海外でのふるまいと、島崎藤村のそれとは、大きく違っていた点には留意すべきだろう。

一九五五年インドネシアのバンドン会議は、欧米諸国を抜きに行われた国際会議として、世界に大きなインパクトを齎した。

翌一九五六年一〇月三一日、ロンドン本部で二代目の書記長となっていたデヴィッド・カーバーは、世界各国のペンクラブに宛て、一九五七年のアジアで最初の国際ペン東京大会を成功させたい、できるだけ多数の会員の東京大会への参加を強く促すという手紙を送っている。この発信は、神智学協会人脈でつながるユネスコでの提案を受けてなされた。

川端が欧州で、国際東京ペンクラブ大会開催根回しの挨拶旅行に出たのは、そのおよそ四か月後、一九五七年三月からだ。ロンドン本部の視点では、東京での国際ペンクラブ大会とは、バンドン会議などイギリスの威信を脅かす時勢への対抗措置として、ユネスコおよびソフィア・ワディアとの協力のもとで開催された可能性を考慮すべきだろう。

この大会のテーマは、ロンドン中心に事前に決められている。日本が主体的に考えた案ではない。そのメインテーマとは、「東西両洋文学の相互影響、その過去と現在」だ。一九四九年の第二回東西哲学者会議同様、これはインドペンクラブ・マドラス本部が、もっとも強みを発揮するテーマである。

マスメディアや『三十年史』は、日印共同開催で東京大会が開催された点を、どのように報道・記録したのだろう。もし事実を率直に報道すると、この大会は、もとは日印が一九三七年に打ち合わせた皇紀二六〇〇年記念事業だったと、説明せざるを得なくなる。

マスメディアは、この大会が日印共同開催だとは、ほぼ報道しなかった。日本ペンクラブでは、東京の本部にソフィアの演説写真や記録映像を保管している。しかし『三十年史』掲載の写真では、開会式において壇上で語る人物は、川端、スタインベック、アンドレ・シャンソン会長であり、ソフィアの演説写真がない。ソフィアの画像だけではなく、ソフィアや他のインドペンクラブ会員による日本への協力も、『三十年史』やマスメディアから不自然に消されてしまった（モハンマド・モインウッディンによる、二〇一五年一〇月日本近代文学会での、筆者とのパネル発表時の指摘）。日本国内での新聞記事では、海外からやってきたペンクラブ会員には、インド人もいるとだけ軽く触れたものなら、一点のみ発見された。が、ソフィア・ワディアが、インド共和国副大統領のメッセージを東京に持参し、これを代読したエピソードの報道記録は、筆者とその共同研究者らによる調査では、ついに発見されなかった。

一九五七年頃は、日印関係自体は良好で、インド共和国副大統領のメッセージをマスメディアから排除しろとの圧力が、何らかの公的機関からかかるような時期ではない。

『三十年史』とメディアは、一九五七年の東京のソフィア・ワディアを描かなかった。では、『人間の運命』は、どうだったのか。『人間の運命』の最終巻は、どのように終わっているのだろう。

一九五一年、主人公は再建された日本ペンクラブの「日本代表」に選ばれ、スイスのローザンヌで開催される第二十四回国際ペン大会に出席することになる。彼は、羽田から飛行機で飛び、途中経由地点で飛行機に故障が出るものの、そこで自らと周囲を鼓舞するシーンで幕を下ろす。

つまり作者は、一九五七年の東京国際ペン大会での、インド代表・日本代表両名による開会式演説が始まる前に、『人間の運命』という物語を終わらせてしまった。また、一九五〇年代の主人公が、スイスで行われる国際ペンクラブ大会に実際出席してしまうと、その場で、戦前期日本ペン倶楽部の対外交渉についての虚構と現実の、辻褄あわせをする必要が生じる。この難題を回避するためか、戦後の日本ペンクラブの日本代表たる主人公の、国際大会のための海外雄飛によって締めくくられるはずのこの物語のラストは、その国際大会に出席する直前、主人公が飛行機の故障によって経由地で困惑している、中途半端な場面で迎える。

本作の最終ページは、ローマまでの経由地で発動機が故障したというアナウンスが飛行機の乗客に告げられ、主人公が傍らの「連れの代表夫人」を励ます場面で終わる。

「奥さん、大丈夫ですよ。墜落することはありません……飛行機の運命を、乗客全部が決定する……これこそ民主主義の授業《ルッソン》を受けたようなものです。さあ、三つの方法のうちどれを選ぶか、われわれ日本人の意思を、機長へ伝えましょう」と、夫人を励ましたが、また戦慄している己にも言いきかせたのでもあったが、同時に、あれほど再会をたのしんだ友達の顔が目先に次々に浮んだ、大塚、ルクリュ、ルイ・ジュウベ、ラバスール……。

（『人間の運命』第三部第二巻の最終場面、三〇七ページ）

この長編小説『人間の運命』は、フランス人の人名列挙で幕を閉じるのである。これでは、まるで日本ペンクラブは、戦前から戦後まで、一貫してフランスと知的な交流をしていたようではないか。あれほど日本に尽くしてくれたインドのことなど、主人公は一顧だにしない。

この結末部分のため、本作の作者芹沢は、一九五七年のアジア初の東京国際ペンクラブ大会は、一九三〇年代からの約束に基づく日印共同開催だというきわめて重要な事実を、一度も作中で説明しないことに成功した。

芹沢は、一九三五年から二〇年間にわたり、日本を愛し、東京大会開催に協力したインドペンクラブの人々を、徹底的に黙殺した。そして、あたかも芹沢らが親フランスの進歩的知識人として、戦前からコツコツと欧州のペンクラブ会員と知的に交流し続け、東京の国際大会を実現したかのような虚構を、物語『人間の運命』の筋書の背景として設定したのである。

では芹沢は、日本代表が、満州事変と国際連盟脱退で、国際的に窮地に立たされていたにもかかわらず、一九三六年の国際ペンクラブ大会で歓待されたという件を、インドからの善意と協力のエピソードなしで、どうやって物語化したのか。

『人間の運命』では、日本ペン倶楽部の代表は、国際ペン大会のために南米渡航すると、欧州の文化人や知識人たちから歓待され、その後も戦後まで一貫して欧州との知的な交流や信頼関係が継続した、というフィクションが設けられている。作者はその知的交流の端緒を、島崎藤村の着物姿がエキゾチックだともてはやされたためと書いている。

現実の島崎藤村は、海外渡航に際して背広を新調した。当時の彼の洋行写真も、背広姿で記録されている。では、世界各国のペンクラブから日本が批判された最大の事由、日本の軍事侵略による中国からの日本批判とロンドン本部の対応は、『人間の運命』ではどのように処理されているのだろうか。

これは、「ロンドン本部から、日本ペン倶楽部に手紙が届く。その内容は、日本ペン倶楽部から政府当局者に訴えて、特に重慶の日本軍の非人道的な行動を中止するよう諫めてくれ、というものだ。この手紙を読んだ日本ペン倶楽部会員たちは、その場で上品に困惑する」というエピソードに脚色されている。

この箇所は、戦前期日本ペン倶楽部の現実と、『人間の運命』の虚構の相違という点で重要なので、少し長く引用してみよう。

「また、ロンドンから、こんな手紙が届きました。困りましたね」

次郎の顔を見るなり、Kは微笑して、ペンクラブの本部からの手紙を出して来た。長い読みにくい英語の手紙であるが、大意は次郎にもわかった。

日本軍がさかんに支那大陸の都会に――最近は重慶にまで飛行機から爆弾を投下して、文化遺産を破壊することについて、支那のセンタアから本部にあてて、日本軍の非人道的行動をうったえ、日本政府に抗議するように、提訴があるが、日本ペンクラブは政府にうったえて、日本軍の非人道的行動を中止させることはできないか――と、いう意味の手紙である。この種の抗議の手紙は、これで三度目であるが、これは、文章はながいが、調子は前のよりややややわらかだ。

「N君（中島健蔵をモデルとする書記長＊目野注）は見ましたか」

「え、頭をかかえていました」

「会長にお目にかけたですか」

「この前のをお目にかけて、相談したとおりだから……この次の理事会に話して、もうお目にかけないで、握りつぶす方がいいのではないかと、仰しゃってました。ただ会長にご心配をかけるだけですから」

「よくこの手紙が届いたですね、検閲にあわないで――」

「Nさんも、それを心配していました。日本政府に抗議するどころか、こんな手紙が届いたことだけでも、ペンクラブはつぶされてしまうでしょうし……日本ペンクラブはロンドンにある世界ペンクラブのセンタアではなくて、設立の時から独立したもので、ただロンドンとは友誼的な関係にあるのに過ぎないことなど、憲兵隊や特高には、どう説明しても、わかってもらえないでしょうね」

「再び日本の実情をロンドンに伝えても、しかたがないし……全く頭が痛くなるが、本当に重慶を空爆しているのだろうか、日本軍が――」

「Nさんも驚いていましたが……支那事変なんて言っているから、いけないんで……大規模な戦争をしているんですよね。（中略）」

（『人間の運命』第二部第五巻、二三〇～二三一頁）

この小説世界では、ロンドン本部は日本ペン倶楽部に、日本を批判する会議への出席を求めておらず、ただ日本の軍事活動に対してだけの抗議文を送ってくるばかりの存在である。「政府に抗議するように」という、ロンドン本部から日本ペン倶楽部への要請について、小説の登場人物たちは、「Kは微笑して（中略）本部からの手紙を出して来た」「N君は見ましたか」「え、頭をかかえていました」などと、抗議を真摯に受け止めているようにすら見えない。

現実の中島健蔵書記長は、ロンドンに対して、日中は文化交流を友好的に行っており、戦闘などしていないという立場で文書を送り続けた。『人間の運命』の「N君」の周辺の人々は、重慶爆撃の事実を認めたうえで、日中は戦争状態にあると認識し、他人ごとのように憂慮だけはしている。

また、この引用文だと、ただ中国だけが日本に抗議しているのであって、他の国も日本への批判決議採択に参加しているという事態は、説明されない。外務省とも無関係、日本と中国の共同での雑誌刊行など、企画すらせず、ただ彼らはひたすら、憲兵隊や特高におびえる立場にあるように描かれている。

このように、小説である『人間の運命』の中では、日本ペン倶楽部会員たちは、英連邦の重要な一員であるインドとの協力関係や外務省のお膳立てがなくても、単独で欧米の知識人・文化人と交渉できたことになっている。虚構のなかの彼らは、日本軍の中国への軍事的侵略について、これを政府に抗議できる矜持のある知識人として、欧米から書簡を直接送られるほど、信頼を置かれているらしい。

欧州の知識人と自律的な文化交流を行い、時の政権の軍事行動に抗議できる存在だと、海外からも信頼を置かれた戦前期日本ペン倶楽部。この絵空事の書かれたフィクションは、これまで、事実に立脚しているかのごとく読まれてきたのである。

サルヴァッパッリー・ラーダークリシュナンと日本の文学者たち

一九五七年のソフィアは、サルヴァッパッリー・ラーダークリシュナンのメッセージを東京で代読している。ソフィア・ワディアのロンドン本部書記長宛の書簡をみると、一九三〇年代から四〇年代頃の彼女は、自分はラーダークリシュナンをペンクラブの会議に呼べると自信を示している。ＨＲＣに保管されたソフィアのフォルダーに残された書簡からは、彼女はすでに一九三〇年代に、東京で国際ペンクラブ大会をするなら、ラーダークリシュナンを参加させる心づもりだったとうかがえる。ただ一九四〇年の東京大会は流会、一九五七年東京大会では、同氏の日本招聘は実現困難だった。

ロンドン本部がサルヴァッパッリー・ラーダークリシュナンに送った手紙（「MS PEN Letters. PEN. 9TccL to Radhakrishnan, Sir, Sarvepalli; 1946 January-April」）、ロンドン本部が彼から受け取った手紙（「MS PEN Recip. PEN ITLS Radhakrishnan, Sir S. 1936 Oct. 1」）をみると、ラーダークリシュナンは、彼自身で直接ロンドン本部に連絡は取ろうとしていない。話がある時は、彼の用件はソフィアを経由してから、ロンドン本部に伝わる。ロンドン本部からラーダークリシュナンに用がある時も、まずロンドン本部の書記長がソフィアに連絡して、その後、ソフィアからラーダークリシュナンに連絡がまわる。

ラーダークリシュナンは経歴上、神智学協会との関係は深い。が、彼は全方位外交とでもいうべきタイプの外交官・政治家だ。彼はどんな案件・相手に対しても、つねにその反対勢力とのバランスを考えた手配をおこなう。

ソフィア、ロンドン本部、ラーダークリシュナンの三者の接触は、三〇年代から五〇年代まで途絶えない。しかしラーダークリシュナンは、インドペンクラブ会員（＝ロンドン寄りの人物）としての意見表明も、デリーでの民族主義的言語運動・文化政策への加担も、いずれもうまくかわしつつ、いずれのグループからも支持を得るようにふるまった。

ラーダークリシュナンは、インドの神智学協会関係者に縁の深いユネスコの人間でもある。ロンドン本部は、ユネスコの意もあって一九五七年に東京での国際大会を希望した。

このような英印日、さらにロンドン本部／ユネスコ／インドペンクラブの一九五〇年代の関係性を鑑みた上で、この一〇年後、一九六七年の三島由紀夫の動向に疑義を呈したのが、ハイデラバード英語外国語大学のタリク・シェークである（二〇一五年一〇月二五日、日本近代文学会での、筆者とのパネル発表時の指摘）。

全集等をみると、三島由紀夫は一九六七年九月、インド政府に招聘され、インドを訪問している。ムンバイ、オーランガバード、ジャイプール、アグラ、ニューデリー、ベナレス、コルカタを旅した彼は、その記録を「インド通信」（『朝日新聞』一九六七年一〇月二三日、二四日）に発表した。『三島由紀夫全集』（新潮社、一九七三―一九七六年）では、三島がインドで接触したインド人名ならば列挙される。しかし、彼らはどこまで、インド政府から招聘された三島と交流したというのだろうか。

かつて官僚であり、インド政府から招聘された立場だったはずの三島由紀夫。しかし彼は「インド通信」において、この点を十分に説明したとはいいがたい。「インド通信」は、インドにおける生と死と貧困、カーストなどを旅行記のようにつづるが、インド文化の理解が不十分で、首を傾げるような記述も見受けられる。三島の

「インド通信」は、プライベートな旅行記にも見える。

帰国後の三島は、古代のインド哲学の話ならばする。が、同時代インドの、ノーベル賞候補者を含む作家たちとの交流は語らない。インド側でも、筆者の研究会が把握する限りでは、インドにおける三島由紀夫の一次資料は、現時点で見つかっていない。モハンマド・モインウッディンの調査においても、三島をインド政府が公式に招聘した記録は確認できなかった。

タリク・シェークはこれらの点を受け、そもそも三島のインド旅行が、本当にインド政府の公式な招聘であったか、あるいは何かそれに準じる別のものであったか、今後の調査が必要であるとした（二〇一五年一〇月二五日の日本近代文学会における指摘）。ここでタリク・シェークは三島のインド渡航については、インド政府要人と全く無関係とは見ておらず、サルヴァッパッリー・ラーダークリシュナン個人の招聘であった可能性を想定していた。

モハンマド・モインウッディンとタリク・シェークは、学会発表ではあくまで慎重に構え、ここまでしか説明しなかった。彼らは、三島のインド旅行がインド政府からの公的な招聘なのか、それに近い何かなのか確定できなかったので、それ以上の推測を語らなかった。しかし、より重要なのは、推測にまで踏み込んでしまう次の二つの点だ。

第一に、一九六七年の三島のインド旅行は、要するに彼自身のノーベル文学賞受賞の根回しとして機能したかもしれない性格の旅行であり、しかもそれが、インド側の誰かによる善意からなされたものだったという見方を、排除できない点だ。

第二に、第一の可能性にも関わらず、三島の無知と世間知らずによって、この善意が有効に機能せず、結果として根回しは失敗に終わったのではないか、という点である。

まず、一九六七年という年は、まだ川端康成がノーベル文学賞を得ず、三島も川端同様にノーベル文学賞候補であった。当時の国際ペンクラブには、まだノーベル賞ノミネートの権限が残っていた可能性はある。川端は欧州で、東京大会根回しのため、ペンクラブ関係者への挨拶回りを済ませていた。が、三島は一九五七年東京国際ペンクラブ大会開催時、ニューヨークに行ってしまっていた。そのため、彼がノーベル文学賞獲得のためにアジア圏から票を得たいなら、支持を得ておくべき英連邦におけるアジアの大国、インドとの縁が、一九六七年になってもほとんどないままだった。

次に、一九五〇年代から六〇年代当時の、サルヴァッパッリー・ラーダークリシュナンは、ユネスコとインドペンクラブで、顕著な存在感を示していた点が看過できない。ラーダークリシュナンが三島由紀夫とその作品を個人的に好み、インドへの招聘状を発行した（＝インド政府の公的な招聘とは限らない）という解釈もありうる。

ベンガル知識人とイタリア知識人の戦前からの交流、ソフィア・ワディアの英連邦ソーシャルクラブ文化圏での影響力などは、これまで述べてきた通りだ。また、芹沢『人間の運命』が語っていた、日本の文化人と欧州ペンクラブ会員たちとの戦前からの知的な交流は、現実には実在しなかったことも確認した。『三島由紀夫全集』で、人名のみ列挙されていたインド要人・文学者たちとの交流が深まっていれば、彼らは、三島をノーベル文学賞に推してくれたかもしれない。また当時であれば、R・K・ナーラーヤンというインド人作家が、ノーベル文学賞を獲得してもおかしくないレベルの国際的な作家であった。

三島の行動に比して、川端康成がいかにノーベル文学賞獲得レースで、有利な立場にあったことか。川端はインド代表とともに、東京でアジア初の国際大会を開催できた、日本ペンクラブ会長であっただけではない。

彼が日本ペンクラブ会長に就任した一九四八年は、前述の世界的な神智学徒・メーテルリンクが国際ペンクラブ会長だった。実は川端は、二〇歳だった一九一九年、神智学徒たる今東光の父武平経由で、神智学との接点も生じている。一九五七年の東京国際ペンクラブ大会を、マドラス神智学協会機関誌編集長でもあるソフィア・ワディアと開催するにあたって、日本の文学者では、川端以上の適任者はいなかっただろう。

川端康成は、授賞式会場となるコペンハーゲンでは、道元や良寛、明恵など、日本の禅や仏教者について英語で講演する。このこと自体は、広く知られている。

しかし、一九五〇年代まで、日本の植民地以外の諸外国では、大学でも日本文化を学ぶ機会はわずかであった。各国の知識人が、川端康成の語る日本の文化や宗教に関する話を傾聴し、これを尊重した背景には、英語圏における神智学徒たちが、すでに知識人むけにそのための道を切り拓いてくれていた歴史があった。それが、『アーリヤン・パス』誌上で鈴木大拙ら日本の知識人が準備してくれていた道であった。しかも、聴衆はメーテルリンクを擁する国際ペンクラブ関係者である。川端康成がノーベル文学賞を受賞し、その授賞式で仏教について語る時、国際ペンクラブ加盟国作家や知識人、特にインドペンクラブには、川端の講演を理解し、尊重できる素地が、十分準備されていたのであった。

一九六一年五月二七日には、川端は三島に宛て、ノーベル文学賞ノミネートのための推薦文執筆を依頼している。この推薦文を見事な英文で書き上げた三島が、これを川端に送付したのが五月三〇日だ。一九六二年四月一七日、川端は三島由紀夫に「ノオベル賞推せん委員もたつきはおもしろいですね　日本側が気乗りしないらしいフランス作家たちが日本を推すとパリから手紙が来たりしました　まああなたの時代まで延期でせう」と書き送る（『川端康成・三島由紀夫往復書簡』）。他にも日本人候補はいたが、川端康成のみ、ノーベル賞候補推薦者について海外から問い合わせが来て、自薦のため、推薦文を（三島に）依頼するなどの行動をとっている。

二〇一四年にスウェーデン・アカデミーの新資料発表により、川端康成、三島由紀夫、谷崎潤一郎、西脇順三郎が、日本人としてノーベル文学賞候補となっていたとまではわかっている。三島の推薦者は、インドのソフィア・ワディアや川端康成、ドナルド・キーンのいずれでもなく、日本文学を含む東洋学者として知られたアメリカ・エール大学のヨハネス・ラーデル教授だったという。谷崎ら四人のうち、「海外からノーベル賞ノミネートについての実務連絡が直接来て、自己推薦のための英文執筆をひとに依頼した記録がある」のは、国際ペンクラブ副会長・日本ペンクラブ会長だった川端康成のみだ。川端は最初から、ノーベル文学賞ノミネート対応を、「日本ペンクラブ会長」の立場で対応していたのではないか。一九六四年時点では、戦前からの各国ペンクラブによるノーベル文学賞推薦と、ペンクラブ外からの推薦が共存していた可能性がある。

一九六四年から六七年頃の三島に足りなかった、ノーベル文学賞受賞への階梯の最後のピースこそ、まさにインドペンクラブからの支持だったのではないだろうか。

ただでさえ三島は、東京で日印共同国際大会が開催された一九五七年には、わざわざニューヨークに出張し、東京を離れてしまっていた。その三島が、ノーベル賞候補となったタイミングで、サルヴァパッリー・ラーダークリシュナンの招聘でインドに向かい、ソフィアその他、欧州のノーベル賞審査員側にも影響力のある人々との邂逅を、インドで果たす。これは三島にとってノーベル賞受賞の、最大級のチャンスが訪れたということではなかったのか。

しかしインド側資料をみても、日本側資料をみても、タリク・シェーク発表を聞いても、三島は、このチャンスをまるで理解せず、素通りしてしまったようにしか見えないのである。

一九六〇年代までの日本では、インド文学の紹介は古典ばかりで、現代作品は、ほとんど知られていなかった。さきのR・K・ナーラーヤン作品も、日本では周知されていなかった。三島が当時のインド文学者の国際的な影響力を想像できなかったのは、やむをえない（藤井毅の指摘）という見方もできる。また、当時までに刊行されていた芹沢の『人間の運命』や『三十年史』を読んでも、国際ペンクラブとインドペンクラブの役割・重要性は何も説かれていない。三島がインド渡航前に把握できたであろう事項には、最初から限界があった。

ドナルド・キーンの日本文学中心の自伝には、複数個所で、ナーラーヤンの名前が登場する。キーン自伝は、あげるべき人名があがっていない場合も珍しくない。その彼の自伝における、ナーラーヤンへの複数回の言及には、もしかすると何か意味があるのかもしれない。

しかもかつてキーンは、次のような話を講演で語ったという話が、インターネット上に流れている。「インドから訪日中のナーラーヤンが、日本の文学者との会談を求めた。しかし日本の文学者たちは、インドのよく知らない作家との会談など、みな断ってしまった。ところが、川端康成だけはナーラーヤンとの会談に応じた。自分はその会談の仲介をした。」

この話が事実かどうか、真相はやぶの中だ。

これに加え、江口真規による調査であきらかになったように、三島と同じ一九六三年には、インド人のスディンドラナート・ゴーシュもノーベル文学賞候補となっているのである。ゴーシュはロンドンでもジュネーブでも、学者や文化人に人脈をもっている。さらに、当時のノーベル文学賞に影響のあったらしいユネスコの東西文化理解プログラムは、ゴーシュがその原案提出に、何らかの貢献をしていた可能性も十分ありうる。しかも、創設当時のユネスコでは、神智学雑誌『アーリヤン・パス』寄稿者の多くが役割を与えられていた。

三島由紀夫がニューヨークの書評家たちに、多少顔を売ったところで、もと国際連盟職員ゴーシュのコネクションとは、質も量も比較にならない。

三島にとって、アジア圏からの集票、ないしアジアの文学愛好者からの得票は、ただでさえ困難だった。しかも、インドから与えられたせっかくのチャンスを棒に振っている。そのことで、彼のノーベル賞のための集票は、よりいっそう困難になったと思われる。

三島が、成果の乏しいインド旅行から帰国した翌年の、一九六八年。この年の一〇月、川端康成はノーベル文学賞を受賞する。この時、川端は「三島由紀夫君が若すぎるということのおかげ」と発言する。この「若すぎる」という言葉には、単に三島の年齢がノーベル賞受賞には若すぎるというだけではなく、「まだ御料簡が若い若い」(『仮名手本忠臣蔵』)というニュアンスが響いている気がしてならない。

その後の芹沢光治良と中島健蔵

芹沢光治良と中島健蔵は、戦後、自分たちと戦前期日本ペン倶楽部をいかに正当化するかに、精魂を注いだ。芹沢は一四巻にわたる『人間の運命』という、事実を歪曲した小説を書いた。同書の執筆は芹沢にとって、過去の経験を合理化する、最高の防衛機制として機能したようだ。

この芹沢の小説が、あたかも彼の自伝であり、かつ戦前期日本ペン倶楽部の役職者としての回顧録のように書かれていたため、多くの人々が、戦前・戦中・戦後の彼の行動を誉め讃えた。『人間の運命』は、発売と同時に大いに版を重ね、芸術選奨文部大臣賞と日本芸術院賞を受賞した。それでも彼は気が済まなかったらしく、最晩年まで改稿を重ねた。その結果、遺族の手元には山のような未刊行原稿が残った。そこで二〇一三年、『人間の運命』は『完全版　人間の運命』(勉誠出版)として、全一八巻の大冊となって新たに刊行された。

中島健蔵は、戦後すぐの一九四六年に、早くも戦争協力知識人批判を開始する。一九四八年には、日本比較文学会を創設して初代会長に就く。その後の彼は一九三八年同様、日本がアジア圏諸国に対し、指導的立場に立つ比較文学・比較文化を通じた教育体制と文化的基盤を構築していく。さらに後年、彼は戦争協力文化人にまつわる「ブラックリスト事件」の黒幕になる。

一九五七年には、国交が回復していなかった中国にコミットし、日本中国文化交流協会を設立する。この時期の彼は、戦時中、「日本と中国は友好的に文化交流を行っている」と、虚偽の国策宣伝に奔走した過去をそのままなぞるかのように、いまだ国交回復ならない日中が、友好関係にあるかのように語る。

このように中島は、日本ペン倶楽部書記長時代に負った戦争協力文化人としてのトラウマを、ある時は赤の他人に唐突に投影して、その人物を厳しく批判する。またある時は逆に、自らが外務省のミッションを受けた際の栄光の記憶を、反復・再現する活動をとる。

中島は、あたかも戦前期日本ペン倶楽部書記長でありつづけているかのように、世界各国のあまたの文学者とその文学作品の研究を、戦後になっても継続した。また、彼の後継者たちも、高度な語学力を駆使し、世界各国の文学作品の知識を持ち、抜群の人脈を誇り、外務省とも太いパイプを保った。彼らは国際学会の主催を手配し、国策の擁護と日本からの文化発信を積極的に推進した。中島のずば抜けた知能と胆力は、数多の優秀な学生たちを惹き付けていった。

それが、日本比較文学会の歴史であり、日本中国文化交流協会のスタートである。

ところで、神智学協会の目的のひとつは、比較哲学、比較宗教だった。さらに一九三〇年代の『アーリヤン・パス』は、宗教や哲学の比較だけではなく、文学・文化・映画・生活習慣など、ありとあらゆる比較文化を議論する場になっていた。

一九六〇年代前半くらいまでなら、坂西志保やハリ・プラサド・シャーストリーが、日本比較文学会で『アーリヤン・パス』と同じ感覚で口頭発表していても、さほど違和感はない。中島は特に神智学協会からの影響をうけた人物ではないが、こうした比較文化・比較文学の価値観は、国内外のペンクラブの文化人たちと共有していたと考えられる。

　こうして中島健蔵は、日本ペン倶楽部二代目書記長としてのトラウマの反復強迫的行動を、死ぬまで営々と繰り返した。

　外務省は外務省で、また別の立場にあった。外務省はどこかの時点で、何らかの日中交渉と妥結（和平工作）をすべきで、日中間の着地点を探り続けないといけなかった。しかし満州事変、国際連盟脱退、盧溝橋事件、太平洋戦争と、事態は悪化し続けた。一九三五年から一九三七年頃までなら、勝本清一郎に期待された役割は、英中日の文化交流と、日本の立場の釈明で済んだかもしれない。が、それは一九三七年以降、中島健蔵にしかできない役割（＝中国との軋轢を生んだ日本の超国家主義を国際社会に承認させる、その挫折後は大東亜共栄圏内での文化交流）に変化した。戦況の変化、そして日中英の対外文化政策のその時々の様相が、戦前期日本ペン倶楽部の動向に反映したのだろう。

　そして外務省は、今日でも、日中関係のコンフリクトを対外的に弁明するために、多大な経費と人材をついやす状態を終わらせるには至っていない。

　芹沢や中島らのこうした小細工の結果、日本ペン倶楽部創設に尽力した岡本かの子は冷笑され、島崎藤村の失策は隠蔽された。駒井権之助の配慮は埋もれ、清沢洌の憤激は封じられた。勝本清一郎は、彼の左翼文学者時代の経歴を、芹沢や中島の自己正当化の材料に使われた。有島生馬の苦闘は記録されなかった。

ナレンドラ・モディ首相就任後の京都訪問の近代史的意義

　神智学協会版『バガヴァッド・ギーター』は、廉価ないし無料で流布し、エディション違いも数多くみられた。

一九六〇年代後半以降になると、これらはどうなっていったのか。

一九六〇年代後半以降になると、『アーリヤン・パス』寄稿者アラン・ワッツの移住先であるアメリカで、ニュー・エイジ運動が隆盛する。そこでは、廉価ないし無料で簡単に入手できる神智学協会版『ギーター』注釈から参照されるヨガ理解、人間の潜在能力開発が、各種新興宗教で援用され始める。特に名高いのが、「ハレー・クリシュナ」（クリシュナ協会）だろう。ビートルズも彼らのヨガに参加し、貧しかった時代のスティーブ・ジョブズに食事を分け与えた、幸福感あふれるイメージ。同時に、米国でもトップクラスの悪名が同時にまつわるカルト集団だ。

彼らは、『バガヴァッド・ギーター』解釈によって、潜在能力の開発＝超能力開発までできるとする。また解脱ではなく、個々人による神との合一を目指して歌やダンスをする。

アカデミズム側では、無料同然で大量流布した神智学協会版『ギーター』とその亜流文献を、紙屑同然とみなしはじめ、やがて黙殺するようになる。

しかし、この紙屑のような資料の大量流布を、本当に黙殺してしまっていいのだろうか。

かつて日本文学研究では、アカデミックな『太平記』研究と紙屑のような講談本の大量流布と講釈、演芸史はバラバラに理解され、研究されてきた。これらを総合的に、日本文化史の流れとする観点は、兵藤裕己の研究以降、ひとつの見識として確立された。

神智学協会版『ギーター』は、大量に、それこそ紙屑同然の姿で、英連邦とその周辺国へばらまかれ続けた。無料ないし格安の廉価版『ギーター』の海。この海は英連邦どころか、極東アジアの日本までその波濤に浸した。

この海の源泉、発行元たるマドラス神智学協会。彼らは一九一〇年代から五〇年代まで、インドにおけるクオリティ・マガジン『モダン・レビュー』発行者一族、インドペンクラブ会長とその配偶者、その家族、ラーダークリシュナンのような影響力あるインド政治家、スディンドラナート・ゴーシュのようなインド出身の国際組織職員とともに、インド内外に、知識人による英語印刷物をたゆむことなく刊行し続けた。

戦後の二代目のインド大統領や、インドペンクラブ会長らを擁したこの団体をみて、プリント・キャピタリズムとナショナリズムの強力な相関関係を想起するのは、それほど無理な連想ではないだろう。

インドペンクラブ・マドラス本部。そしてベンガル支部。彼らこそ、インド知識人たちが輪転機から雪崩のように流れ出させ続けた印刷物から力強く浮上してきた、一九三〇年代から五〇年代における、英語圏での想像された国家「インド」だったと表現したい。

彼らの指導者で、インド識字率と教育水準の向上、インド自治と近代化を、逝去まで案じ続けたアニー・ベサント。彼女は、マドラス神智学協会を通じ、インドの新聞『マドラス・スタンダード』を買収して、『新しいインド』という名の新聞を刊行した。

インドの完全独立を目指すガンジーと、インドはイギリスの帝国自治領とすべきとするアニーは、袂を分った。ただ当時のインドの低い識字率を考慮すると、自治も投票も無理と判断したアニーにも、それなりの理はあった。では識字率の向上、選挙での投票率向上のために、何がなされるべきか？　バナーラス・ヒンドゥー大学の設立（一九一六年）ほか教育事業による教育水準の向上、そして『新しいインド』創刊と出版人、出版の近代化だ。

一九三三年、アニーの死、日本の国際連盟脱退と日中関係悪化が発生する。

その時、その事件を新聞が、雑誌が「活字」で印刷し、洪水のような「活字」の奔流となって、インドから世界各国に流れ出た。

『モダン・レビュー』、『アーリヤン・パス』、『神智学報』の三誌すべてが、マドラス神智学協会創設者のアニー・ベサント追悼記事と、日中関係への憂慮を報道した。これこそ、一定水準の雑誌が、同一言語で一斉に同じ事件を報道する、均質な国民国家の誕生ではないのか。ナーグ、ソフィア、スディンドラナートは、雑誌や教科書や新聞を印刷し続けた。出版人なら、「新しいインド」を構成できるだろう。だからアニー・ベサントは、インドで日刊紙を刊行しなければならなかった。「新しいインド」を現出させるために。

二〇一四年九月、ヒンドゥー・ナショナリストとして知られるナレンドラ・モディ首相が訪日した。彼は京都に向かい、僧侶に挨拶して写真をとり、それを英語でフェイスブックにアップする。また安倍首相と懇親して、親日ぶりをアピールする。同月、彼は国連総会で「ヨガの日」制定を提案し、一二月には採択された。彼はヨガ省を設立し、ヨガ大臣を任命し、ヨガの重要性を国内外にアピールする。

彼はヒンドゥー・ナショナリストとして、インド国内外でヨガを国際発信しつつ、日本の政治家と懇親する。京都訪問や日本の仏閣への敬意の表明は、新幹線と原発についてのプロジェクトの下相談以外の縁もあったのである。

もともと、ヒンドゥー・ナショナリズムの成立とヨガは密接な関係にある。ヨガによる「人間の潜在能力の開発」は、神智学徒らの構想していた近代的インドが、もとから含んでいたものだ。最晩年の大川周明の枕頭への、インド人神智学徒らの参集は忘れられた。が、ヒンドゥー・ナショナリストにおけるヨガは、現在では、より複雑で政治的な色彩を帯びて、インド国内政治を多層的に反映した国際文化発信へと変容している。

モディ首相来日に伴う日本国内の報道では、われわれはこうした事情を説く報道に、ひとつでも接触できただろうか。

われわれ日本人は、またもや、インドからの文化的伝達の受容に失敗したのかもしれない。

しかし、事態を改善するのは、今からでも遅くはない。われわれは近代日印交流の挫折・失策の歴史を学び、明日に生かすすべを得たのだから。

本書の主な事件

●**一九一九**（大8）**〜一九二四**（大13）**年**

第一次世界大戦終結（一九一八年）。ロンドンでは、大戦で大量死した死者の慰霊の気分をうけた降霊会が隆盛する。ルドルフ・シュタイナーがケンブリッジ大学で講義し、イエイツがノーベル文学賞をとるなど、オカルティズム・心霊主義がイギリスで流行。この時期、文学者ドーソン・スコット夫人、文学と降霊のグループを結成。この会が、国際ペンクラブ・ロンドン本部の前身たるトゥモロー・クラブに発展。ロンドン社交界の人気者だった駒井権之助は、スコット夫人や、霊媒としての彼女に興味をもった浅野和三郎とともに、彼女の会に参加。駒井は、後の国際ペンクラブ会長のゴールズワージーやH・G・ウエルズとも親交を結ぶ。降霊会で駒井はコナン・ドイルとも同席。渡英した鶴見祐輔は政治家兼小説家として、ウエルズやバーナード・ショーと交際。

●**一九二四**（大13）**〜一九二七**（昭2）**年**

国際ペンクラブ・ロンドン本部創設。芸術家や外交官・大学教授らの集うソーシャルクラブであった。有島生馬、フランスで叙勲される。在ロンドン日本大使館の外交官、矢代幸雄、詩人の野口米次郎らが、ロンドン本部の晩餐会に招待される（矢代は帰国済みにつき欠席）。日本にもペンクラブ創設打診があったが、設立されなかった。中国ペンクラブは矢代との会食予定者であった胡適を設立メンバーとして創設される。

●**一九二五**（大14）**年**

矢代幸雄の英文著作『サンドロ・ボッティチェルリ』刊行、二九年に再版。

●**一九三〇**（昭5）**〜一九三二**（昭7）**年**

在ロンドンインド高等弁務官がロンドン本部にあて、インドに、最初のアジア圏のペンクラブを創設したいと相談。タゴールを使いたかったが、失敗したとの言及あり。ロンドン本部書記長ヘルマン・オールドは、ソーシャルクラブとしてのロンドン本部の晩餐会に、「distinguishe（ディスティングイッシュト、卓越した）」インド人を招待して、インドペンクラブの設立を打診・調整、ないし宥和的方策を探ろうと返答する。

●一九三〇（昭5）**〜一九三三**（昭8）**年**

マドラス神智学協会の新たな機関誌『アーリヤン・パス』が一九三〇年に創刊され、編集長のソフィア・ワディアがこれをロンドン本部に送付。ソルボンヌ大学出身でタゴールの側近・国際連盟コラボレーター、かつ義父ラーマーナンダ・チャタルジーの雑誌編集者の、セイロンの高等学校長カーリダース・ナーグがロンドン本部と接触。ソフィアとナーグの両者は、ユネスコの前身たる英国系国際組織「新教育連盟」関係者でもある。「新教育連盟」は神智学教育組合から発展し、ユネスコへと展開する動きを見せた組織であった。

●一九三一（昭6）**〜一九三五**（昭10）**年**

一九三一年、満州事変。一九三三年、日本は国際連盟脱退を宣言（正式発効は一九三五年）。

●一九三三（昭8）**〜一九三五**（昭10）**年**

ソフィア・ワディア、カーリダース・ナーグ、国際連盟職員スディンドラナート・ゴーシュの三人は、一九三三年の日本の国際連盟脱退および日中関係（華北侵攻）について憂慮。同じ一九三三年、ナーグの義父の刊行していたインドのクオリティ・マガジン『モダン・レビュー』、『アーリヤン・パス』、神智学協会の別の機関誌『神智学報』の三誌が同時に、マドラス神智学協会創設者のアニー・ベサント追悼記事と、日中関係への深刻な憂慮を報道。ロンドン本部、ソフィアをマドラス本部の創設会長に抜擢。ナーグもベンガル支部創設会長となる。スディンドラナート・ゴーシュ、インドペンクラブ会員となる。

●一九三五（昭10）年

日本、国際連盟脱退手続完了。国際連盟職員にしてインドペンクラブ会員のスディンドラナート・ゴーシュは、国際ペン会議にオブザーバー参加したいとロンドン本部に希望し、許可を得る。インド代表が、これまで欧州だけで組織・運営されてきた国際ペンクラブに、もっとアジア圏の国を呼ぼうと提案し承認される。これと並行し、在ロンドン日本大使館宮崎一等書記官、日本外務省柳沢健、岡本かの子らが、日本ペン倶楽部設立のために奔走する。彼らの努力によって、日本ペン倶楽部が設立される。会長島崎藤村、副会長有島生馬。

●一九三六（昭11）〜一九三八（昭13）年

中国ペンクラブ、日本軍の中国侵攻についての批判決議を、国際ペン大会で審議するよう、ロンドン本部の書記長に要請。当初、ロンドン本部は「ペンクラブは政治に関与しない」と消極的であったが、中国からの再三の要請を受け、最終的に審議を許可する。清沢洌がロンドンでの国際会議に出席し、反論を述べる機会が与えられた。古参会員の駒井権之助も協力するが、会議では日本批判決議が採択された。一九三八年、中国ペンクラブメンバーの一人が日本批判決議に快哉を叫ぶ文書発信。南京事件について、一九三八年、プラハで批判決議採択。連合国側の中国への文化的支援活動「チャイナ・キャンペーン」関係文書がロンドン本部に届く。ロンドンで中国美術ブーム。矢代幸雄、初めて近代的な中国美術史を講じる。

●一九三六（昭11）〜一九四〇（昭15）年

一九三六年、南米での国際大会で、一九四〇年の国際ペンクラブ大会開催国コンペが行われる。ロンドン本部機関誌『ペン・ニュース』は「インドが日本の有島生馬に一九四〇年の開催国を譲った」と報告する。後、日本は一九四〇年国際ペン大会の東京開催を返上。書記長ヘルマン・オールドは、その旨ソフィアに連絡。

●一九三七（昭12）年

盧溝橋事件により日中戦争が始まる。

●**一九三八**（昭13）**年**

中島健蔵が日本ペン倶楽部書記長に就任。以後の日本ペン倶楽部は、それまで以上に中国侵攻についての日本の立場の正当性を主張する、近代的な対外文化政策組織となる。岡本かの子逝去。

●**一九四〇**（昭15）**年**

日本ペン倶楽部書記長、KBS、外務省の三者が合同で、皇紀二六〇〇年記念国際エッセイコンテストを企画し、協力の依頼文書をロンドン本部に発送する。ロンドン本部は「特定国の国策に協力できない」と拒否。その後、一九四七年まで、日本ペン倶楽部はロンドン本部と交流しない（日本ペン倶楽部は除名も脱退もされず）。後日、日本ペン倶楽部はポーランドペンクラブ宛てに、「われわれはまだ存続だけはしている」との皮肉な電報を送る。一九六七年の『日本ペンクラブ三十年史』には、この電報はロンドン本部宛ての、官憲に弾圧された日本の文化人の悲痛な最後の通信「われわれはまだ存続だけはしている」であったかのように改変されて掲載される。

●**一九四三**（昭18）**～一九四四**（昭19）**年**

島崎藤村没。中国ペンの胡適と林語堂、ノーベル文学賞の候補となる。二名とも、鈴木大拙同様、マドラス神智学協会の機関誌『アーリヤン・パス』寄稿者。大東亜文学者会議で、国際的文学賞「島崎藤村文学賞」創設が中国側から提案される（実際には設立されず）。

●**一九四七**（昭22）**年**

日本ペンクラブ、活動を再開。この年、ロンドン本部とユネスコが協定を結ぶ。

●**一九五五**（昭30）**年**

バンドン会議開催。ロンドン本部は、ユネスコからの決議内容連絡を受け、日本でアジア圏初の国際ペン大会の開催を企画。インドとユネスコが日本開催に積極的に協力する。

●一九五七（昭32）**年**

東京で、アジア圏初の国際ペン大会を開催。ソフィア・ワディア来日。ソフィアは副大統領サルヴッパッリー・ラーダークリシュナンのメッセージ代読。日本の首相、藤山愛一郎も出席する。来日したインド知識人たちが大川周明や鈴木大拙と面談した。

●一九八六（昭61）**年**

雑誌『インディアン・リテラチャー』が、この年に没したソフィア・ワディアの追悼記事を掲載するが神智学協会とオカルト思想などの業績については、一言も言及なし。

あとがき

筆者は二〇一〇年から二〇一二年まで、研究課題名「戦前期日本ペン倶楽部の研究――日印文化交流と国際文化政策――」で科学研究費補助金（基盤研究（B）、研究課題番号二二三二〇〇四三）を受け、二〇一六年からは、研究課題名「国際ペンクラブと世界文学史の相関――日中印外交と英連邦史、欧州史」（基盤研究（C）、研究課題番号一六K〇二六〇七）を受託している（二〇一九年三月終了予定）。

また二〇一〇年度、「戦前期日本ペン倶楽部の研究――日印文化交流と国際文化政策――」という同じプロジェクト名で、勤務先内の付設研究所の、国士舘大学アジア・日本研究センターより、競争的研究資金を受託した。ほか二〇一三年度と二〇一五年度に、それぞれ「国際ペンクラブの研究――日本・中国・インドの文化交流と覇権闘争」という同じ課題名で、国士舘大学アジア・日本センターから研究助成を受けた。

本書は、先の研究助成を受けた成果刊行である。ご厚意と支援に感謝申し上げる。

右記研究に関して口頭発表を行い、本書刊行前に公開した学会および研究会は、有島武郎研究会、鷗外研究会、国際比較文学会、国士舘大学アジア・日本研究センター、島崎藤村学会、昭和文学会、世界文学・語圏横断ネットワーク、日本英文学会、日本近代文学会、日本比較文学会、ＡＴＩＮＥＲ（Athens Institute for Education and Research）、ＩＣＡＳ（The International Convention of Asia Scholars）である。他、筆者の主催した「戦前期日本ペンクラブ研究会」、またいくつかの研究会をお借りして、共同研究を継続した。国際日本文化研究センターでは、鈴木貞美班の研究会での予備発表の機会を得た。これらの発表の際、会場および共同研究者から有益なご意見、資料の提供を数えきれないほど承ると同時に、機関誌への拙論掲載の機会を頂いた。右記以外で、口頭発表はしなかったが、共同研究に関する論文・書評・研究報告のために紙面をお借りできた会として、国士舘大学国文学会、国士舘大学文学部人文学会、筑波大学比較・理論文学会、帝塚山学院大学国際理解研究所、日本ヴィクトリア朝文化研究学会、日本文学協会、日本文化政策学会がある。いずれの学会、研究会にも心から感謝申し上げたい。

資料収集ないし調査のために訪問した資料館その他は、日本ペンクラブ、国際ペンクラブ・ロンドン本部、テキサス大学オースティン校ハリー・ランソンセンター、ハワイ大学ハミルトン・ライブラリー、UCLA南アジア宗教図書館、酒田市立図書館光丘文庫、ブリティッシュ・ライブラリー、NARA（米国国立公文書記録管理局）、ジャパンファウンデーション、津田塾大学図書館・AVライブラリー、日本大学芸術学部図書館、国会図書館、国士舘大学図書館・情報メディアセンター、外交史料館、有島生馬記念館（信州新町）、アジア経済研究所図書館、大正大学附属図書館、明治大学図書館、他多数である。いずれの館でも、司書や職員の皆様には、本当に親切にして頂いた。

二〇一〇年当時の共同研究における連携研究者は、稲賀繁美・梶原景昭・加藤哲郎・藤井毅の四名である。各領域で、日本を代表する研究者であるこの四名には、研究上の知識・見識だけではなく、適切で有意義な科研費執行や合理的な海外出張の仕方、調査技能の向上ほか数多くの事項に関し、多大なご指導をたまわることができた。ここに深く感謝申し上げる。

テキサス大学所蔵資料複写・調査・整理などでお世話になったのは、テキサス大学オースティン校ハリー・ランソンセンターおよび同センター司書リチャード・ワークマン、根本宮美子、畑中淳子、恵万江里、河内久実子ら多くのテキサス大学院と学部学生、そして同大学教授アーサー・サカモトである。帰国後のデータ整理、入力作業、学会発表事前準備、研究会運営協力は、国士舘大学文芸部の歴代部員に依頼した。文芸部以外ではジェイナリアワ・グリュムカンに、特に科研費共同研究事務補助を頼んだ。右記の皆様の貴重なお時間を頂かずには、本書は成立しなかった。

堀武昭、小中陽太郎をはじめとする日本ペンクラブの皆さまとは、加藤哲郎の紹介で面談し、東京に保存されている資料を閲覧させて頂き、お話を伺うことができた。『ペンは世界を変える　行動する文学者集団の九〇年』（長崎出版、二〇一〇年）の著者で、アジア人初のロンドン本部理事となった堀武昭は、筆者より先に、テキサス大学で当該資料の現物を見ていた。ただ、別件に伴う訪問しかできず、閲覧可能な時間がわずか三日間と限られていた上、資料の量が膨大なので、残念ながら、当時は全体像の把握までは至らなかったとのことであった。確かに東京からオースティンには直行便はなく、資料は膨大、かつ複写申請手続もやや特殊だった。資料の量、資料館の距離ともに、個人研究の規模では正確な実態調査は望めなかった。堀氏も、時間があったとしても、博士論文を書くつもりで調べないと実態は把握できないと指摘されていた。この指摘に従い、筆者は研究助成を受けてから、公費で四回、私費で一回テキサス州オースティンに出張・滞在した。長期の調査に加え、前述のテキサス大学ＴＡ、講師、院生、そのご友人他、多くの方々のご助力がなければ、資料複写作業すら終わらなかった。この方々の雇用手配に関しては、加藤哲郎の紹介が効果を発揮した。

島崎藤村ご遺族の島崎爽助をご紹介下さったのも、日印文化交流への研究協力者としてブリッジ・モハン・タンカをご紹介下さったのも、加藤哲郎だ。有島生馬ご遺族の有島明朗からも、お話を伺えた。

国士舘大学図書館・情報メディアセンター司書のほぼ全員、ハワイ大学図書館司書ジム・カートライト、酒田市立図書館光丘文庫の古典籍調査員田村真一、ロンドン大学のミハエル・ホックは、資料収集協力および質疑に親切に協力・対応して下さった。

国士舘大学図書館・情報メディアセンター司書各位、特に阿部職員、笹岡職員には、国内外の先行研究の収集・文献貸借や紹介状発行といった業務に、水際立った手腕を発揮していただいた。イタリアやフランスへの資料照会、国内未発見資料の調査などは、彼らなしでは達成できなかった。

学会発表、パネル発表を共に行ったのが、上記連携研究者のほか、外山健二、山本亮介、ヘレナ・チャプコヴァ、タリク・シェーク、モハンマド・モインウッディン、ブリッジ・モハン・タンカである。

共同研究会での口頭発表、ディスカッサント、ご助言等をお願いしたのが、青木健、新井潤美、江口真規、大久保喬樹、岡和田晃、小森健太朗、清水知子、夏葉薫、橋本順光、原田範行、古川隆久、堀まどか、増田周子、三原芳秋、武藤浩史、本橋哲也、アルン・シャム、ケネス・ルオフ、ゴウリ・ヴィシュワナタンなどになる。特にマドラス神智学協会については、ゴウリ・ヴィシュワナタン、小森健太朗、吉永進一に協力依頼した。ゴウリ・ヴィシュワナタンにはご講演を賜り、小森健太朗には知識提供・ディスカッサント業務を依頼し、その後、新資料の提供まで受けた。小森には他に、ヒンディー語、サンスクリット語の語釈、道教の基礎知識、インド研究文献紹介とその解説他、数え切れぬほどの協力を受けた。二〇一四年から二〇一五年にかけては、小森から筆者の共同研究活動が中断しないようにとのお気遣いで、読書会や近畿大学での研究会にもお誘い下さった。おかげで、ATINERでの口頭発表前に清眞人先生、清島秀樹先生、近畿大学大学院生、小森先生からのご指導を仰げた（国士舘大学文芸部でも、予行演習に協力してもらった。発音指導他、大いに有益だった）。

英語についての相談は、稲賀繁美、梶原景昭、小森健太朗、鈴木貴宇、河野至恩、ジェフ・クラークらに行った。フランス語については、生方敦子および宮川知子に協力を依頼した。ミハエル・ホックとの質疑に際してはダン・シンクレア、ゴウリ・ヴィシュワナタンとの質疑に際しては川端慶子に、それぞれ筆者の拙い英語を助ける協力を頂いた。

勤務先である国士舘大学体育学部では、特に渡辺剛教授から、学内で考えられる最も望ましい研究環境を準備して頂くことができた。体育学科教員の皆さまからは、研究や出張をのびのびと行えるご配慮をたまわった。教務部学術研究支援課を筆頭に、勤務先職員全員が行き届いた実務手配をしてくれ、仕事は捗った。当初は、職員一名が本務の兼業として行っていた国士舘大学における学外資金のマネージメント業務が、筆者の最初期からの学外経費受給と運用期間中に本格化し、人数が次第に増え、セクションとして独立し、ノウハウが蓄積されていった。苦労も多かったはずだが、皆、休日出勤深夜残業もいとわず頑張って対応してくれた。以上、人名は敬称を略して記載した。

夫・原督からの、長期にわたる多面的な支援があって、本書は成立した。

本書が、日印関係史にあらたな視点をもたらすことを希望している。

二〇一九年一月

目野由希

本書刊行に際して、「国士舘大学平成30年度研究助成・出版助成」を受けた。

本書の基礎となった国際ペンクラブ資料の所蔵館とコレクション名

The P.E.N. International archive, dating from 1921 through 1973, contains correspondence from writer-members, as well as files relating to the political and social activities of this writers'organization @Harry Ransom Center at the University of Texas at Austin

主な参考文献

小森健太朗『英文学の地下水脈』（東京創元社、二〇〇九年）

社団法人日本ペンクラブ『日本ペンクラブ三十年史』（日本ペンクラブ、一九六七年）

芝崎厚士『近代日本と国際文化交流－国際文化振興会の創設と展開』（有信堂高文社、一九九九年）

芹沢光治良『人間の運命』（新潮社、一九六二－一九六八年）

古川隆久『皇紀・万博・オリンピック――皇室ブランドと経済発展』（中公新書、一九九八年）

山本亮介「'Kokoro (Le pauvre coeur des hommes)'（仏訳『こゝろ』）出版の周辺：国際文化交流における文学」『日本近代文学』（七六号、一三七～一五二頁、二〇〇七年五月）

Xiv International Congress of the P.e.n. Clubs: September 5 to 15, 1936: Under the Auspices of the P.e.n. Club of Buenos Aires: Speeches and Discussions. Buenos Aires: Bonaerense, 1937.

Black, Barbara J. *A Room of His Own: A Literary-Cultural Study of Victorian Clubland*. Athens, Ohio: Ohio University Press, 2012.

Bourdaghs, Michael K. *The Dawn That Never Comes: Shimazaki Toson and Japanese Nationalism*. New York: Columbia University Press, 2003.

Burkman, Thomas W. *Japan and the League of Nations: Empire and World Order, 1914-1938*. Honolulu, Hawaii: University of Hawaii Press, 2008.

Dadabhoy, Bakhtiar. *Sugar in Milk: Lives of Eminent Parsis*. New Delhi: Rupa & Co, 2008.

Dixon, Joy. *Divine Feminine: Theosophy and Feminism in England*. Baltimore: Johns Hopkins University Press, 2001.

Finchelstein, Federico. *Transatlantic Fascism: Ideology, Violence, and the Sacred in Argentina and Italy, 1919-1945*. Durham: Duke University Press, 2010.

Griffin, Roger. *Modernism and Fascism: The Sense of a Beginning Under Mussolini and Hitler*. Basingstoke: Palgrave

Macmillan, 2007.
Hammer, Olav. *Claiming Knowledge: Strategies of Epistemology from Theosophy to the New Age*. Leiden: Brill, 2004.
Kentaro, KOMORI. 小森健太郎. "Preliminary Sketch of Contact and Involvement of the Theosophical Movements As Seen in "the World Theosophist Magazine" (1931-1933)." 文学 - 芸術 - 文化 = *Bulletin of the School of Literature, Arts and Cultural Studies, Kinki University*: 近畿大学文芸学部論集 / 近畿大学文芸学部 編. 26.1 (2014): 38-30.
Mauthner, Martin. *German Writers in French Exile, 1933-1940*. London: Vallentine Mitchell in association with the European Jewish Publication Society, 2007.
Milne-Smith, Amy. *London Clubland: A Cultural History of Gender and Class in Late Victorian Britain*. New York: Palgrave Macmillan, 2011.
Prayer, Mario. *In search of an Entente: India and Italy from the XIX to XX Century. A Survey*. New Delhi: Italian Embassy Cultural Centre, 1994
Schmid, Susanne. *British Literary Salons of the Late Eighteenth and Early Nineteenth Centuries*. New York: Palgrave Macmillan, 2013.
Surette, Leon. *The Birth of Modernism: Ezra Pound, T.S. Eliot, W.B. Yeats, and the Occult*. Montreal: McGill-Queen's University Press, 1993.
Viswanathan, Gauri. "*The Great Game: The Geopolitics of Secret Knowledge*." edited by Goebel, Walter, and Saskia Schabio. *Locating Transnational Ideals*. London: Routledge, 2009.
Viswanathan, Gauri. *Outside the Fold: Conversion, Modernity, and Belief*. Princeton: Princeton university press, 1998.
Watts, Marjorie. *P.e.n.; the Early Years, 1921-1926*. London: Archive Press, 1971. Print.
Zimmern, Alfred. *The League of Nations And the Rule of Law 1918-1935*. London: Macmillan, 1936.

著者紹介

目野由希（めの　ゆき）

東京女子大学文理学部日本文学科卒業、同大学院研究科修士課程修了、筑波大学文芸・言語研究科日本近代文学博士課程修了。学術博士（日本文学）

専門は日本近代文学。森鷗外、島崎藤村など明治期文学研究。

現在、国士舘大学准教授。

日本ペン倶楽部と戦争
――戦前期日本ペン倶楽部の研究

発行日――二〇一九年二月二五日

著　者――目野由希

発行者――加曽利達孝

発行所――鼎　書　房

〒132-0031　東京都江戸川区松島二―一七―二

TEL・FAX　〇三―三六五四―一〇六四

印刷所――太平印刷社

製本所――エイワ

ISBN978-4-907282-53-0　C3095